JN057039

小説 佐橋ノ荘
放下
ほうげ
横村出
新潟日報事業社

死者は去るのではない。還つて來ないのだ。

『本居宣長』　小林秀雄

登場人物

毛利時元（花若）……基親の嫡男
毛利基親……佐橋ノ荘の地頭、花若の父、経光の嫡男
花若の母……基親の妻

◇

毛利時親……基親の弟、経光の四男
毛利経光……基親と時親の父
毛利季光……毛利家の祖、基親の祖父

◇

北條時頼……鎌倉幕府執権、北條家得宗
北條時宗……時頼の嫡男、のちに執権
寂光尼（光子）……時頼の正室、のちに出家
葛西殿……時頼の継室、時宗の母

安達泰盛（やすもり）……御家人（ごけにん）、時頼と時宗の側近
長井時秀（ときひで）……御家人、時頼の側近
宿屋光則（やどやみつのり）……寺社奉行、時頼の側近

◇

資職（すけもと）……佐橋ノ荘の家人（けにん）、代官
小太郎（こたろう）……基親と花若の従者

◇

日蓮（にちれん）……僧
隆弁（りゅうべん）……鶴岡八幡宮（つるがおかはちまんぐう）別当

◇

紫珠（しず）……巫女（みこ）、隆弁預かりの娘

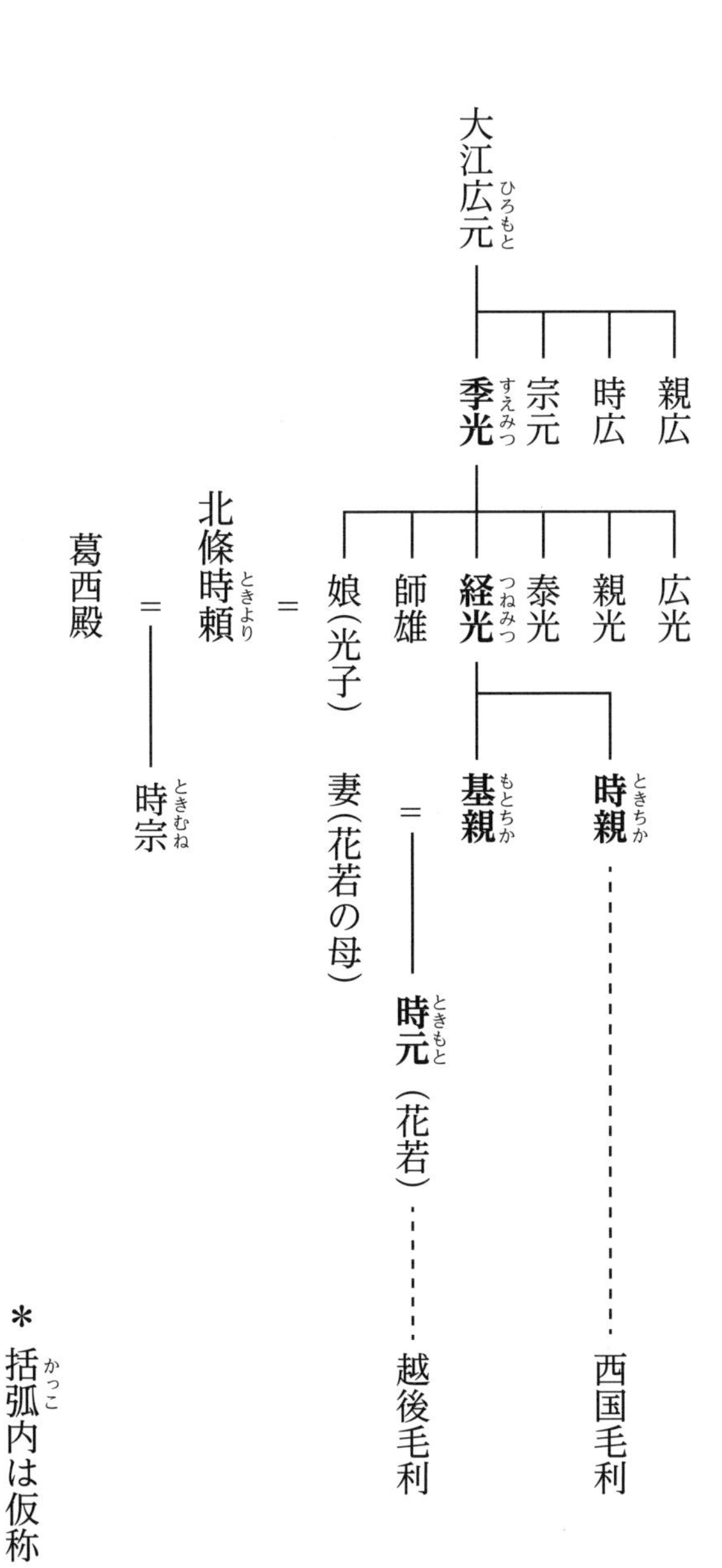

大江広元
親広
時広
宗元
季光
広光
親光
泰光
経光
師雄
娘（光子）
北條時頼
葛西殿
時親
基親
妻（花若の母）
時宗
時元（花若）
西国毛利
越後毛利

＊括弧内は仮称

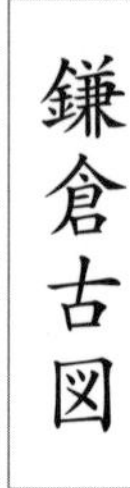

最明寺

建長寺

亀ヶ谷坂

法華堂

巨福呂坂

大倉幕府跡

化粧坂

鶴岡八幡宮

流鏑馬馬場

寿福寺

六浦道

十二所

北條邸

若宮大路

今大路

若宮幕府

朝比奈

問注所

小町大路

松葉ヶ谷

浜の大鳥居

名越

滑川

和賀江ノ津

飯島崎

佐渡ヶ島
越ノ海
柏崎
善光寺
碓氷峠
鎌倉
相模ノ海
粟船
大仏
極楽寺
由比ヶ浜
龍ノ口明神
腰越
稲村ヶ崎
江ノ島

放下

小説　佐橋ノ荘

一

佐橋ノ荘は、三方を山に包まれた越後の里にある。

京の六條院に寄進された荘園であるが、地頭には鎌倉幕府の重鎮をなした大江一族から、毛利経光が任ぜられた。

それにあたって、幕府の執権、北條時頼は大いに悩んだ。

なぜなら、経光の父であった毛利季光は、有力御家人の三浦氏が北條氏に反旗をひるがえした宝治合戦のとき、三浦方についたからである。

鎌倉を震わせた兵革の乱の仕舞は悲劇だった。源頼朝公の墓所である法華堂で三浦方一同が散華した。季光は三人の息子ともども、腹を切って死んだ。

このとき季光の四男の経光は、戦乱から遠く離れた佐橋ノ荘にいたおかげで命脈をつないだ。

じつのところ、幕府の沙汰が毛利家の断絶に及ばなかったのは、時頼公の正室光子が、季光の娘であることへの格別の思し召しとうわさされた。

経光は、毛利再興への道すじをつけてのちに出家をのぞんだ。所領である佐橋ノ荘と安芸ノ国の吉田ノ荘をともに、嫡男の基親に譲ると約していた。そのうち佐橋ノ荘の地頭職が、まずは幕府によって基親に安堵されたのであった。

その基親には、十四になる嫡子がいた。童名を花若といった。

ほおはふっくらと紅がさし、角髪を耳もとで丸めた童子であった。女子と違えるほど優しい面立ちながら、黒々した瞳は燃えるような哀しみをおびていた。

佐橋ノ荘の南の山は、豊かな恵みの湧水の源となり、北の山は、群青に広がる越ノ海から吹きよせる風雪をさえぎった。荘園から無数に湧く泉は、ひとつの川となって海へ至る。その川をくだる舟で荘園の収穫が柏崎の湊へと運ばれ、それと引きかえに魚介や遠方の品々がもたらされた。

南の山は、八つの峯を連ねている姿から、八石山と呼ばれてきた。山の連なりが観音菩薩の仰臥したさまによく似て、領民の信心を集めていた。

この八石山のふもとに、在地領主の基親は狩倉を持っていた。二十町歩はあろう広大な狩猟地で、もっぱら基親の武芸の鍛練に供されていた。

田の刈り入れを終えた里に初霜がおりるころに、八石山の峯々は雪化粧をはじめる。基親の狩倉では、領主と領民が力をあわせて行う巻き狩りの季節であった。

その日、花若がはじめて狩りにでた。元服を迎える歳ごろの男子が、大人の役割を自覚するしきたりである。おのれを律し、集団に和して獲物を得る。生きるため命を奪う定めを知る儀式であった。

「イヨーイ。エーイェィ」

勢子のかん高い声は、夜明け前の里にたれこめる霧に蓋をされるように響く。雪の前触れの冷たく乾いた匂いがする。呼び声は高く低くこだまし、身を潜める獲物の感覚をくすぐり狂わせてゆく。

荘園の名主（みょうしゅ）が勢子をつとめた。本所（ほんじょ）である六條院への年貢米の生産を任された名田（みょうでん）百姓であり、いずれ基親の跡目を継ぐ花若を支えてもらわねばならないものたちだ。

基親は白くつややかな芦毛（あしげ）の馬に堂々と騎乗している。綾藺笠（あやいがさ）を目深にかぶり、東雲（しののめ）色の直垂（ひたたれ）を着て腕には射籠手（いごて）をはめている。腰に巻いた夏毛の鹿皮の行縢（むかばき）が山吹色に照り映える。

大ぶりの太刀（たち）の柄（つか）に左腕をのせ、基親が静かにいって聞かせた。

「花若、獣がおどりでてもあわてってはならぬ。急（せ）いてはことをし損ずる。よいか」

小さく、花若がうなずいた。

花若と従者の小太郎は背丈ほどある茅（かや）の陰に静まっている。花若はまだ騎乗できぬならわしで、徒（かち）で基親に従った。若草色の水干（すいかん）に刺し子の腹巻きをつけている。弓と矢の空穂（うつぼ）はそばに控える小太郎が預かっている。

たれこめる朝霧の露で目がくもるのか、花若はしきりにまなこの長いまつ毛を手でこすりあげている。なめし皮の射沓（いぐつ）の指さきがかじかんだ。思わず足踏みすると霜の氷柱が白く砕けた。

と、東の峯の群雲（むらくも）を破って金色の光が里に降り注いだ。霧はたちまち天高く昇って消え、空は瑠璃（るり）のごとく輝いた。

基親はきりきりと弦を絞る音を響かせて弓を構えた。獲物は隠れている。花若は四方に目を凝らすがいっこうに見えない。

冷気を切り裂いて飛びだした矢のさきに、耳を立てた白兎がすくんでいた。ぼんと鈍い音がして兎の腹に矢が的中した。兎は一瞬気を失って、すぐにばねのように跳ね起き、うしろ足で霜を蹴散らし山へ駆け戻っていった。獲物をさらおうと滑空した鷹が、空高く旋回して飛び去った。

　基親の矢は、鉄の鏃をはずして木の矢頭をはめてある。神頭矢と呼ばれていた。殺生を嫌う妻への配慮からだった。それでも三十間も飛ばす強弓の腕である。

「花若や、どうじゃ。見たか」

　基親は初手からみごとに的中させ、上機嫌の顔である。花若はあれほど目を凝らしていたのに、兎を見つけられなかった。

　基親ははっしと馬に鞭をくれ、芒の枯れ野を大きくまわりこむように馬を走らせた。勢子は基親に従って、花若のいる向こう正面から獲物を追い立ててくる。

「若さま、あれを」

　従者の小太郎がさし示したあたりの巣穴から、大きな兎が飛びだした。

　小太郎はすばやく弓に矢をつがえて花若に手渡す。花若は弓を下弦に構えてきつく引いた。神頭矢で射るには技量がいるため、小太郎は矢に鏃をつけておいた。高く掲げられた鏃の尖端が鈍色にきらめく。

　矢を放った。矢は芯を失ったようにぶれて獲物の手前の藪のなかに落ちた。芦毛の馬が泥を蹴散らして戻ってきた。

「よいよい、よくやった。的は外すとも構えはあっぱれ」

相好を崩して、父が優しく笑った。

花若はほっとしていた。殺生をするのに内心の迷いがあったからだ。冷たく光る鏃の鋭角は罪深さの象徴であり、心に刺さる棘のような気がしていた。

ただ、名田百姓らの前で父の名を貶めたのではなかろうかと恥じて、ほおを赤らめた。

二

陽はすでに南にあった。

八石山の主峯は仰臥した観音菩薩が合掌する御手の部分にある。そのたなごころの上に太陽は玉となって輝いていた。

母は、花若の身を案じていた。初狩りを立派につとめてほしいと願う親ごころの一方で、「あの無垢な子も殺生道の快楽を覚えたのであろうか……」と思うと憂うつになるのであった。

雪でさらした上布ほど透明な細おもての肌にも温かい朱鷺色がさした。ほのかな薄墨の両眉の根のあたり、母の額のなかほどには小さく淡いほくろがあった。涼やかな瞳を凝らして、八石の山すそから里へにぎやかに歩みくる男たちを見つけた。

「さあ、みなが帰ってきます」

足早に厨へ入ってゆき女衆にいった。この日のために朝早くから強飯を蒸して馳走を用意していた。

地頭の館は、荘園のほぼ中央を流れる佐橋川ぞいの小高い丘にあった。

主郭は、川の流れを引いた掘割がまわりを囲んでいる。堀に架けた橋を渡ると、正面に虎口門がある。そこから主郭へ入ると、地頭の執務をする大きな上屋敷が建つ。そのうしろに、地頭一家の寝所である奥屋敷があって回廊で結ばれていた。

ほかの荘園とは一風変わって、上屋敷の中庭をはさんだ東側に、歌舞芸能を奉納する舞台が築かれていた。花若の母のために、基親が造らせたのである。

その舞台の三方の板戸を取り払って、歌舞が演じられた。松の厚い床板を磨き立てて大きなかがり火を焚けば、舞台が宵闇に幽玄に浮かびあがった。そのさまは、里人の家や田畑からもよく見えるのであった。

花若の母は、山ひとつ越えた刈羽ノ荘の神官の家から嫁いできた。郷の刈羽ノ荘は、かつて京の藤原定家が帝の命により給与された荘園であった。神職の父親が京からはるばる下向し、御神楽や連歌、都のみやびな文化をもたらしたのである。

母も文芸をたしなんだ。とりわけ娘のころから定家や源実朝公の和歌に親しみ、女手の美しい筆づかいにも習熟し、箏や巫女神楽のたしなみを身につけた。

花若の初狩りのめでたい日に、母は箏曲を奉納しようと舞台を準備させていた。

従者の小太郎の声が響く。

「おやかたさまのお戻りじゃ」

虎口門にかかる板橋を、基親の騎乗した芦毛の馬が渡ってくる。花若と小太郎が徒でつづき、勢子の名田百姓がこれに従っている。基親は武具をつけたまま、上屋敷の広い板の間に入ってきた。

「おかえりなさいませ。首尾はいかがでしたか」

母が問うた。

「わしは一ノ矢を的中させたわ」

基親は上気していた。

「花若はこれからが鍛練じゃ。だが筋はなかなかよい。わが毛利の血脈であろう」

花若はつぎの矢も射損じていたのだが、それは語らなかった。

「男子は勇ましいこと。ようございました」

母はそっとほほ笑んだ。花若が的を射られなかったのは、基親の口ぶりからわかった。残念かもしれぬが、むしろ心を静めた。

「ささ、祝いです」

明るく澄んだ母の声が厨まで届いた。

座敷には、折敷(おしき)がすえられ祝宴の用意ができていた。基親が奥にどっしり座り、その左に花若がかしこまっている。右手の上座から、柏崎殿と呼ばれるこの地方の豪族の柏崎勝長(かつなが)、そして古参の家人の資職(すけもと)が順に座した。

勝長は、越ノ海の柏崎湊と街道筋の伝馬宿(てんましゅく)の利権を一手に握っていた。この湊なくして、佐橋ノ荘から京の六條院へ納める年貢米の運搬はかなわない。地元の長者らしく温厚で人望があった。

資職は、先々代の毛利季光(すえみつ)から仕える家人である。もとは相模(さがみ)ノ国の農民の子だったが、季光に勧農の才を見いだされ侍の身分に取り立てられていた。

かの宝治合戦では、毛利季光が自刃(じじん)にあたってしたためた遺書を託され、鎌倉から佐橋ノ荘まで十日で駆け戻ってきた。それから経光(つねみつ)、基親まで毛利三代に奉公している。相模ノ国では毛利の家人は宝治合戦であらかた落命したから、新しく雇い入れた越後の地侍を仕切る役を託されていた。

「みなの衆、ご苦労であった」

基親は座敷の下手の土間に集まった名田百姓の労をねぎらった。瓶子(へいし)に満たされたにごり酒を、まずは勝長にすすめた。土間に置いた大瓶から百姓たちにもつぎつぎに酒がふる舞われた。

勝長はひとくちで杯をあけた。

「若さまの初狩りとはめでたい」

無類の酒好きである勝長はよほど前にやってきて、座敷にあがって酒を聞こし召していた。

基親は資職にも杯を取らせた。忠義ものらしく一礼して飲み干した。直来(なおらい)の席とあって、酒が入ってからは座のようすもくだけた。

折敷には収穫をことほぐ心づくしの料理がならんだ。鯛の焼きものは、勝長からの祝儀の品である。一本釣りした鯛を甘粕(あまかす)につけたぜいたくな食材であった。もう一品、勝長は酒の肴(さかな)にと珍味を用意した。厨で小わけした紅色の肉の切り身を小皿にもりつけて、女衆が運んできた。

勝長が目を細めた。

「これは鯨の身でござるよ。冷える季節には、体の芯からたいそう温まるで」

「ほほう、これが」

基親がひと口味わった。

獣肉と違って舌の上でとろけるほど柔らかい。このあたりの浜では、南の潮にのって鯨が陸に打ちあがる。鯨はあますところなく食材になったから、天来の恵みは漁師の手で解体され民に平等に配られていた。

勝長は猪首まで赤らんでいる。

「貴殿にひとつ聞いてもよいか。佐橋ノ荘では殺生禁断のうえ獣を食わないとは、まことであろうか」

なにごとにも率直なのが、海の民の気質である。資職がちらりと基親の顔色をうかがった。基親は笑って、折敷を手にした。

「それは風評というものです。このとおり、雉やうずら、鮎、やまめの醤漬けも料理させております。ただ、むやみな殺生はせぬよう領民にいっております」

「さようか。世人はいかようにもおもしろくうわさするで」

勝長は得心の顔である。

実のところ、花若の母はずっと肉食を断つ誓いを守ってきた。魚鳥の禁食は京の都ではめずらしくなかった。なにより、幼いころに都で起きた怖ろしい戦乱で母親を失ってから、殺生を忌み嫌うようになったのである。

花若は母の感化により、生きものの命が目には見えないものであるのを怖れた。まだ五つか六つの歳のころ、花若は死に臨んだ記憶がある。

それは、まばゆい夏の日であった。

越ノ海へはじめて父に連れてゆかれ、渚でたわむれていた。きらめく波の正体を知ろうとして足もとを砂にすくわれた。流砂に吸われて海の底へ沈んだ。水のなかに虹がかかり、天界は七色の光の上に見えた。心地よい沈黙の宙へ移されようとしたとき、父の力強い腕が幼い肉体をこの世に引き戻したのだった。

それから……。

不思議と海を怖ろしいとは思わなかった。むしろ、体から自由になって海のなかに天を見た。命はどこへさまよったのか、ときに悩むようになっていた。

さて、祝いの酒座の熱気が領主館に満ちるころ、座敷の戸障子があけ放たれた。陽は西の越ノ海を黄金に焼いて、佐橋川のさざ波は金粉をまき散らしたかの残照を映している。館の舞台では、かがり籠に薪がくべられて赤々と焚かれた。

十三弦の箏の音が里にひろがった。下げ髪にまとめ、伽羅色に染めた小紋の袿姿の花若の母が箏を奏でている。薄い桜貝のような指の爪が優雅に弦をはじいている。

「想夫恋となみごとなしらべじゃ……」

謡をたしなむ勝長は、藤原定家の手になるという平家伝説の小督哀話の物語を思っていた。

どこか昔を懐かしむ表情を浮かべ、みやびな音に陶酔していた。

基親は、直垂（ひたたれ）のふところから短い龍笛（りゅうてき）を取りだした。黒い烏帽子（えぼし）をのせた面（おもて）をややかたむけて、腹に息をため横にかまえた笛の歌口（うたぐち）に細い風を吹きこんだ。龍の鳴き声にもたとえられる笛の音が朗々と響きわたり、箏曲に唱和した。

花若は心がさざめくのを感じ、父と母がつむぎだすひとつの音色に耳をそばだてた。

この年はじめての雪が、漆黒の天からすべり落ちてきた。想夫恋を舞うかのように、雪の風花（かざはな）を佐橋の里に散らしていった。

三

巻き狩りの日の夜、基親（もとちか）は古参の家人の資職（すけもと）と遅くまで語らっていた。勝長（かつなが）は川舟にゆられて、謡を口ずさみながら一里ほど離れた柏崎湊へ帰っていった。

酒樽（さかだる）はすっかり空いていた。資職は酒が顔にでない質（たち）で、神経質そうに痩（や）せたほおは酔っても浅黒かった。注意深い細い目が、より鋭利に見えた。資職が気づかわしげに尋ねた。

「おやかたさま。鎌倉におられるご先代さまの加減はいかがですか」

基親は顔をくもらせた。

「さきに届いた文では容態が悪くなっているようだ。長くないかもしれぬ」

「では、ご先代さまの口約束だけでいまだ安堵がない安芸吉田ノ荘のご相続は、いかがなるので」
基親の胸の奥にどろりとたまっている不安がうごめいた。
父経光には、嫡男の基親のほかにも何人か息子がいた。なかでも経光が目をかけているのが、四男の時親であった。時親は、毛利家が存亡の縁に立った宝治合戦の少し前に生まれた。長兄の基親とは十も歳が離れている。基親には、乳母にあやされていたころの時親の記憶しかない。時親も、佐橋ノ荘を覚えていないはずである。

この合戦ののち経光は、佐橋ノ荘を基親に任せて鎌倉へのぼった。弟はこのとき父に従った。鎌倉の毛利屋敷は合戦で焼け落ちたから、まずはお家の再興のため頼朝公の幕府跡である西御門に新たな邸宅を構えたのだった。国もとに残った基親に佐橋ノ荘の地頭を譲り、経光は鎌倉で別居暮らしをつづけていた。

弟の時親という名は、元服の折に幕府の執権北條氏から「時」の一字を偏諱として賜ったのである。

宝治合戦で北條氏の敵方について戦った毛利家であったから、嫡男の基親が元服したときには、北條氏の偏諱を授かるなどかなうはずもなかった。それが、経光自ら鎌倉へのぼって忠義を尽くし、四男にもかかわらず諱を与えられたのだった。これを格別のご恩として、経光は終生の奉公の励みとした。

毛利家の難題は、経光亡きあとに時親にいかなる分知、相続をするかにあった。毛利の本領は、相模の毛利ノ荘だった。季光の代に承久の乱で功をあげ、さらに佐橋ノ荘と吉田ノ荘を拝領していた。それが一転して、宝治合戦の咎（とが）によって本領だけを丸ごと没収されたのだった。

佐橋ノ荘はすでに、父から基親に分知された。だが吉田ノ荘については、いまだ口約束のみである。弟の処遇しだいで相続が変わりうる。すべては、病の床に就く経光の胸ひとつであった。家人の資職にしても、主（あるじ）の相続は一大事である。

「おやかたさま、できるだけ早く鎌倉へ使いをお送りください。ご先代さまのご意思を確かめられてはいかがでしょうか」

「それもそうよの」

基親はやはり浮かぬ顔だった。

初雪は降りやまぬまま、薄絹となって山里を白く覆っていった。

四

その知らせが届いたのは、新しい年の松ノ内が明けたばかりのころだった。

立春をとうに過ぎたが、元日からつづく大雪の朝である。雪は軒まで届いた。太いしめ縄をまわした虎口門から、上屋敷までつづく道が掘りあげられ、雪の壁の回廊が高く切り立っている。

使者は、柏崎勝長（かつなが）の伝馬宿のものであった。

蓑笠（みのかさ）に雪が凍って張りついている。よほど急いだらしく、虎口門の前で外衣（がいい）をぬぐと頭と体から白い湯気がのぼった。雪の回廊をなお小走りして玄関さきに立った。

「鎌倉からの伝書でござる」

使者は大音声(だいおんじょう)をあげた。

取りつぎ役の資職(すけもと)があわてて廊下を踏みならしてきた。使者は藁沓(わらぐつ)もぬがず樏(かんじき)もはずさずに一礼し、ふところの奥から油紙の包みをうやうやしくさしだした。

「昨夜の伝馬で着きました。鎌倉から大晦日(みそか)に送られましたが、直江津からさきの雪で難儀しました。どうぞ、お受けください」

使者は年賀の挨拶をせずに、口上(こうじょう)だけ伝えると踵(きびす)を返して去った。

基親(もとちか)と懇意の柏崎勝長は、大晦日に早馬で鎌倉を発(た)ったと知り、豪雪にもかかわらず配下に命じて急ぎ届けさせたのであった。

資職は座敷の回廊に膝をついた。

「おやかたさま、鎌倉から文(ふみ)でございます」

基親も、ただごとでないと察した。

「これへ」

油紙をほどき、厳重に封印された表巻き(うわまき)を取りだした。折りたたまれた本紙(ほんし)を左手で解き、さっと広げた。そうして時間をかけて読み終えると、末尾にしたためられた父経光(つねみつ)の花押(かおう)のしるしをじっと見つめた。口を真一文字に結んでいる。

「いかがなされましたか」

資職が聞いた。

「父上が入滅（にゅうめつ）された」

「おいたわしや。心中お察し申す」

基親はしばし蒼白の面持（おもも）ちでいる。資職はただならぬ気配にたじろぎながらも、お家の関心事をあえて問うた。

「して、ご相続の段はいかに」

長い沈黙があって、基親は腹の底から絞るようにいった。

「悔い還（かえ）しじゃ」

「いまなんと……」

「父上が約束を覆したのだ」

五

経光（つねみつ）死去の知らせによって、佐橋ノ荘は喪に服した。正月を祝う飾りは取り払われ、祭りごともすべてやめとなった。

鎌倉から急ぎもたらされたのは、二つの文であった。

ひとつは、経光の容態が急変し没したと書きつづった知らせ文である。もうひとつが、経光が生前に代筆させた家督相続を定める置き文だった。基親（もとちか）と時親（ときちか）に一通ずつしたためられていた。つぎのようであった。

一、越後国佐橋ノ荘は条にわけることとする。
うち、北条を太郎基親に譲る。
うち、南条を四郎時親に譲る。
一、安芸国吉田ノ荘は四郎時親に譲る。

すなわち、親の悔い還しであった。ひとたび親が子に取り決めた相続を反故にするのである。北條泰時が定めた武家法である御成敗式目に規則があった。

基親は、父の約束どおり、すべての所領が惣領息子に与えられると信じていた。まさか吉田ノ荘を弟時親のものとし、そのうえ佐橋ノ荘まで分割しようとは、基親は夢にも思っていなかった。

しかも、佐橋ノ荘の南側には広大な領主館が含まれる。館まで奪うとはどういうわけか。父の真意をはかりかね、置き文をなんども読み返した。代筆とはいえ花押は間違いなく経光の自署であった。

いく晩か呻吟し、一族郎党を呼び集めた。

上屋敷の広間はざわついていた。資職と家人は前の列に座した。両足首を組んで頭をたれている。うしろには、座敷に入るのを許された名主たちが居ならんでいる。基親が正面に座ると、一同が平伏した。脇座に控える花若と母も頭を低くした。

基親がおごそかに語りだした。

「よう集まってくれた。父の入滅にあたって家督の定めが鎌倉より届いた。新たな知行は毛利家にはむろん、名主にとっても一大事である。みなの考えを聴き、もってわが意を固めたい」

資職が置き文の概略を読みあげると、一同のものは風に打たれた樹木のようにざわめきたった。すでに基親より聞かされている花若と母は静かにうつむいたままであった。家人は唇を噛みしめた。

「弟どのは父君の愛顧とはいえ、四男坊ではござらぬか。しかもまだ若い。惣領にかような仕打ちをなさるとは、ご先代はいかなる所存か。おやかたさまになんの落ち度があってか」

目頭を押さえるものもいる。

「これまで本所の六條院さまに年貢を欠かさず、鎌倉殿の夫役にも人手を惜しまず、土地のものと平穏を守ったのは、すべておやかたさまの徳ではないか。それをわからぬとは情けない」

遠い安芸ノ国はさておき、基親の家人にとって、この佐橋ノ荘の折半こそが俸禄の多寡にかかわる大事である。

「おやかたさまは幕府の証文で佐橋ノ荘をすべてご安堵いただいたではないか」

「しかしそれは悔い還しでござろう」

「悔い還しがなんじゃ。これではおやかたさまの得分は半減する。なんの咎あっての責めか。道理が通らぬではないか」

「このうえは戦さで決すべし」

無骨な強硬派に与(くみ)するものと、穏便におさめるべきと考えるものとの間で、家人たちの口論がはじまった。

名田百姓は、荘園を折半する線引きに不満を述べた。

「このわけ方では不公平かと。南の側には、八石山(はちこくさん)に発する豊かな湧水の溜(た)め池がございます。川の上流にもあたりますゆえ、田への取水が優位にございます。北の側にしてみれば、水利権を南に委ねるようなもの。干ばつでもあれば、大きな騒動になりましょうぞ」

「漁場はどうなるのじゃ。簗(やな)が南に取られてしまうではないか。しかも北は田地が狭いうえ吹きおろしの風が強い。おやかたさまには、いかにも不利です」

家人はそのまま基親に仕えるが、百姓は南北のいずれに田畑があるかによって主がわかれる。南の百姓にすれば、弟の時親にたてついては禍根(かこん)を残しかねない。

「しかしながら、陰陽道(おんみょうどう)によれば君子南面と申します。惣領は北に座して南に向かうもの。北は上座になりましょう」

「いやいやそれは違う。鬼門は艮(うしとら)というて北東にある。まさに北条には鬼が出入りするであろうて」

名田百姓たちも、大波にゆられる小舟のように右へ左へ傾いて紛糾した。

ころあいを見計らって、基親の右手があげられた。

「みなの腹はとくと聴いた。そこで、わしの考えを申そう」

重く咳(せき)払いをして語りはじめた。

「武家法のならいとして、親父（おやじ）さまの悔い還しは認められておる。だが、これでは嫡流と庶流とのつりあいを欠くのみならず、佐橋の領民衆には混乱をもたらす。ならば、わしも武家法のならいに従って、幕府の評定（ひょうじょう）衆と本所さまに問い状を送ってみようと思う」

戦さで決すると息巻いた家人は不満そうだが、しだいに座のざわめきは静まった。

資職がみなに代わって問うた。

「相論（そうろん）でございますか」

　相論とは訴訟のことである。

「いかにも、わしの問い状が受理されれば、いずれ問注所（もんちゅうじょ）から呼びだしがあろう。そうなれば時親との相論となる」

　基親は熟考のすえ、覚悟を決めた。家督相続に異議をとなえる問い状は事前の根まわしであった。京の本所の六條院にも了解を得なければならぬ建前だった。訴訟を起こすのはそれからである。

　しかし、執権北條時頼（ときより）の世になって御家人が増えると、惣領と庶子とで相続を争う惣庶相論が多発した。それを裁くのに長い時間がかかっていた。

「訴訟となれば、わしはここを離れて鎌倉へ赴かねばならない。訴訟がいつまでかかるかわからぬご時勢じゃ。わが嫡男の花若はまだ元服前であり、わしが留守の間は、資職を代官に任ずる。一同、心をひとつにしてよき知らせを待ってくれ」

　基親が語り終えると、ため息がもれた。

みなが漠とした不安にとらわれていた。勝ち目があるのかわからぬが、それでも、兄弟が剣を交えるよりはましであろう。

「御意(ぎょい)」

資職が発声した。

六

京の六條院からは早々に返書がきた。すべて幕府に任せるよしである。本所は名目領主にすぎず、荘園が分割されたところで年貢の取り分に変わりなければそれでよい。

時をおかずして、幕府の評定からも沙汰の知らせ文が届いた。「訴訟とするため毛利基親(もとちか)は鎌倉に上洛のうえ、問注所へすみやかに訴状を提出せよ」とのお達しであった。

基親にとって、鎌倉ゆきは元服以来である。いまでは三十代になって気力も体力も充実している。この旅には花若(はなわか)を伴うと心に決めていた。訴訟という難題をいかに乗り切るか、花若に見せておきたい。鎌倉の空気を吸えば、武芸の道に精進するやもしれぬ。

もうひとつ、基親には鎌倉でかなえたい願いがあった。北條時頼(ときより)の前妻であり、基親には叔母にあたる光子(ひかりこ)に会って、花若の先々のうしろ盾になってもらえるよう頼むつもりである。

その年はまれに見る大雪だった。墨絵に描いたような雲がたれこめ、いつまでも初日ノ出が拝めない。基親は、鎌倉へ旅立つ日をなかなか決断できずにいた。

如月（きさらぎ）の啓蟄（けいちつ）をすぎたころ、屏風（びょうぶ）のように降りしきっていた雪がおさまった。とはいえ雪国の春には遠く、いずれ寒波はぶり返す。この機を逃しては、出立がさらに遅れよう。基親は、花若と従者の小太郎だけを連れてゆく考えである。越後の雪中行は大人数では足手まといになるのだった。

妻にしばしの別れを告げた。小太郎には、花若のために旅支度をととのえるように命じた。花若は、生まれてはじめて佐橋ノ荘を離れるのが不安であった。降り積もった雪にもまして、憂うつに押し潰（つぶ）される心持ちで旅立ちを待っていた。

母とて同じ気持ちであった。正月から母は日増しにふさぎこむようになった。それでも気を奮い立たせ、鎌倉で必要になるものをあれこれと女たちに用意させていた。母は、生まれ育った京の都は知っていても、東国の鎌倉には縁どおかった。

ここより南であろうから夏は暑いだろうか。衣はなにがよいか。まさか冬までかかるまいが、少しは暖かいものをそろえようかと千々（ちぢ）に惑っていた。旅のつづら籠の行李（こうり）には、佐橋ノ荘の玄米や干物を入れた。花若の好物の米粉でつくった干菓子も忘れなかった。足りるかしらんと逡巡（しゅんじゅん）するころにはもう、四つのつづら籠いっぱいになった。そして、その日がきた。

「門出の日ぞ」

八石山（はちこくさん）が太陽をあびて白銀に輝いた朝、父がそう告げた。

虎口門が大きくあけ放たれた。雪の回廊が荘園境の橋まで延々とつづいている。基親父子のために領民が掘りあげたのだ。上屋敷には家人が集まった。荘園のすべての百姓衆は門の外で待っていた。

母は、白いつぼみの雪椿（ゆきつばき）の小枝を手折（たお）って、基親の綾藺笠（あやいがさ）に控えめにさした。雪のなかで咲き初（そ）めるこの花は、微（かす）かに匂い立つまでだれに知られるでもない。

「ご無事で、早く戻られますよう」

母は夫と子の幸運を祈った。気丈に見えても、その背なかは丸く寂しそうであった。基親は妻の手をそっと握った。

「では、しばしの別れじゃ。すぐに帰る」

花若を伴って、旅の荷をのせた馬を引く小太郎を従えて歩みはじめた。その背中を、母はずっと見送っていた。

佐橋ノ荘から半刻（はんとき）ほどで、柏崎勝長（かつなが）の伝馬宿にたどりついた。天候が急変しないうちに歩みを進めねばならない。つぎの宿の直江津までは浜ぞいの道だから、冬は大変な難所になった。砂浜は積雪が少ないが、海がしけると猛烈な風が吹きつけた。勝長は雪中行の難儀をよく知るだけに三人の強力（ごうりき）を同行させた。動けなくなる馬を引くためである。

浜の道をゆく一行は、笠をかぶって脛（すね）にはばきを巻き、藁沓（わらぐつ）に樏（かんじき）を履いた。はるか北から越ノ海をわたる季節風が、塩の氷のつぶてを容赦なく打ちつけてきた。花若の柔らかなほおは、たちまちまっ赤に腫れあがった。乱舞する氷雪にあおられて、砂まじりの黒い泥に足もとをすくわれる。

「花若、しっかりせよ」

父が呼んでも、雄叫(おたけ)びのような怒濤(どとう)に耳をふさがれてなにも聞こえなかった。飛ばされそうな花若の体を抱きすくめた。肌で温めた手ぬぐいをふところから取りだし、花若の目だけ残して顔に巻いた。

勝長の配下の強力のうち二人は嵐におじけづいた馬の手綱(たづな)を引き、もう一人が馬の尻に鞭をあてている。馬は轡(くつわ)のはみを食いしばり唾液が泡となって噴いた。たてがみを渦巻いて仁王立ちする馬が、花若にはまるで冬の魔王に見えていた。

一歩、また一歩と前進した。直江津が近づくにつれ吹雪はおさまってきた。凍(い)てついた干潟が広がる土地にさしかかると、鳥が群れをなして飛んできた。羽を広げて滑空するさまは、大人が両腕を広げたよりも大きい。太い胴はぬくぬくした羽根で覆われている。

基親がつぶやいた。

「あれは白鳥(しらとり)じゃ」

花若は心細かった。父に気取(けど)られぬように母を想った。凍えたほおを伝って涙の粒がぽろぽろ落ちるのを手ぬぐいで隠した。

七

基親(もとちか)父子と小太郎は、直江津で柏崎勝長(かつなが)の配下のものどもと別れ、さらに信濃へと北国道(ほっこくどう)に歩みを進めていった。旅を急ぐ一行は冬将軍を追い越し、信越の国境のあたりではや淡雪となった。

信濃の井上山を東に見て、西へ進めば浄土信仰で名高い善光寺である。遊山の旅ではないかそのまま上田宿のさきまできた。浅間山が岩肌をはだけ、腹に穴をうがって煙を吐いていた。たおやかな峯しか知らぬ花若には、まったく不思議な光景であった。

「なぜ山の胎内からあのように雲を湧きだしているのでしょうか」

基親は破顔した。爽快に笑ったのは久しぶりであった。

「あれは噴火といってな、雲ではない。山の胎内で岩が燃えておるのじゃ」

花若は得心いかない表情であるが、あの山は大きな竈のようなものであろうと想像していた。山すそはとけて固まった巨大な奇岩に覆い尽くされて街道まで迫っていた。

竈の熱のせいでもあるまいが、花若は越後からずっと身につけたままの藁蓑がじっとり重苦しく感じられた。このあたりまでくると雪はもうない。道々のくぼみに薄い氷が張っている。それも陽が高くのぼるころには消えてしまう。花若は外衣を脱いでよいかと、父に聞いてみた。

基親は、雑木林の向こうに霞んで見える峠道をさしていった。

「あれが碓氷峠じゃ。あそこを越えれば南国に入る。それまでの辛抱じゃ」

そのあたりで、峠から足早にくだってくる貧しげな旅装の一団とすれ違った。網代笠を目深にかぶっていて顔はわからぬが、粗末な阿弥衣を身にまとって墨染めの袈裟を肩から斜にかけている。善光寺へ参籠する宗門のものと見て取れた。

一見して僧侶なのだが、遊行僧が持つ長い錫杖の輪頭が常と違って鋭く尖っている。腰に長尺の護摩刀(ごまとう)を帯びるものもいた。基親は殺気を嗅ぎ取った。右手で杖を持ち、左手には南無(なむ)阿弥陀仏(あみだぶつ)と書かれた札を握っている。シャン、シャンと威圧するように錫杖を鳴らす。低く念仏を唱えながら、虻(あぶ)の群れが羽音を響かせるようにして迫ってきた。

このころ、井上山を根城(ねじろ)にする武士団が善光寺を焼き討ちにし悪党を働いていたとは、基親一行は知るよしもない。寺の所領を荒らし、僧や信徒との間で騒乱が起きていたのだ。

僧兵とおぼしき一団をやりすごすと、基親がいったとおり碓氷の峠道をのぼりきるころに霞(かすみ)も消え、はるか眼下に赤茶けた大地が茫漠(ぼうばく)と広がって見えた。上野(こうずけ)ノ国の土の色は、越後の黒々と湿った沃土(よくど)と違って、まばゆい太陽に焼かれた須恵器(すえき)の乾いた肌のようであった。

基親と花若は、見晴らしのよい岩の上に腰をおろした。枯れ草の下から土筆(つくし)が小さな頭をのぞかせている。すっかり傷んでみすぼらしくなった蓑笠を脱いで、すがすがしい心持ちになった。小太郎が芦毛の馬の足に巻いた藁の脚絆(きゃはん)を外してやると、馬は気持ちよさそうにぶるると胴を震って足踏みした。

北国道を抜け、鎌倉街道の上ノ道(かみつのみち)はもうすぐそこであった。

八

佐橋ノ荘を発ってから二十日を数え、粟船(あわふな)宿にたどりついた。軍用道である鎌倉街道はよく整備されていたので上野(こうずけ)ノ国からの路程がはかどった。

鎌倉はもう目と鼻のさきにある。巨福呂（こぶくろ）坂を越えれば市中に入る。基親（もとちか）は、はやる気持ちをおさえて粟船に投宿し、旅装を解いて威儀をととのえた。

巨福呂坂とは、鎌倉に入るために山を削った切り通しのひとつである。山と海に囲まれた天然の要塞鎌倉は、七つの切り通しによって外界と結ばれていた。これを鎌倉七口（ななくち）といった。そのうち北西の入り口にあたるのが巨福呂坂であり、粟船から山ノ内荘を通って鶴岡八幡宮に至る道筋の坂であった。

この坂ぞいに、北條時頼（ときより）が三年の歳月をついやして、さきごろ建立された巨福山（こふくさん）建長寺があった。唐土（もろこし）より渡来した禅僧の蘭渓道隆（らんけいどうりゅう）が開山（かいさん）をつとめ、鎌倉随一の格式を誇った。

建長寺より手前の奥まったところに、亀ヶ谷（かめがやつ）坂というもうひとつの切り通しがある。亀が這（は）ってものぼれぬほど急なため、そう呼ばれた。ここに小さな尼寺があった。

その尼寺の主こそ、時頼の正室であった光子（ひかりこ）で、いまは寂光尼（じゃっこうに）を名乗る庵女（あんじょ）である。寂光尼は、基親の叔母であった。さきの宝治合戦の折に、寂光尼の父の毛利季光（すえみつ）が時頼の敵方について戦ったために離縁され、そののちに出家していた。時頼の許しによって庵（いおり）を結び、佐橋ノ荘から取りよせた紫陽花（あじさい）を庭に植えていた。

その紫陽花は可憐な紺青（こんじょう）の額をつけ、花は細かな水色の玉であった。実生（みしょう）から大切に育てて苗にし、いまでは、山すその尾根にはさまれた台地である谷戸（やと）いっぱいに咲かせるまでになった。鎌倉の人はいつのころからか、ここを紫谷（しこく）庵と呼ぶようになっていた。

春分をすぎて弥生（やよい）も間近となれば、北にある亀ヶ谷にもうららかな陽が満ちてくる。

朝のお勤めをすませた寂光尼は、鶯(うぐいす)の鳴く枝のほうへまなざしを向けた。方丈(ほうじょう)の座敷から濡(ぬ)れ縁にでて静かに座り、梅の枝から枝へわたる鳥を目で追っている。品よくととのった顔がおだやかな陽ざしを受けて照り映える。

尼僧といっても、齢(よわい)はまだ四十前である。肌に艶があり、峻厳(しゅんげん)さのなかに風格の漂う佇(たたず)まいであった。寂光尼はふと、もの思いにとらわれた。時頼公のことである。

まだ十三歳だった時頼に、光子は嫁いだ。その夫と父が剣を交えた宝治合戦が起こるまで、わずか七年間の夫婦であった。

光子は、子を産まなかった。離縁してすぐに時頼は側室に子をもうけたが、継室に入った葛西(かさい)殿の腹の嫡男を欲し、社寺をあげての祈願をさせた。そして、のちに時宗(ときむね)となる正寿丸(しょうじゅまる)懐妊のときには鎌倉中がわき立ったものであった……。

もしあの宝治合戦さえなかったなら。父が三浦方に味方しなければ。いや、そもそも三浦氏との戦さを望まなかった時頼の和義ができていれば……。わが子を授かって、いまごろは元服を迎えておろうが……。

「なんとたわけた思いであろうか」

独りつぶやくのは、尼の習い性になっていた。もはや現世(げんぜ)を絶たねばならぬのが、おのが身の上を恨んで、胸かきむしって嗚咽(おえつ)するときもあるのだった。

その時頼も、正寿丸の妹にあたる娘を三歳で亡くした年に、紫谷庵からさほど離れていない最明寺(さいみょうじ)で出家した。もっとも、いまも北條氏の家長である得宗として、実権を握りつづけているのだが。

　と、尼寺へのぼる笹竹の小道をざわざわと漕いでこちらに近づく足音がした。寂光尼の気迷いごとも、そこで途切れた。躑躅の枯れ枝を編んだだけの侘びたくぐり戸があいた。くたびれた風折烏帽子がちらりとのぞいた。

「男子の訪いとはめずらしい」

　手をたたいて寺女を呼び、この侍の用向きを聞くよう指図した。侍はくぐり戸の下に立ち、濃紺の袱紗をほどいて文を取りだし寺女に手わたした。

「主人より託されたものです。庵主さまにお目通し願いたい」

　寂光尼は文をひらいて読み終えると、晴れやかで柔和な表情を浮かべた。その文には、一首の和歌が書いてあった。

　　海かぜのはけしかるとも松が枝の
　　　　千代にたのめし色はかはらし

「お使いの方、こちらへまいられよ」

　寂光尼が声をかけた。田舎風の侍は小太郎である。

「基親どのがとうとうお着きになりましたか。越後からの便りはさきに届いておりましたゆえ、いまか、いまかと案じていました」

小太郎の労をねぎらうと、寺女に硯と筆を持ってこさせた。細くしっかりした筆づかいで、薄様（うすよう）の雁皮紙（がんぴし）に返歌をしたためた。

けふもまた人のたたかぬ柴の戸を
春まつ風のあけてけるかも

「どうぞ基親どのには、拙庵においでなさるよう伝えてください」

「確かにうけたまわりました」

小太郎は歌を頂戴して袱紗に丁寧に包み、寂光尼の言づけを預かって帰っていった。

九

基親（もとちか）と花若（はなわか）が寂光尼（じゃっこうに）を訪ねたのは、その翌日だった。

尼寺の方丈の奥に招かれた。障子をあけ放った庭は、谷戸の荒い岩肌が景色である。のどかに鳥がさえずり紅梅の香が満ちている。この時節に、はや梅が咲き誇っているさまに花若はおどろいた。

「はるばるようお越しになった」

寂光尼が基親にいった。遠い雪国からまかりこした甥を思いやる優しい目であった。基親は、烏帽子を頭にのせて、鮮やかな新緑に見立てて染めた鶸(ひわ)色の直垂(ひたたれ)を着て、共裂(ともぎれ)の袴(はかま)をつけている。平伏(ひれふ)して口上を述べた。

「かように親しくお目にかかれるとは、望外の幸せにございます」

「わたくしはいまでは尼です。気兼ねなどいりませぬ。もろもろで、さぞ気の重い旅路であったでしょう」

基親の元服以来の再会であった。すでに十数年の歳月がすぎている。基親の少年のころの面影をさぐるかのように、寂光尼のまなざしは花若に向けられていた。

「これは嫡男の花若です。佐橋ノ荘に生まれたゆえ、鄙(ひな)よりほかを知りませぬ。どうぞ、お見知りおきください」

花若は、父にならってうやうやしく頭をさげた。母が旅支度に持たせた若竹色の水干(すいかん)とすそを丸めた袴姿である。つややかな黒髪は丈長(たけなが)にしてうしろに束ねていた。

「なんと美しい童であろう。女子(おなご)を惑わさねばよいが……」

ほっほっとほほ笑んで、寂光尼は口もとをおさえた。花若はほおを赤くした。

基親は越後を発つ前に文を書いて、父の悔い還しの一件を知らせた。さて寂光尼はどのようにお考えかと思うと、落ちつかなかった。この叔母にすがる心がないといえばうそになる。いまでこそ尼とはいえ、執権時頼(ときより)の正室だったお方である。幕府の評定衆も一目おかざるをえない。

父経光(つねみつ)の置き文は、毛利家の跡目に四男の時親(ときちか)を推したも同然だった。寂光尼も毛利の人であるからには、兄経光の定めに異議を唱えるのは難しかろう……。

「どうなされた基親どの。顔色がすぐれぬように見えますが」

「恥ずかしながら申しあげます。父の死よりこのかた、心中におだやかならざる悩みがありますゆえ……」

寂光尼は、みなまでいわせなかった。

「悔い還しですね。基親どのには辛い定めになったと聞きました」

基親は語気を強めた。

「いいえ、まだ定まったわけではございませぬ」

頭に血がのぼって息につまった。いつになく悩む父を見て、花若は粛然とした。それを察して、寂光尼が言葉をつないだ。

「こうして、鎌倉へきて兄弟の相論に及ぶのですね」

そういうと、寂光尼はしばし瞑目した。

経光は、ひと言でいえば権力の怖さを身にしみて知った男であった。頼朝公を支えた大江氏の血筋でありながら、経光の父毛利季光は義兄の三浦泰村についた。三浦氏が時頼に反旗をひるがえすはめになったときに、季光は道義を選んだのだった。

もしそのとき経光が鎌倉にいたら、もろともに自刃したであろう。経光は父のようにはなるまいと誓って、終生を従順にすごした。時頼の温情で毛利の血脈が断たれなかったのは恩義であるが、それよりも権力のもたらす禍を怖れていた。

だからこそ、毛利家を鎌倉に再興してからというもの、四郎時親に冷徹なまでの知略をたたきこみ、経世(けいせい)の才を磨かせた。道義を重んじる季光の血は、むしろ嫡男の基親に脈々と流れていたのだ。

谷戸を飛ぶ鵯(ひよどり)がけたたましく鳴いた。基親は、檜扇(ひおうぎ)を手のひらできりきりと握りしめた。

寂光尼が、ようやくまなざしをあげた。

「わたくしは、そなたら両方の血脈のもの。兄弟和して、毛利のお家を守るのが願いです。あの忌まわしい宝治合戦の修羅場で、わたくしは出家と引きかえに、お家の存続を願ったのです。争いによって滅ぶような悲劇が、ふたたびあってはなりませぬ」

基親は、思わず口走っていた。

「毛利の家は、このわたくしが、かならず守りますゆえ……」

寂光尼は吐息をつき、基親の顔をしっかり見すえた。

「さりとて、遠い越後にあってお家を支えているのは、ほかならぬ基親どのです。鎌倉では、米ひと粒たりとてできはしないのです。万事に不慣れなあなたが不利にならぬよう、この尼にできるかぎり手を尽くしましょう」

基親は、床に手をついて頭をさげた。胸が熱くなって不覚を取りそうだった。

十

紫谷庵(しこくあん)をあとにして、基親(もとちか)父子は亀ヶ谷(かめがやつ)坂の上をめざして歩いていった。坂道の両側は、ほとんど垂直に削られた切り岸といわれる岩の壁である。よく見ると細く階段が刻まれている。ふたりはさらに上へとのぼった。

そこには磯馴松(そなれまつ)が立っていた。吹きさらす磯風のせいで、どの幹も北へ向いて斜めに傾いでいる。林を抜けて小高い峯の頂へでると、空と大海原が蒼(あお)く水平にとけあって広がる光景がひらけた。花若(はなわか)は息を呑んだ。

「父上、あれは……」

「相模ノ海じゃ」

銀のうろこを散らしてさざ波がたおやかに輝いている。海の東西の端につきでたふたつの岬をむすんで、白浜がゆるやかな弧を描いている。沖に島影が浮かび、そのかなたに純白の裳(も)をひろげた富士山が見えた。

花若は、甘い風を胸に吸ってみた。すると不安の陰りは潮が引くように消え、すがすがしい気持ちが体のうちに満ちてきた。

眼下の谷戸のさきには、家なみのひしめく街がひろがっている。そのまんなかにまっすぐ一筋の大路(おおじ)が引かれ、三つの鳥居が立っている。一番背の高い鳥居のところで大路はとぎれ、そのさきは海原がつづいていた。基親が感慨深げにいった。

「あれが鎌倉ぞ」

「父上、あの大路はなぜ海へ向かって造られているのでしょう。あの海にはなにがあるのでしょうか」

海といえば波高い越ノ海しか知らず、街ならば柏崎よりほかに訪れていない花若には、鎌倉は大きな扇の上に不思議をばらまいたようなところに思えた。

「おまえもいつかわかろう。幸せも、艱難も、これからはあの海のようにある。福寿の海は無量であり、かぎりないと覚えよ」

花若にその言葉の意味はまだわからないが、父から託された思いがした。

ふたりは鎌倉へおりくだった。亀ヶ谷の里には、扇の井戸という泉があった。谷戸に群落する菊の葉の雫が、石清水となってほとばしり落ちている。水の音は岩をうがって高く響いた。父と子はその清い水を掬んで、そっと口を濡らした。

寂光尼はこの里に、ふたりのための仮庵を手配していた。基親が経光の屋敷に入るのを憚ったからである。禅僧栄西が建立した寿福寺のなかにあって、いまは住む人のいない塔頭だった。旅の荷はあとから小太郎が馬を引いて運んでくる手はずになった。

寿福寺はもともと北條政子が開基した大寺院である。十数年前のもらい火で見るかげもなく焼失し、ようやく再建がはじまったばかりだった。焼け残った桐の古木が炎の記憶を身に刻んで、青紫の色鮮やかな花を枝さきからこぼれるほどつけている。

この寺に荷をといてまもなく、基親のもとには、父毛利経光の追善供養を行うとの知らせが幕府の評定から届いた。評定とは、まつりごとを決める最高機関であって執権を長とした。訴訟では、評定衆の合議で判決がくだされていた。いずれも北條時頼の側近中の側近ぞろいだった。

昨年暮れの経光の死からすでに四十九日の仏事はすぎていた。基親は、父の菩提を弔う法要を佐橋ノ荘の寺ですませている。だが、この冬の魔物のような大雪に封じこめられて出立が遅れたために、基親は鎌倉で父の供養ができなかった。

場所は大倉法華堂である。そこは鎌倉の北東にある源頼朝公の霊廟であった。基親は胸を震わせて知らせ文を読んだ。

法華堂といえば、祖父毛利季光が自刃した終焉の地でもある。三人の伯父もここで散った。毛利のみならず、北條家に刃向かって逆賊とされた三浦泰村方の一族郎党五百人が、うちそろって壮絶な最期をとげたところだった。

そこで経光の供養をするとは驚きである。幕府の公事にたずさわる御家人が亡くなれば、大倉法華堂で追善の儀が執り行われるのが慣例ではあった。頼朝公の霊前こそが最高の供養になるからだが、毛利一門にしてみれば、そこは源氏に忠義であったものが死へ追いやられた恩讐の地にほかならない。

宝治合戦から十五年が経とうというのに、いまだ北條家は毛利と三浦の怨念をおそれているのかもしれなかった。法華堂は煩悩を浄め、しょく罪を成就するところでもあるからだ。

しかもこの追善供養こそ、久しく会っていない弟の時親との対面の場にもなる。相続をめぐって兄弟に相論があるのは、基親の問い状によってすでに評定の知るところだった。毛利兄弟のどちらが時頼に忠義なのか値踏みしようという、評定衆の狙いが透けて見えた。

十一

基親(もとちか)父子は、鶴岡八幡宮の前を東西につらぬく横大路を通って筋替橋(すじかえ)までできた。鶴岡の手前で芦毛の馬からおりたので、従者の小太郎が手綱を引いている。

大紋(だいもん)の上下(かみしも)を身にまとった基親は、春風を感じてゆったり歩いた。白く染め抜かれた一文字三ツ星の毛利の家紋が、風をはらんで鮮やかに浮いて見える。

その腰には、豪壮なこしらえの朱漆ぬりの太刀を帯びている。肉が豊かな腰反りのつくりで、身は三尺もあった。祖父の季光(すえみつ)が承久の乱の功によって、二代執権の北條義時(よしとき)から授けられた名刀である。

筋替橋のところで道は「く」の字を描いて曲がるが、基親父子はそこから北へ歩みを変えた。法華堂は北の奥ノ山にあった。

そのあたり一帯は大倉と呼ばれ、かつて頼朝(よりとも)公から実朝(さねとも)公までの源氏三代が、はじめて鎌倉幕府の御所を構えた地である。実朝暗殺ののちに、北條泰時(やすとき)が三代執権に就くと、御所は鎌倉を南北につらぬく若宮大路の側に移された。法華堂に祀(まつ)られた頼朝公の祟(たた)りを怖れたからともいわれる。

いまでは掘割だけを残し、荒涼とした野原がその土地の記憶を刻んでいた。基親はそこからふたたび騎乗すると、かつての壮大な御所の大路の跡に歩み入った。

桜の花がほころんで、お堀の流れに薄紅色の霞を映している。風に舞う花びらの数片が、黒漆を塗った折烏帽子の彩になった。弥生の十八日であった。

鎌倉石を五十三段積んだ階をのぼりつめると、奥ノ山の狭い棚地に小さなお堂が見える。入り口のところで、毛利の鎌倉屋敷の家人が警護を仰せつかっていた。

いかにも古参らしい男が、基親を見て歩みよった。

「これは、お久しゅうございます。すっかり当主の風格を帯びられましたな。ご先代さまは亡くなられるとき、あなたのお顔をひと目見たいとおっしゃいましたぞ」

季光の代から仕えるものであった。基親も懐かしそうにその家人の肩をたたいて労をねぎらって、法華堂へまいる案内を請うた。

堂内はほの暗く、須弥壇の上に掛かる画幅の阿弥陀三尊のお姿を、燈明の青白い炎が静かにゆらしている。広さが四間しかなく、床几がならべてある。

右の奥に、恰幅のよい男が腰かけている。その隣に、紺の水干を着た若武者らしい男がぽつねんと座っていた。小首を傾げて阿弥陀を眺めているようだ。

人の気配を察した若い男がふり向き、逆光をあびて立つ基親の顔を凝視した。そしてぽんと膝をたたいて立ちあがった。背丈の低い男が、口をひらいた。

「これは兄上さま、ようおいでに。時親にございます」

基親は少し驚いた。弟の容貌は幼少より知らない。いまでは二十ばかりであろう。歳に似あわぬ律儀な口ぶりである。やや浅黒い丸顔は凡庸に見えた。利発で鼻持ちならない若造に育ったのではと想像していたから、虚をつかれた思いである。

弟は長じて父経光（つねみつ）の顔立ちに似た。それにくらべて、基親はうわ背があり、眉が太くあごもしっかり張った武将面（づら）である。祖父季光の生き写しといわれてきた。祖父の憂いがちな大きな瞳だけは、花若（はなわか）が受け継いでいた。

「時親か、久しぶりであるな」

言葉こそ少ないが、弟の佇まいを見て血脈の愛（いと）おしさを覚えるのを禁じえなかった。基親はいった。

「父の葬儀では苦労をかけた。雪に閉じられた遠方におるゆえ、この身がどうにもならなかった。礼を申すぞ」

「いいえ礼など。すべてはこの安達さまのご差配で、とどこおりなくすませました」

そういって、時親は隣にどっかり座っている恰幅のよい男に頭をさげた。執権を支える評定衆の安達泰盛（やすもり）であった。よく熟れた瓜のような褐色の顔をしている。細くはねた鼻ひげを指でさわりながら、基親をじろりと見て黙礼した。

基親は怯（ひる）んだ。「これが、あの安達泰盛か……」と、心のうちにつぶやいた。

まさかこの男が毛利家の追善供養に列しようとは、思ってもみなかった。胸中の動揺を悟られまいと、基親はことさら深くお辞儀を返した。

この安達氏こそ、宝治合戦にあたって三浦氏を戦さへ追いつめた張本人である。三浦泰村（やすむら）との和義に傾いた時頼（ときより）の意に反し、合戦を仕掛けたのだった。三浦を倒して安達の威を示すために謀（たばか）ったのである。しかも祖父季光の本領である相模の毛利ノ荘は、合戦の恩賞として安達氏に与えられていた。

　安達泰盛は十七歳のとき、この合戦で初陣を勝利で飾った。時頼は毛利の娘であった正室の光子（ひかりこ）を離縁すると、安達の娘である母親の忠言を聞いて継室を迎えた。嫡子時宗（ときむね）の元服では烏帽子を運ぶ重責を泰盛がつとめ、後見を託されていた。

　評定衆のうち最も北條家に近い人物と目されていた。その人が弟時親のうしろ盾になろうとは、基親は露も知らなかった。まだ若い時親を操って、毛利家を意のままにする策謀ではあるまいかといぶかった。

　時親は静かに、兄の目を見ている。

「わたくしは、父の遺志を継ぐと霊前に誓いました。父の悔い還しによる定めについて、兄上から評定に訴えがあるよしに聞いております。そのお考えに変わりはございませぬか」

「変わらぬ。血脈で修羅の争いをしたくないからこそ、評定衆のご判断を仰ぎたいと思っておる。それに……」

　基親は口ごもった。十も歳の離れた弟に嫡男の立場をふりかざしては、おのれを卑しめるだけである。弟の面子（めんつ）をも傷つけよう。基親は恥を知る人であった。

　時親のほうからたたみかけてきた。

「なんでございましょう」

　基親は噛んでふくめるようにいった。

「わしは、ものの道理を信じている」

時親がふっとため息をついたのを、基親は聞き逃さなかった。

安達泰盛が、大儀そうに床几から立ちあがった。基親の顔を真正面に見すえて、兄弟の話に割って入ってきた。

「ほほう。道理でござるか」

興味津々（しんしん）の顔である。

「どのような道理であるかは、訴状を拝見してからといたそう。それにしてもそのほうは、先々代とよく似ておられる」

先々代とは季光のこと。安達の言葉だけに、基親は鳥肌が立つ思いである。父経光の悔い還しは、西国（さいごく）の吉田ノ荘をいずれ毛利本領にするためなのか。そこを時親に分知するのは、もはや嫡流にこだわらないという意味である。

それではお家の道理が通らぬと、基親は考えていた。しかしながら、いまここで安達と口論するような失態があってはならなかった。

そこへ、もうひとりの幕府の重鎮である長井時秀（ときひで）が到着した。法華堂に入った長井は基親を見とめて、まっすぐに歩んできた。

「これはこれは、見違えるようだ。覚えておられるか。おぬしが鶴岡で元服したときに烏帽子親になったのがわが親父どので、わしも立ち会ったのじゃ」

基親の硬い表情がようやくゆるんだ。

長井のまわりはおだやかな空気に満ちている気がした。長井は、毛利と同じ大江一族である。祖先の大江広元が、源頼朝公の右腕となって幕府を支えた。もとは朝廷の文官だったが、下向して初代政所別当に任じられた。兵法でも世に名高く、文武両道の血筋であった。

かの宝治合戦で、長井は毛利に与しなかったものの、戦さののち経光の助命と佐橋ノ荘の存続に力を尽くしてくれた。長井は毛利の恩人であった。

大江一族の惣領の長井が親しく声をかけてくれたのはうれしかったが、基親は一門のうちに相論を起こしたのを深く恥じた。

「長井さまには面倒をおかけします」

長井は基親を思いやる顔である。

「相論であろう。評定衆は訴訟の当事者にかかわらぬ決まりだが……。わしはまだ評定衆ではないゆえ、おぬしの力にもなろう。公事はわからぬだろうが、案ずるな」

そう快活にいうと、安達のほうをふり向いてわざと咳払いした。安達は苦々しげである。訴訟にかかわる評定衆の掟について、長井が釘をさしたからだ。

長井にしても、安達に劣らず時頼の信頼を得ている。若くして京の朝廷への使者を任されていた。長井は安達家から妻を迎えているが、安達とはそりがあわない。もとより、毛利嫡流の基親の側に同情していた。

弟の時親は、この鎌倉で公事の素養を身につけた。それに比べて基親は、土にまみれて天候や収穫の心配をして生きてきたのである。兄弟とはいえ、まったく別の世にいるのも同然だった。

基親の耳もと近くに顔をよせ、長井がささやいた。

「問注所の執事に心やすいのがおる。訴訟の決めごとを伝授させよう」

長井は、時親の側に立つ安達への意趣返しのつもりであった。

法華堂が衣擦れの音にざわついた。

導師を任された鶴岡八幡宮別当の隆弁が姿を見せた。大僧正の法服である錦織の袈裟を身にまとい、白の帽子をゆったりかぶっている。五、六人の連行衆が隆弁にかしずいている。

このお堂は、もとは頼朝公の持仏堂であったのが、死後に廟所に改められた。法華三昧の密行がさかんになされ、死者への追福を祈願してきた。

隆弁もまた、宝治合戦によって運命を変えたひとりであった。

朝廷と結んだ天台僧が打倒北条の祈禱をするなか、ただ隆弁のみが時頼の勝利のために祈った。それから、時頼の恩顧を受けて幕府の鎮守の頭人にのぼりつめた。嫡子懐妊の祈願を任されるほど信頼され、このごろは鎌倉の政僧とうわさされていた。

基親の脳裏に、さまざまな妄念が浮かんでは消えた。

追善供養の導師として隆弁はかなりの格上である。隆弁を遣わしたのは、時頼のほかない。

しかも、毛利のかつての敵の安達と、同族の長井という実力者をそろって参列させた。

とすれば、時頼に恭順しても不遇に終わった経光の追善のためか、あるいはかつての逆賊への恩顧を天下に示すためか。いずれにしても時頼が、毛利のお家騒動に関心をよせているのは確かだった。

護摩の炎が高々とあがった。結界された祭壇に薪が組まれ、供物がつぎつぎに焚かれてゆく。赤い炎がしだいに青く透明になって輝き、香の臭気が立ちのぼる。曼荼羅の細金飾りが妖しく光を放ち、天上界と見まごうばかりである。

隆弁は三昧の境地に入った。

仏と同身になって光明に煌々と照らされている。大日如来の化身である金色の塔鈴を指につまんで鳴らした。妙なる響きに耳を澄ます気配がする。阿修羅のすまう霊界が、隆弁の祈禱に魅惑されているらしい。闇に封じられたものがうごめきだす。かつて隆弁が滅亡を切に祈ったものどもの怨霊が、呼び覚まされている。

怒り争う地霊となってなお往生できない無数の亡者が、立ちあがる煙のなかから浮かんでは消え、消えては浮かぶ。護摩が高く焚きあげられるたび、霊が法華堂を乱舞する。しだいに強く打ち鳴らす塔鈴に導かれ、業の苦しみをひとつひとつ吐露するようだ。

花若は、お堂のうしろに座っている。幻影とうつつとの境が朦朧としてゆく。曾祖父にあたる季光がこの場で自刃したのを、花若は知っている。胸が烈しく鼓動した。

やがて、低くおごそかな声で光明真言が繰り返し唱えられ、迷いでてきた霊に向かって隆弁は極楽浄土へ渡る引導を授けた。

したたり落ちる脂汗を絹の袱紗でぬぐい、隆弁が合掌したままの姿勢で祭壇からおりてきた。あれほどの炎にあぶられた顔がいまは蒼く変化して見える。

十二

法華堂の外は、春の清い空気が満ちていた。青空に刷毛で引いたように白雲がおぼろにたなびいている。

花若は腹まで深く息を吸った。

法華堂の幻影は去ったのか、それとも隆弁を介してわが身に執着したのか。花若は宙に浮くような心持ちである。佐橋ノ荘では知るよしもない権勢を身にまとった大人たちが放つ力に圧倒されていた。

父に連れられて、法華堂の建つ山すそをゆっくりと歩いた。さほど離れていないところに、やぐらと呼ばれる岩窟墓があった。山の岩肌に穴をうがちそこを墓としたのである。

そのやぐらは大人の頭がつかえるほどの高さで数人が入れる広さだった。たがねで石壁をけずった跡がこまかく刻まれている。五輪塔は苔むして卒塔婆は朽ちていた。

父がそこを示していった。

「宝治合戦で謀反人にされた三浦さまの墓じゃ。その向こうの塚が見えるか。あれは、祖父の季光公を供養する石なのだ」

赤ん坊の体ほどの土を盛っただけの塚である。そういわれなければ、まったく気づかないほど地味な鼠色の石が置かれている。

季光の墓は別にある。鶴岡八幡宮の西の丘に大江広元（ひろもと）を祀ったお堂があり、その裏手のやぐらにひっそりと置かれていた。いつのころか、毛利一族が自刃したこのあたりに塚ができた。石のまわりに一人静（ひとりしずか）の可憐（かれん）な白い花が群落となっている。

どこからともなく、ひとりの老いた僧があらわれた。

「もしや毛利家に縁のあるお方か。お召しものの御紋が、ふと目にとまったものですから」

基親（もとちか）が答えた。

「さきほど法華堂にて父毛利経光（つねみつ）の供養を終えたところです。こうして息子ともども毛利家ゆかりの場所に詣でております」

「そうでしたか。この塚がよくおわかりになりましたな。あの戦さの記憶がなまなましいうちは、立派な供養塔にするのもかないませぬゆえ……」

老僧は申しわけなさそうに言葉をにごした。

花若が唐突に問うた。

「お坊さま。なぜ人は傷つけあったり呪ったり、供養したりするのでしょう。おかしいではありませぬか」

基親がさえぎった。

「控えよ」

老僧はおだやかにほほ笑んでいた。

「ほっほ、これは賢い坊っちゃんじゃ。そのとおりでございますね。確かに殺生をしなければ供養もせずにすむ。供養をすれば殺生してもよいわけではない」

この日、基親は一族にまつわる因果をつくづく感じていた。花若の疑問はいかにも幼いとはいえ、世事に心すり減らした大人にはできない問いである。

老僧は居ずまいを正した。

「毛利のお方なら知ってのとおり、ここで大きな殺生があったのでございます。あれほど酷い(むご)ありさまは、鎌倉殿の世になってからほかにありません。いかなる供養によって成仏(じょうぶつ)させられるものやら、この年寄りにもわからぬので。ただ南無阿弥陀仏と……」

数珠(じゅず)のひと粒ずつを指さきでたぐって、静かに念仏を唱えている。

基親は尋ねた。

「というと、御坊(ごぼう)は宝治合戦のときにここにおられたのか」

「さようにございます」

老僧がうなずいた。ここで三浦と毛利一族の最期を看取ったという。とつとつとした口調で語りはじめた。

「あれは、夏のはじめのひどく蒸し暑い日でした。三浦泰村(やすむら)さまと弟の光村(みつむら)さまが法華堂に入ってこられたのでございます。安達さまの軍勢に追いつめられ、一族を引き連れて覚悟のうえでの立てこもりでした」

僧は目を閉じて、胸のうちに封印した記憶のかんぬきを外した。

「若い光村さまは顔を刀でそぎ落とし、だれであるかわからぬようにしたうえでお堂に火を放って死ぬといい張りました……」

「なんと……」

「それを兄の泰村さまが諭したのです。頼朝（よりとも）公の墓前で死ぬのにためらいはないが、ここを穢（けが）してはならぬ。その怨念は一門に取り憑（つ）くのみならず、いずれ北條を呪い潰すであろう。わしは北條一族に怨（うら）みは残さない、と。そのようにおっしゃったのでございます」

基親は悲痛な思いにとらわれた。だが、ひとつ聞かねばならぬ謎があった。

「わが祖父、毛利季光の最期はいかに」

「季光さまもこの法華堂にたどりつかれました。季光さまはすでに出家の身でありながら、出陣されたのでございます。このうえはおのおの持仏を心中にいただいて、潔く武士の最期を迎えようではないか、と仰せられました。みな感涙にむせびました」

「やむなく腹を切ったのではないのだな」

「そうではありますまい。もうひと戦さ交える勢力はあったでしょう。にもかかわらず、三浦と毛利の一門五百余名が念仏を唱え、命を絶ったのです。わたくしどもには、とても引導を渡せる数ではありません。阿弥陀さまに祈願するばかりで……」

花若の心にわだかまりがあった。はたして真実はどのようなものか。

この狭い裏山で、それだけの数の武士が腹を切ればどんな惨状になるか、老練の僧でも、思いだすのが耐えがたいほどの心の痛みである。多くの武士の肉体が死の淵になだれ落ちるまでになにが起きたか。肉に死しても、魂は潔くこの世から離れたのであろうか……。花若はじっと僧を見つめている。

老僧は苦行を重ねるように、さらに記憶の深層をたどった。

「死にきれぬものも多くいました。あとに残す妻子を思って死ねないもの、なぜ戦わずして死ぬのか得心できないもの。それは数百人もおったでしょうか」

基親が聞いた。

「そのものどもはいかに」

「この山の奥へと、みな忽然と姿を消したのでございます」

「山奥とな。それは、まことか」

老僧はうなずくばかりであった。

花若は体の自律が失われるような感覚を味わっていた。

曾祖父の季光の読経によって、いっせいに自死するさまはなにかに取り憑かれたとしか思えない。死にきれぬものどもの霊が、悪しき念となって花若を呪縛した。隆弁の加持によっても成仏できないものの怪である。

無垢な魂は肉のうちで悪と共存できない。悪しきものが花若の魂を奪おうとして、虚ろになった。

「山の奥へ、ともにまいろう……」と、悪しき念が花若をいざなう。石の塚の前で花若は血の気を失ってぐったりと身を伏せた。

「花若、いかがした。息をととのえよ」

魂が抜けた体に父が声をかけるのだが、花若の意識は天の高みにのぼっている。地からあらわれた亡者が無数の手を伸ばし、花若の抜け殻を連れ去ろうとしてうごめくさまを見おろしているのだった。

老僧が思わぬ言葉をつぶやいた。

「この子は心に血を流しておるのだ。肉の血を流すよりつらく厳しいはずじゃ。心の血をとめなければならぬ」

喝(かつ)の一声によって、幻覚のなかにいる意識が地に落ちた。

白い花をむしろに横たわり、石の声に耳を傾けた。老僧がなにごとか語り聞かせたので、花若はひとりとても静かな心境へと変わった。

花若の肉の震えもやがておさまった。肉に憑いた悪しき念が消え、ようやく体に心が宿った。花若から抜けた亡霊は、ふたたび冷たい石と化してうずくまった。

幼い日に碧(あお)い海のなかに死を見てから、花若はふたたびわが身の死を味わった。

基親は困りはてた。この子は武士であるより仏門にこそ向くのではあるまいかと、暗然たる気持ちにとらわれていた。

石の塚は冷たく沈黙したままである。

山のどこかで野ぎつねの哀しそうな声がした。

十三

長井時秀(ときひで)は約束を守る男だった。

法華堂での供養のあと間もなくして、長井は問注所の執事を基親(もとちか)に紹介した。この人は御家人の領地訴訟である所務(しょむ)沙汰に通じており、訴状の書き方から訴訟の段取りまで丁寧に教えてくれた。

　さっそく基親は、筆をとって訴状をしたためた。執事の助言に従って簡潔な短い文にした。いずれ書面による陳状(ちんじょう)を双方で交わす運びになる。なにより訴訟を早く終わらせて佐橋ノ荘へ帰らねばならない。基親は問注所の審理を急ぐよう長井によく頼んでおいた。

　いよいよ訴状を提出する日がきて、基親は花若(はなわか)を伴って問注所へでかけた。若宮大路からひとつ西の筋にあたる今(いま)大路を抜けて、問注所の門前まできた。向かいには立派な武家屋敷が軒をつらねていた。黒い板塀の頭ごしに流れ落ちる滝のようなしだれ桜の散り花が、なごりの吹雪となって春風に舞った。

　花若は佐橋ノ荘を思った。そろそろ雪はとけるころであろうか、母上はどう暮らしておられるであろう。鎌倉でのひと月はあっという間だったのに、故郷がずいぶん遠くなった気がしていた。

　いかめしい黒門の前に、全国から訴訟を求めて集まった訴人(そにん)が列をなしていた。武士や公家の荘官もいれば僧侶に尼もいる。基親はここで引付衆と呼ばれる裁判官に訴状を示し、審理を願いでなければならなかった。

引付衆とは訴訟を迅速にするために執権時頼が設けた職で、幕府の評定のもとに置かれた。若いころに引付をつとめた長井時秀の根まわしで、訴状が受理されるのは確かであった。

基親が引付衆と談判する間に、花若はしばらく街を散策してみようと思った。ひとりで鎌倉を歩くのははじめてだった。

今大路を浜のほうへ歩むと、佐助川に架かる裁許橋がある。判決をくだされた人々がさまざまな思いで越える橋であった。その橋をわたって六地蔵を祀った辻を曲がると、浜の大鳥居までやってきた。その向こうには、砂丘と松原が渚までつづいている。

春の南風が吹いて波はおだやかだ。白い波頭は無数の指さきになって、たおやかにうねる絹の水面を織りあげている。潮騒は耳にここちよく、磯の匂いが鼻をくすぐる。花若は思わず駆けだした。砂を蹴る足がもどかしい。まだ知らない世界がひらけるかのようだった。

沖には唐船が浮かんでいる。唐土の王朝である南宋や高麗からの貿易船だ。花若が柏崎の湊で見る船よりはるかに巨大で帆柱が二、三本も立っている。それが十艘もあろうか。すでに帆をおろして投錨している船や、ちょうど出帆するばかりに風をはらませている船もある。

滑川の河口を渡って、米町ノ辻という浜ぞいのにぎやかな一角へ入ってみた。

砂ぼこりをもうもうとあげて、材木や薪炭を山と積んだ荷車が走る。車夫の胴着は玉の汗が塩になって染みている。魚臭い海女たちは、収穫がたっぷり入った竹籠を頭にのせてにぎやかに通りすぎてゆく。

雪国ではありえないほど肌が陽に焼けて火照っている。そこは、武家屋敷や寺のある山側の谷戸とは一転して、町衆の活気にあふれていた。

花若は異人にも目を見はった。群を抜く背格好の男たちである。胸から上が町衆の頭ごしに見える。かい巻きのような厚手の着物をまとい、頭には毛皮のふちのある四角い帽子をのせている。目尻が切れ長で、あごひげを胸まで伸ばしていた。

その男たちは和賀江ノ津から歩いてきた。鎌倉の東端にある飯島崎の浅瀬に、石で築いた湊である。沖の高麗船からはしけに乗りかえ、上陸したばかりの蒙古人であった。

柏崎の湊では、佐橋ノ荘の年貢米を船に積みこむ作業を見ていた。柏崎勝長配下の荒くれた海の男たちが敦賀や遠く博多まで運ぶのだ。年貢米はここ和賀江ノ津にも陸揚げされ、浜の高御蔵に納まった。花若はめずらしい光景に目を奪われていた。

往来の人たちは、それとはなしに花若を見ている。

町衆でにぎわう通りを武家の子がひとりで歩くのがめずらしいせいもあるが、花若の姿が目を引くからでもあった。茶屋の女がちょっかいをかけた。

「ちょいと坊っちゃん、うろうろしてると人商人にさらわれるよ」

女の声があまり大きかったので往来の娘たちもくすくす笑った。

人商人とは闇の市場で人身売買する悪党をいう。見た目のよい童なら、怪しげな田楽一座か男色の僧にでも売り飛ばしてしまう。幕府の禁令によって奉行が取りしまっているが、網の目をかいくぐる悪党はあとを絶たなかった。

花若は町衆にからかわれたとようやく気づき、まぶしそうにあたりを見まわした。なぜだか笑われたのが恥ずかしく、一軒の小町屋に飛びこんだ。

その家は、各地のめずらしい品物を商う店だった。貿易船が運んでくる高価な青磁の壺や香炉、茶や酒や香木、はるか韃靼（だったん）の緞通（だんつう）や更紗（さらさ）までところせましとならぶ。歳のころは十六、七の娘が店番をしている。奥にいる主人は花若をちらりと見たきりでてこない。

花若は女ものの小道具に目をとめた。飴（あめ）色のべっ甲のかんざしや柘植（つげ）のくしがならべられていた。母へのみやげの品を選んで、文と一緒に送ろうと思った。

娘は木綿の小袖を着て稔（みの）りを迎えた稲穂のような黄金色の肌をしている。「なにがほしいのですか」と問い、花若が「母のものを」というと見つくろってくれた。

小さな白磁の皿に塗り重ねた京紅（きょうべに）をすすめた。娘はその紅を少しだけ小指のさきにとって自分の唇に薄くのせた。唇は花若の顔に向けられた。紅のうすい膜は夜光貝（やこうがい）の緑のようになまめかしく変化した。耳朶（じだ）がぽっと染まったのに、おくての花若は気づかなかった。

紅の値は安くはなかったが、きっと母の肌には映えるであろう。花若は腰につけている巾着袋のなかを数えた。父から預けられた日用銭の大半をはたいて買った。そして、来た道を引き返して寿福寺の仮庵（かりいお）へ帰っていった。

その夕べ、花若は母に文をつづった。

はじめての文であった。旅のめずらしい風景、大叔母である寂光尼（じゃっこうに）の消息、法華堂での不思議なできごとや、きょう街で見たにぎやかな印象を書いた。紅の皿を綿で丁寧にくるんで文にそえた。

いつのまにか二月堂机に伏して、花若は眠っていた。机上には櫨蠟燭を立てた燭台がある。炎に春の精が宿り、花若の横顔が陽炎のようにゆらめいた。

十四

越後の春は初夏を伴ってくる。

観音さまの寝姿にたとえられる八石山はやわらかな緑の衣をまとった。山の稚児である野兎たちは栗色の夏毛に変じている。

峯にわずかに消え残る雪形が見えるようになれば、佐橋ノ荘の田仕事のはじまりのしるしである。

花若の母は朝の春陽さす奥屋敷の寝所でうつらうつらしていた。障子の向こうの廊下から代官を任されている資職の声がした。

「奥方さま、鎌倉のおやかたさまから文でございます」

母は夢ごこちから覚めた。

夫の基親と息子花若が鎌倉へ旅立ってとうに三カ月はすぎている。便りが届かぬのは多忙さのゆえと思っても、きょうかあすかと待ちわびていたのであった。

床から起きてすぐにも文を読みたいが、まだ夜着のままである。それにしても資職がどうして寝所までと思ったが、それも便りが届いたうれしさですぐに忘れた。

「文は書院のほうへ。わたくしはすぐにまいります」

「かしこまりました」

渡り廊下のほうへ、資職が立ち去る気配がした。基親の留守を預かる資職とその妻は、主人の不在中は別棟の下屋敷に起居している。

奥屋敷の書院が母の日常の居所であった。六間（けん）の広さに十二畳が置かれている。書道具や紙を納める紫檀（したん）の違い棚と文机（ふづくえ）がしつらえてある。奥屋敷に仕える侍女はさきほど資職が届けにきた二通の文を預かっていた。

母はさっそく基親の文の表巻き（うわまき）をひらいた。仮住まいながら鎌倉に荷をときようやく訴状を提出したよし、亡父経光（つねみつ）の立派な追善供養についてもつづられていた。

ほっと息をついておだやかな顔になった。安心したのである。京の都が生まれの母にとって、鎌倉の印象といえばおどろの道のはてるところであった。母はゆったりした心持ちになった。ついで、花若からの小ぶりな包みを手に取った。

ひもをとくと綿にくるまれた紅の皿が入っていて、文がそえられている。花若が女子（おなご）の紅などをみやげに選んだのに少し驚いていた。侍女がそれと気づいた。ついぞ見かけない玉虫色に輝く色目である。

「京紅でございますか。なんと美しい」

目もとを細めて母がつぶやいた。

「まあ、背伸びをなさって」

息子が大人びてくるのはさみしい気もするが、母にはやはりうれしかった。

折紙（おりかみ）の文には紅を買ったいきさつなどがしたためられている。花若の字はのびやかに躍動していた。母は女手（おんなで）の能書家である。息子に教えたのは繊細で優雅な筆づかいであるから、新境地が筆に勢いをのせたのかしらんと思った。

時のたつのも忘れ、読んでは目を閉じて思いを馳せ、また読み返すのだった。

そこへ、ふたたび資職があらわれた。

「おやかたさまはお変わりなく」

母が満足そうにうなずくのを見て、無事を悟った。資職はつづけて、風変わりな知らせをした。なにごとか判断に迷っているようすである。

「じつは、さきほどから田楽法師の一座が館にまかりこし、ぜひともお田植えの舞をご覧いただきたいと申しております。なんでも邪気払いの呪法（じゅほう）を使うとか……」

「邪気払いとな。それは、いかなるゆえあってじゃ」

「田楽法師をこれへ呼んで、直々にただされてはいかがかと」

「わかりました。会いましょう」

田楽はもともと田植えを囃（はや）すための歌舞であるが、しだいに風流な芸能となって田楽能のような芝居になった。曲芸や奇術の使い手もいる。あやかしものと怖れられながらも、公家や武家から庶民まであらゆる階層をとりこにしていた。

さっそく、下屋敷に田楽法師が呼ばれた。

陰の気配を漂わせた壮年の男である。深いしわを刻んだ顔には不つりあいな朱色の烏帽子を頭にのせている。伏し目がちに首をたれているが、それは従順なのではなく周囲を拒絶する姿勢であった。

戸障子で仕切られた土間には一座の男と女が十数人そろった。男は天狗や鳥の面をつけて羽根や毛皮を身にまとい、女は白拍子(しらびょうし)の装束(しょうぞく)である。いずれも異類異形(いるいいぎょう)のものたちで、館の使用人はみな怪しんでいる。

花若の母は法師に問うた。

「この荘内で田楽を舞いたいそうですが、呪法を使うのはなにゆえか」

法師は一、二度、まばたきした。わが意をえたりという表情を浮かべたが、あえてうち消すように重々しく答えた。

「この佐橋ノ荘では、所領相論の争いがあるやに伝え聞きました。われらが一座の呪師(のろんじ)によりますれば、怨霊のしわざゆえと申します」

「なんですと」

「怨霊でございます。毛利さまの血脈に加えられた怖ろしい苦しみが、禍根となって取り憑いておりまする。このうえは迷える亡者を鎮(しず)めて、荘園を守る御霊(ごりょう)となさねばなりますまい」

資職はいぶかしげな表情をして、法師の顔をじっと見た。

花若の母は不安にかられていた。心がかりは、鎌倉へのぼった基親と花若である。もし領地争いが訴訟で収まらなければ、基親と弟の時親が兄弟で剣を交えるようになるまいかと、悪夢にうなされる思いでいた。

もとをたどれば毛利一族の禍根とは、惣領と三人の息子を失った宝治合戦にあった。現世への執心と敵への怨念をなだめ、子孫繁栄の守護となってもらわねばならない。法師の言葉に心が動いた。

「よいでしょう。まずはここで、あなた方の田楽とやらを見せてもらいましょう」

無表情のままで、法師は平伏した。

「ありがたくぞんじます」

資職はまったく不服であった。田楽一座を迎え入れるには、それ相応の下賜の金品がいる。基親の鎌倉ゆきで金子のかかる折に不要不急の銭は使いたくない。しかも異形のものを引き連れているから、荘内の風紀の乱れもやっかいであった。

資職は法師をにらみつけ、おのが身をひきしめた。

ところが法師のほうは、資職の疑心などいっこう気にもとめていなかった。

十五

にぎやかに銅拍子を打ちあわせる音が領主館に響いた。

花笠をかぶって高下駄のぽっくりを履いた笛吹きが出囃子になって、田楽法師の一座が館の庭に立った。

鼓を胴の脇に掛けるもの、太鼓をかつぐもの、佐々良という打楽器を捧げ持つもの。さきほどの法師は、豪華な錦の水干を着て鶴亀の藁人形をつけた衣笠を頭にのせている。

一座がそろったところで、まずは酒が二献ずつふる舞われた。花若の母が法師を召して三反の絹を下賜した。三献を飲み干し酒杯の土器を三和土にぶつけて打ち割ったのを合図に、けたたましく笛が吹き鳴らされた。田楽のはじまりである。

こぼこぼと小鼓が打たれ、太鼓の低い音が拍子を取った。大蛇が身をくねらせるように佐々良が自在にうごめき、しゃりしゃりと神妙な音を立てる。

館の庭には、名主である名田百姓も集められた。毛利の家人や、館の下働きの男女も、なにごとかと興味津々の顔である。

長い棒に足場をつけた高足に乗った軽業師が跳ねまわる。あざやかな紅緋の袴姿のものがふたり、ぴったり息のあった立ちあいの舞を演じる。奏楽はかまびすしさをまし、田楽ものは憑かれたように舞い踊った。

奇態な呪師（のろんじ）は、八咫烏（やたがらす）の面をつけ黒い羽根の蓑に身を包んでいる。呪師が右へ左へひるがえす扇に田楽が支配されるかの勢いである。

名主は、この世のものとも思えないありさまに感嘆した。下働きの若い男女は、太鼓の音の繰り返しに体をゆさぶって、うっとり忘我の顔である。田楽のしらべは、長く厳しい冬に耐える人の心をとろかす躍動に満ちていた。

花若の母も満足げであった。非業の死をとげた毛利の祖霊がいくらかでも慰められる気がして、重苦しい胸のつかえが取れる心地だった。

それから、田楽ものが佐橋ノ荘の田植えに呼ばれて歌舞を囃すようになった。なによりも、名主が田楽のとりこになっていた。この春の田植えのために、競いあって田楽法師を招こうとした。

水無月（みなづき）になると、八石山（はちこくさん）から湧く泉を源にする溜め池もぬるむ。よく起こした田にその水を導き入れ、牛に鍬（くわ）を引かせて泥を練ってならす代掻き（しろかき）ができれば、いよいよ田植えである。

田植えは領民総がかりであった。名田百姓はそれぞれ田植えを取りしきる田主（たあるじ）になる。苗を用意して早乙女（さおとめ）を呼び、万端をととのえるのである。

東風（こち）吹きわたる朝に、田んぼの水口（みなぐち）に田主が御幣（ごへい）を立てた。白い紙の束が竹の棒のさきにつけられ、ゆるやかな風にたなびく。田植えのしるしであった。

赤い木綿の小袖のすそをたくしあげた早乙女は、いつになく明るい顔である。今年は田楽法師がくるからだ。見たこともない奇術を使い、聞いたこともない音色を奏でるという。うわさを聞いた郷人も集まった。田んぼが祭り舞台のように、畦道に人が鈴なりである。田に落ち、泥まみれになって笑う男もいる。

　苗籠を腰につけた早乙女が、いっせいに水田に足を入れた。

「冷ゃっこい」

　若い娘が思わず嬌声をあげた。見物人がどっと笑う。

　苗をびっしり詰めた笊をぶらさげた天秤かつぎの男も田んぼに入った。娘たちは、田楽の一座はまだこないのだろうかとあたりを見まわしている。

　花若の母も姿を見せた。代官の資職がつき従っている。祭礼の場に敷かれた毛氈に座って、手を額にかざして眺めている。陽ざしよけの大きな風流笠がさしかけられた。

　佐橋川に架かる橋のほうから、田楽一座のお囃子が聞こえてきた。畦道に這う蝮のようにくねりながら近づいてくる。

　黒い面と白い面をつけたふたりの呪師が先頭である。花笠をのせた囃子方が鼓を打ち、笛を吹き踊っている。かぎ鼻の奇態な黒い面をつけた男が、扇をひらいて呪をとなえ魔を祓い終えると、田主のかけ声で田植えがはじまった。

　早乙女が列をなし、囃子にあわせて苗をつぎつぎと水田に手向けてゆく。腰の苗籠はあっというまに空になる。天秤かつぎの男が苗の束を娘の足もとへ放った。娘たちは前かがみのまま、軽快に足踏みをそろえて進む。豊満な腰が右へ左へと動く。驚かされたお玉杓子が、小さな尾をふって水田を逃げまどう。

一反また一反と、まっすぐ目のそろった萌黄色の模様が織られていった。細筆書きのような早苗は頼りなげに風にそよいでいる。

田植えは佳境を迎えた。

白い翁の面をつけた白装束の老人があらわれでると、玉なりの神楽鈴をしゃんしゃんと鳴らして五穀豊穣を祈願した。やがて翁は、金扇をひらいて高く掲げた。すると、宙をあおぐその扇のさきに、まっ白な蝶々がひらひら舞い遊んだ。

「おお、御幣が蝶に化身したぞ」

「まことの奇術じゃ」

だれかが叫んだ。稀人がもたらす幸せな不思議を見て、みなが田楽に魅了されていた。

十六

資職はますます困惑した。

田楽ものが、花若の母のみならず領民の心を鷲づかみにとらえたからだ。一刻も早く、ここから追いださねばならないと思った。かといって、手荒なまねをしてことを荒立てたくはない。

資職は一計を案じ、花若の母にすすめてみた。

「今年の田仕事はたいそうはかどったと、名主どもがいっております。これも田楽法師に下賜を取らせた奥方さまのおかげ。そろそろ、田楽ものに延年の舞をやらせてしめくくってはどうか、と……」

延年の舞とは、法会の慰労の田楽をいう。荘園の大切な儀礼でもある田植えを終えた節目に宴をひらき、田楽ものにお引き取りを願う算段である。

花若の母は、さきの田植えが祝祭のごとく行われたのにいたく喜んでいた。夫の不在を守る身として、米づくりがつつがなくはじまって安心した。

「それはよい。さっそくお願いしましょう」

母は田楽ものの管弦や舞楽に一目置いた。そこで、延年の舞は庭立ちではなく館の舞台を使わせるとした。

数日のちの夜、舞台の四隅に薪をくべた鉄の籠が吊された。そこへ火を焚きつけると、ぼうと火の粉が飛んだ。何枚もの田の水面に、いくつもの月が移ろって、ほんのりと照った。

舞台の上には十人の田楽ものが控えている。横笛、ひちりき、笙と琵琶の奏者が、花若の母を待っていた。

母が舞台へ渡る橋掛かりにあらわれると、ため息がもれ聞こえた。山吹色の絹に金糸で鳳凰を織りこんだ袿をはおり、紅の袴をつけた装いである。凜とした佇まいで、箏の前に座り、幾筋もの弦の上を指が流れつまびいて管弦が奏でられた。

舞楽になると、遊行僧に扮した田楽法師が声明をあげてしずしずと舞った。奇態な芸とはうって変わった神妙な田楽能である。春の夜の更けるままに、六、七番も舞いつづけられた。

花若の母は、はるか鎌倉に思いを馳せ、いまこの月を夫が見あげているよう願った。

田楽の一座には褒美(ほうび)の一封が与えられ、資職からは、「あすにもこの里からすみやかに去れ」と厳しく申し渡された。

ところがこの宴が過ぎても、なぜかいっこうに佐橋ノ荘を去る気配がない。それどころか、田楽ものに、さまざまな悪い風説が聞かれるようになった。

田楽ものは、人のいない鎮守や地蔵堂、廃屋に居ついた。昵懇(じっこん)になった百姓の納屋にころがりこんで寝食を供されるものもいた。神出鬼没にあらわれ、芸を見せては銭を稼いだ。

佐橋川にかかる橋のたもとで、夜な夜な燃える水が焚かれ、異形の舞が演じられていた。燃える水とは、どろりと腐った臭気を放つ黒い脂である。このあたりでは草生津(くそうづ)と呼ばれ、田を深く掘ると湧くのだ。田楽ものは、燃えさかる火めがけて柄杓(ひしゃく)にくんだ草生津を注いでは舞いつづけた。黒い火柱が高くあがって、臭い煙が郷にたれこめた。

鬼面をつけ笠をかぶった不気味な姿の田楽ものが鼓の曲打ちをしてみせると、百姓衆はざんばらに髪を乱して奇妙なかっこうで踊りつづける。はやり病にでもかかったごとくみなが熱に浮かされていた。佐橋の領民のみならず、近在の荘園にも呪術がかった演舞の評判が広まって、夜ごとに熱狂と陶酔の輪が大きくなっていった。

黒煙にさそわれたか、蝙蝠(こうもり)までが夜空を乱舞するようになった。

資職は悔しがった。齢(よわい)三十半ばにして、すでに毛利では老巧の家人である。だが、その思惑はみごとにはずれた。穏便に運ぼうとしたばかりに、よそものに足もとを見られたと思った。

もとは相模ノ国の名田百姓の家に生まれた資職は、開墾や増産といった勧農の策に長けていた。領民が田楽にうつつを抜かして働かないのが気がかりだ。

大雪のあとは豊作になると、越後ではいい伝えられてきた。資職はなんとしてもこの秋の収穫を増やしたかったのである。地頭の基親(もとちか)が不在でもみごとに米を増産してみせ、おのが才を示したい欲があった。思わぬなりゆきで田楽ものを招き入れてしまったが、百姓だけでなく、館の家人まで浮ついていた。これから稲の出穂(しゅっすい)まで気の抜けない時期である。遊んでいる余裕はなかった。

いよいよ配下の地侍に命じて、田楽ものを力ずくで追い払うとした。とはいえ荘内の刃傷沙汰(にんじょうざた)は、基親から厳しく禁じられている。深追いもできない。

田楽ものは裏をかくように、あるものは八石山(はちこくさん)の岩室へ逃れ、あるものは早乙女の情人になって荘園の外にかくまわれた。風のようにあらわれて舞楽や奇術に興じては、また霧のように消え去るのである。

田楽ものの正体は謎であった。相続争いをする地頭の弟がもぐりこませた曲(くせ)ものであろうか……。うわさがまことしやかにささやかれたのである。

十七

谷戸を吹きわたる朝風が、梅雨の走りのくぐもった土の匂いを運んできた。

寂光尼(じゃっこうに)は、鈍色に流れる空を見あげて雨の気配を探していた。あと一刻(いっこく)ほどで雨になろう。

建長寺の梵鐘が響き、朝の修行の終わりを告げていた。

　きょうは甥基親の嫡男の花若が、ひとりでこの尼寺にやってくるという。はて、あの鄙からぽっとでの童はどうしたやら……。そう思っていた矢さきの来訪である。

　基親と時親兄弟の相論が正式にはじまったのは、心やすくしている得宗側近の長井時秀から聞いていた。弟から訴状への物言いがあり、再び兄が陳状で反ばくするやり取りが、これから数回つづく。基親は相論にかかりきりと思われた。この尼でよければ、花若の相手になろうという心持ちであった。

　花若は寿福寺の山門をでて、亀ヶ谷坂へ歩いた。扇の井戸で清い水をひとすくいして喉をうるおし、急坂をのぼりきれば山ノ内荘の里が見えてくる。

　紫陽花が一面に咲いている。雨があたってきた。煙るように雨粒がはじけて青葉を鳴らす。寂光尼がひとつひとつ手植えして増やした株である。

　尼寺の山門まできた。花若は、石段をかけあがった。門をくぐって柴の戸を押しあけ、庵の前に立った。雨のなかを小走りにきたので息があがっている。

「おやおや雨に降られましたね。炭火におあたりなさい」

　尼は手ぬぐいで花若の鬢を拭いた。火鉢に赤々と炭がおこっている。この谷戸の奥では、梅雨寒に火が欠かせない。はじめて会った時分には梅が咲いていたが、いまでは青々した実をつけている。庭の景色も色濃く変わっていた。

　さあ召しあがれと、朱塗りの彫刻をほどこした菓子器が置かれた。赤や黄の甘いものが盛られている。花若はふところからたとう紙を取りだして押し頂いた。大叔母の寂光尼にすれば、花若は孫の年格好になる。

　青梅を蜜煮にした菓子をひとつ口にした。

「こちらでの見聞は広まりましたか」

　ようやくひと息ついた花若がうなずいた。

「はい。浜のほうへゆき街のようすを見ております」

「それは楽しいこと。なにか困ってはいませんか」

　花若は角髪（みずら）をむすんだかたちのよい頭を少しうつむけた。玻璃（はり）の心にいまうっすら傷がついているのである。

　あの日の追善供養から、花若の心の底に苦しみが澱（おり）のようによどんでいる。寿福寺の禅師（ぜんじ）から仏法を授かってはいるが、この鎌倉で、花若の痛みをわかってくれるのは寂光尼のほかにいなかった。

　父は武芸にひいでた人である。たくましい体軀（たいく）を持ち、土に生きるのを喜びとした。ときに龍笛を吹き、和歌を詠んで鄙の無聊（ぶりょう）を慰めた。領民の頼もしい庇護（ひご）者であって、妻を愛し息子を慈しんだ。

　それは、守るために心血をそそいだ半生である。だからこそ花若はためらった。死を怖れるというより、守らねばならない不安が重くのしかかっていた。じつは、生こそ罪ではないかと。それを父に打ち明けるのは裏切りに思えた。

あの法華堂で幻覚に見た死の世界は、花若にとっては二度目だった。はじめての臨死の記憶は越ノ海である。いまそれが、形ある意味をなそうとしていた。海は善なる母であり、陸は血に飢えた罪の世であった。それを結界する渚は定まりなくゆれ動く。「水のなかで死になさい」という声が聞こえた。その死によってのみ、陸での罪は贖(あがな)われると……。

きょうは思い切って寂光尼に話してみた。

「仏の教えでは魂というものはなんども流転し輪廻(りんね)するそうです。それでは、苦しんで死んだ人の霊は、どこへ生まれ変わるのでしょう。罪は許されて、苦しみから解き放たれるのでございますか」

寂光尼の瞳にほっと光がさした。鋭く勘の働く人である。花若の顔をしっかり見て、こっくりうなずいた。

「よくぞ、生死(しょうじ)の了(りょう)にまで深く思いを致したもの……。この尼にも、魂のありようのすべてはわかりませんが、ぞんぶんに苦しんで出家した身です。さきを生きる女として、悩みをわかちあえるでしょう。そなたは、命を絶たれたものだけが苦しむとお考えか」

「はい、この世に怨みを残すと……」

だが、寂光尼はいい切った。

「わたくしは、殺生という悪をなしたほうがより苦しむであろうと思います。悪事をなす人は魂が弱い。おのれの魂に悪をやすやすと受け入れてしまう。悪が肉体を取り、悪事を成就するのです。ことを終えれば、肉を去る。さすれば、その肉体の主である魂はどのようになるでしょう。魂は悔いを残し、善にすがろうとするのです。この世には、善も悪もない。ただあるのは、善を求める心と、悪をなす心だけ……。すべては魂のありようです。人は死によってのみ悪から救われ、罪を贖われるとすれば、死によって善をなす心も絶えるでありましょう」

寂光尼は理を嚙み砕いて語りかけた。

「では、供養とは、苦しみを与えたもののためにあるのですか……」

「ご明察のとおり。三代将軍の実朝公は懺悔歌を残しておられます」

そういうと、寂光尼はゆったりした所作で半紙を広げ、筆をとった。すでに墨はたっぷりすってある。硯に筆をおろすと清々しい墨の香がただよった。

塔をくみ堂をつくるも人なげき
　懺悔にまさる功徳やはある

凜とした文字で一筆につづると、半紙を花若に手渡した。

「このお歌は、実朝公が開基した大倉の大慈堂の落慶の折に詠まれました。導師は寿福寺の栄西さまでした。実朝公は心根のやさしいお方で、鎌倉の世におびただしい血が流れたのを悔いておられた。立派な五輪塔を建てたところでなにほどの供養でありましょう。悪に魅せられる魂は悪事をなす。善とて同じです。ですから心よりの懺悔こそ功徳になろうというもの」

「善を求める魂のありよう……と。その魂はふたたび輪廻するのですか」

寂光尼はまぶたを閉じ、しばらく黙想する顔である。そっと筆に墨を継いだ。

神といひ仏といふも世中の
　人のこころのほかのものかは

かそけき音がして、歌は文字につむがれた。

「心の心を詠めると、実朝公は書き残しました。輪廻転生のあるなしは、わたくしにも知りえません。もしも来世に鶴岡の白い鳩に生まれ変わったとして、その鳩に悲しみも憎しみもない。あるのは、鎌倉の世が安らかであるよう祈る心です。たとえ苦しめられて死なねばならないとしても、善を求める魂のままであるならば、もはや来世に苦しみなどないはずです」

「生死の了とはなにか」という問いは、花若には雲のようにとらえどころがなかった。

「苦しみのうちに世を去るもまた功徳であり、功徳とは罪の許しのこと……」

寂光尼は、花若を見る目を改めた。

勇ましさを競う年ごろの男子よりずっと心の成長が早く、深い。武家の子なら逃れようのない死の不安と向きあう心がまえこそ、まことの勇気、大人に近づく証しと思えた。

十八

建長寺の境内に植えられている柏槇の若木が清涼な芳香を放っている。

渡来の僧が種をまいて十年であるが、土から手足をぐんと伸ばすように育っている。いく春秋を数えて針葉は密生し強靱さをまし、火焔の光背のごとき風格がそなわってきた。

寂光尼のすすめで、花若は建長寺の僧堂である叢林への参禅がかなえられた。ここで修行する雲水ではないが、出家を望む御家人や各地から救いを求めて集まった衆生にまじって入堂した。

夜明けまではずいぶん間がある。

手の甲のほの白さも見えない時刻に、花若は建長寺の三門をくぐった。大伽藍がまっすぐ整列する威容に目を見はった。ここは谷戸のひとつがそっくり境内になっている。両側の尾根にはさまれ、谷戸の奥へと夜の底に導かれて歩んだ。

三門のさきに柏槇がある。さらに仏殿の裏手をゆくと、しだいに傾斜がきつくなる。崖に削った階段をのぼりつめると、峯のふところにめざす叢林があった。

煌々と照らす月明かりを頼りに門札を確かめて、お堂のうしろから入った。

漆黒の闇に視界を失った。しばらくして文殊菩薩像の玉眼が浮かんで見えた。暗がりが切り取られたように、お堂のなかに数人の影がわかった。粛然として山のように動じない。花若は低く頭をさげて合掌し、趺坐した。

拍子木がひとつ打たれた。はじめて音が聞こえた。提灯の細い炎に先導されて老師があらわれた。手もとの鐘の音が四つ小さく鳴り、空気が引きしまった。

一本の燈芯が燈をともし油煙をくゆらせている。半眼にした目線のさきに、冥界の入り口を見ているかである。心の迷いは息づかいにでた。見まわりの直堂の僧が花若の右肩を警策で示した。

ぱんぱーん。

左に頭を傾けて警策を二度、三度受けた。闇が割れて怖れは消えた。右手の上に重ねたたなごころが孵化をまつ卵をのせているようにぬくもってきた。燈油の終わりの濁った煙が宙ににじんで消えるころ、夜の帳も白々と明けた。

参禅を重ねるうちに、お堂に集う幾人かの衆生の顔を覚えた。

いつも一番奥まったところで坐禅を組んでいるひとりの僧がいた。胸が厚く巌のごとく堂々とした風貌である。大きな鼻がきわだつ肉づきのよい顔で、黒曜石のような双眼は何色ともまじらぬ決意を帯びていた。

ある日のこと。禅堂に掛かった板木が打ち鳴らされた。坐禅を終えた雲水が袈裟をつけて本堂へあわただしく駆けてゆく。つぎの修行が待っているのである。

巌のごとき僧はひとり禅堂をでた。お堂のある高台からは亀ヶ谷坂がよく見える。僧はふっとため息をもらした。それから石段をくだって、柏槇の緑陰に歩んだ。手には提灯をさげている。谷戸の峯からようやく朝の光がさして、細雲はむらさき立った。

僧は柏槇の下に佇む花若を見た。まだ元服前の角髪を結う子どもがなにゆえあって参禅するのか、怪訝そうである。

「おぬし、このごろよく見かけるが、名をなんという」

いかにも唐突な問いである。

「花若と申します」

「ほほう……。武家の子のようじゃのう」

「さようです」

「父の名は」

「越後ノ国は佐橋ノ荘の地頭、毛利基親にございます」

僧は「おやっ」という表情をして、鋭い眼光でまじまじと花若を見すえた。花若はその気配におののいた。なにか疑心を抱いたのであろうか、と思った。

だが、僧はそれより問わなかった。話を変えて禅について尋ねた。

「それにしてもおぬし、なにゆえあって禅を志すのじゃ。現世の罪業に手をそめるような年ごろでもなし、無垢な顔をしておる。なにか悪さをして父に叱られたかの」

そういうと、いかにも愉快そうに呵々大笑した。さきほどの眼光はすでにうせて目尻がやさしげにたれている。

「そうではないのです。さる尼さまのお手引きでこちらの禅門をたたきました。わたくしには禅でなくてもよいのですが……」

「と、いうと」

花若は逡巡したが、この巌のごとき怪僧には話してよい気がしていた。

「この世はわからない謎ばかりなのです。先祖の供養をしたところでわたくしも同じ道へ進めるかどうか、胸が苦しくなるのでございます」

「先祖」と聞いて、僧はやや動じた。だが落ちついたそぶりでたたみかけた。

「鎌倉殿の御家人になるのに迷いがあると申すのか。おぬしも、いずれは地頭になる定めであろうが。そのような弱い心根であっては奉公がつとまらぬ」

「そのとおりです。魂なきものに大切なお役目はつとまりません。ですがその魂のゆえに、あまた悲劇も起こったのでございましょう。人の魂はどこからきて、どこへ去りゆくものでしょう。これを生死の了というそうでございます。御坊さまはいかように悟られましたか」

僧は「うーむ」と喉を鳴らした。

「わしは坊さまではない。覚了房道崇（かくりょうぼうどうすう）という名がある。ひとは最明寺の入道ともいうがの。おぬしも、わしを入道とでも呼んでくれ。さても難しく悩んでおるな。この寺の蘭渓道隆（らんけいどうりゅう）とて、人の魂など悟っていないわ……。はっは」

ますます愉快そうに笑う。蘭渓道隆とは建長寺の開山として招かれた高僧である。

道崇と名乗る僧は、火のない提灯を片手に掲げて見せた。

「この提灯だが、なぜ火が見えないかわかるか」

「それは、蠟が燃え尽きたからでは」

「それだけではない。火が消えたように見えるのは、太陽がのぼったからであろう。では、火をたやさぬようにするにはどうすればよいか」

「長い蠟燭を使うのでは」

「それとて消えよう。永劫(えいごう)の火をともすには、火から火へ継いでいかねばならぬ。つまり、燭台を持つものがつぎつぎに火を受けてゆくのじゃ。そうして火をともしつづければ、やがて陽がのぼって炎はおのずと身を隠す」

「さようで……」

「花若とやら。おぬしの目に火は見えるかの」

「はい、見えます」

「いやそれは違う。おぬしは火を見ているのではない。光を見ているのであろうが。火はかたちのないものじゃ。火から火へどうして移されるのかはなぞだが、光を放てばわかる。受け継がれる光は闇の世が終わるときまでで、いつかは太陽がそれに替わるのだ。どうじゃな」

「つまり、それは魂の輪廻と同じと……」

花若は、しっかり僧の目を見ていた。

僧は満月のような笑みを浮かべてうなずいた。

十九

毛利基親の仮庵に使者がきたのは、それから数日のちである。

使者の用向きは、あさっての夕刻に山ノ内荘の得宗別邸までお越し願いたい旨のお達しであった。なお嫡男の花若を同道するようにとの仰せである。

基親は畏れ入った。得宗とは北條時頼である。すでに執権の座を譲ったとはいえ、北條家の惣領としてまつりごとを握っている。世の最高実力者といってよい。

なにごとであろうかと、基親はとまどった。弟の時親との間で所領相論があるのはおそらく時頼の耳に届いている。よもや父経光の置き文に異議を申し立てた一件が、得宗の逆鱗にふれたのではないか……。

それにしても、花若を伴ってのお召しとはいかなるゆえか。このところの多忙さにかまけて、基親は花若の行状にまで目が届かなかった。なにか武家の不面目になるような失態を……。いや、花若にかぎってそれはあるまい。

基親は使者にあえてなにも聞かず、ただ「うけたまわった」と応じた。

得宗別邸は建長寺にほど近い里にある。小町の北條屋敷は執権を継いだ義兄の北條長時に譲った。執権とはいえ長時は、時頼の嫡男時宗が一人前になるまでの中継ぎにすぎない。時頼は、時宗を後継者にするまで隠然と力をふるうつもりであった。

基親は左折れの烏帽子をかぶり、従者の小太郎が引く馬に乗って巨福呂（こぶくろ）坂をくだった。花若は馬の左側を歩いて従っている。

　別邸とはいえ、得宗の屋敷は一町歩（ちょうぶ）もの広さがある。その周囲はぶ厚い土塀で囲まれている。鉄鋲（てつびょう）を打ちつけた門扉のところで馬からおりて開門を請うた。

　陽は落ちて宵闇のころ、弓矢で武装した宿直（とのい）の侍が詰めている。門口には敵に備えて大ぶりの楯（たて）がいくつもならべられている。楯には北條の家紋である三鱗（みつうろこ）の印が焼きつけられ、訪れるものを威圧していた。

　基親は腰の太刀を預け、花若とふたり奥まった座敷の前に案内された。よく磨かれた濡れ縁に座して待った。「入れ」という声がして、戸障子が左右にあけられた。

　座敷には畳が敷かれ、右に端座（たんざ）する長井時秀（ときひで）の顔が見えた。ふたりは深々と平伏（ひれふ）した。「これへ」という声がしたが、基親は動こうとしなかった。

　長井は、基親の緊張を察していった。

「得宗の仰せである。入られよ」

　落ちついて堂々とした声である。長井のあごは四角く張って、ひげのそり跡も青々と濃い。彫りが深く、いかにも頼もしかった。

　その声音（こわね）につられて、花若は頭を少しだけあげてしまった。

　奥まったところに、唐ものの黒檀（こくたん）の椅子に腰かけた人物がいる。左手には等身大の阿弥陀像が祀ってある。その人は胸から腹に恰幅よく肉がつき、墨染めの衣を着ていた。剃りあげた頭と顔が燈燭（とうしょく）に照らされている。

椅子に座ったままでいった。

「わしじゃ」

聞き覚えのある野太い声音である。

花若は思わず口走った。

「入道さま……」

「そうよ、最明寺入道よ。驚いたか」

驚いたのは基親のほうであった。

花若はぽかんとしているが、基親は濡れ縁の板に額をすりつけ伏したままである。

「これ花若、控えよ」

「この隠居をよく訪ねてくれた。毛利基親、遠慮はいらぬぞ」

基親は面をあげたが、板に座ったまま身じろぎせずにいった。

「得宗さまのお招きに与（あずか）り、まことにありがたき幸せにございます」

得宗は、単刀直入に語りはじめた。

「今宵の用向きはふたつある。ひとつめは所領相論じゃ。この長井時秀から聞き及んだのであるが、おぬしと弟の時親とで領地を争うておるそうだな」

「さようにございます」

「おぬしの父、毛利経光の悔い還しだが……。そもそも佐橋ノ荘は、わが祖である義時（よしとき）公が、毛利季光に恩賞として与えた由緒ある地所じゃ。かの宝治合戦ののちも、わしは、佐橋ノ荘を毛利の所領として残してやった。そこを兄弟でわけあうのが不服か」

基親はひどく動悸がした。

ことのしだいでは相論どころでなく、即刻首をはねられるかもしれないと怖れた。しばらく黙していたが、得宗はゆるりとした構えで基親の返答を待っている。

いよいよ基親は意を決した。

「畏れながら申しあげます。佐橋ノ荘を任されてはや十余年、ようやく土と作物のよし悪しを知り、稔りをもたらすまでになりました。百姓も懐いてよく尽くしてくれます。かような適地を授かったのも、すべて得宗のおかげです。その荘園を割るとなれば、家人はもとより領民が惑います。せっかくの勧農が水泡に帰し、石高にも響きましょう。なにとぞ、わたくしにご安堵ください。伏して願います」

得宗は手のひらであごをかるくしゃくった。

「ならば、西国の吉田ノ荘はいかにする。それも譲らぬというなら、おぬしの弟は所領を持たない無足の御家人になるわけだが」

本来なら、嫡男が親のすべてを相続すると主張したところでなんら不都合はない。だが基親は違う考えを温めていた。

あの法華堂での追善供養の折、父の面影を宿した弟の風貌を見て心が動いた。いま踏みこむべきか迷ったが、首を野にさらす覚悟で腹のすべてを申し述べた。

「いえ、それは望みませぬ。吉田ノ荘は父から譲り渡しの口約があるのみで、代官に任せております。従って、こちらは、弟時親に所領をわけ与えてよいと……」

「分知してもよいというのだな」

「さようにございます」

得宗が重い口調で語った。

「よくぞ申した。昨今の相論では一町一反たりとも渡さぬという訴えばかりだ。わしにとっていずれも大事な家人であるのに、かように内輪で争ってはお家が立ちゆかぬ。得べきものを得て、譲るべきものは譲るのが道理じゃ。そうであろう」

「まことにお言葉のとおりです」

「おぬしのような忠義の働きものが、かような相論に煩わされてはならぬ。長引けば、家人や領民を泣かす。いま、その覚悟はしかと聞いた。引付衆に申し渡し、早々に下知できるよう取りはからおう」

脇に控える長井時秀に向かい、得宗は「よいな」と念を押した。一所懸命の訴えを義としたのだった。基親は、急な展開に言葉を継げないままである。

得宗は執権であったころから、まつりごとの公平を重んじた。なかでも問注所の滞りに頭を悩ませ、速やかな訴訟のために引付衆を組織した。長井のような側近や評定衆が引付を指揮し、判決にあたる下知を急がせていたのである。

相好をくずした得宗は、こんどは花若に向きあった。

「ところで花若とやら。ふたつめの用件はおぬしじゃ」

花若は落ちついている。建長寺の叢林でのやり取りがあって、この入道とは、いや得宗とは心が通じると感じていたからだ。

「うけたまわります」

そう花若がいうと、得宗はぎょろりとした双眼をいっそう輝かせた。

「おぬしはまだ元服しておらぬな。わしが鶴岡の隆弁(りゅうべん)を立てようぞ。わが子、時宗の元服の折も隆弁に祈禱させたのじゃ。どうだ、基親に異存はあるか」

「めっそうもない」

得宗の嫡男の北條時宗は、花若とは同い歳である。建長寺の柏槇(びゃくしん)のもとで問答を交わしてからというもの、花若に情が移っていた。

「しからば花若に偏諱(へんき)を許そう。北條家から『時』の一字を授ける」

基親は、あ然として言葉を失った。

自分にかなわなかった北條家の諱(いみな)が、いまわが子に下賜されたのである。記憶の深層にわだかまっていた霧が、ようやく晴れた気がした。得宗がじきじきに花若を毛利の嫡流として認めたのであり、相論のゆくえも、得宗の言葉どおりになるであろうと思えた。

基親は佐橋ノ荘の安堵を確信した。気張っていた体がほどけ、声がわなと震えるのをおさえられなかった。

「身に余る光栄に存じます」

　これだけいうのが精一杯であった。

　得宗は、長井にもうひとつ指示した。

「おまえが元服の烏帽子親をつとめよ」

「はっ」と長井は平伏した。

　基親の顔は赤く火照っている。長井が心やすくいった。

「基親どの、わが父泰秀(やすひで)はおぬしの烏帽子親であった。こたびは、わしがおぬしの子の烏帽子親じゃ。ありがたいめぐりあわせよ」

　宝治合戦のあと毛利家の苦境に助け船をだしてくれたのが長井家であった。同族である大江一門の絆であろう、長井時秀の目もとが潤んでいた。

　得宗は少しばかり声を潜めて、基親に語りかけた。

「花若とは坐禅で会うておるのだ」

「なんと……」

　基親は、花若のさきほどのふる舞いにこれで得心がいった。花若は得宗とは知らぬまま出会ったに違いなかった。得宗のほうは、花若が毛利のものであると気づいて、その人となりを観察していたのだ。

「見どころのある若者じゃ」

「もったいなきお言葉にございます」

「花若はだれにも媚(こ)びず、無心である。じつのところ、光子(ひかりこ)、いや寂光尼(じゃっこうに)から文が届いておっての。おぬしら親子をなにぶんにもよしなに扱えというのじゃ。わしは光子には借りがあるでな……」

得宗のいう「借り」とはなんなのか、長井にも基親にもわからない。おそらく合戦ののち、正室の光子を離縁し出家させた悔いであろうと推量するほかなかった。

帰り道は、晴ればれした心地であった。巨福呂坂の上に小望月が浮かんでいる。馬の月影も長くのびている。

「あすは満月でございますね」

いつもは寡黙な従者の小太郎がいった。

基親は煌々と照る月を見あげた。このよき訪れを、一刻も早く越後にいる妻に知らせたかった。

二十

陰陽師の安倍為近のすすめにより、花若の元服である初冠の儀は文月の末と決まった。

花若は十四になる。源氏の氏神である鶴岡八幡宮の社頭において、長井時秀を烏帽子親として、護持僧の隆弁が祈禱する段取りであった。

武家の男子を大人として認める儀式であるから、身分相応の支度がいる。さっそく松唐草の白絹一反を用意して装束の仕立てがはじまった。武具もそろえなければならなかった。さらには寺社へ奉納する品や、北條家への進物もいりようである。

基親(もとちか)は小太郎に命じて、どれほどの支弁が必要か調べさせた。訴訟は年内に下知(げじ)されるとして、それまでの暮らしにかかる日銭をさし引くと、残金だけで元服を賄うのは難しかった。佐橋ノ荘の代官に指図すれば、米を換金し為替を急ぎ送らせて工面もできよう。しかしそれでは、荘園の蔵米を売らねばならぬ。領民の負担になるやもしれない。

やむなく基親は、越後から連れてきた芦毛の馬を手放すと決めた。仔馬のころから愛情をこめて育て、佐橋ノ荘の狩倉(かりぐら)をともに駆けめぐった駿馬(しゅんめ)である。毛なみは歳を追うごとに雪のように白くなってきた。たくましい腿(もも)には銀鼠(ぎんねず)のうすい斑がある。疾走すれば、枯草色のたてがみと尾が稲穂のようにたなびいた。

武士にとって馬は伴侶も同然である。身を切られる思いだった。だが、北條家から偏諱(へんき)を賜る初冠のためには、それなりの覚悟がいる。とても美しい馬だったので、粟船(あわふな)のさる神社が御神馬として引き取りたいと申しでた。元服の儀がとどこおりなくすむまで、しばらくは基親の手もとに置く約束をした。

初冠の日は明け方まで雨だった。

文月の二十二日、ちょうど昨年末の立春から二百十日にあたる。一昨日からの大風で樹木が倒れるほどで、陰陽師が浜の大鳥居で風を鎮める祈禱をしていた。

昨年の暮れといえば、雪がひどく積もりはじめたころ。ふり返ればあっという間である。ずいぶんさきへ季節が進んだものと、基親は感慨もひとしおだった。

花若は身を清める精進潔斎(けっさい)をしてこの日に備えてきた。仕立てあがった白絹の狩衣(かりぎぬ)と紫の指貫袴は、烏帽子親の長井時秀に預けてある。父が用意したほかの具足は箱に納めて、従者の小太郎に持たせた。

早朝、雨はあがった。

馬を引いて、まずは由比ヶ浜にある元八幡宮に詣でた。ここは、頼朝公の先祖の源頼義が京の石清水八幡を勧請した鶴岡の元宮であり、のちに頼朝公によって北ノ山へ遷座していた。それから基親と花若は、鶴岡八幡宮へと向かった。若宮大路の中ノ下馬で基親は馬からおりた。たてがみを両の手のひらでやさしくなでてやると、馬は濡れた瞳で基親を見た。

広々した若宮大路のまんなかを、置き石の壁にはさまれた段葛の一筋の道が貫いている。将軍御所や北條邸をのぞけば、どの屋敷も若宮大路に面した門構えは許されなかった。段葛は神の道である。貴人と御祓をして許されたものだけが歩める。花若と父は段葛の土を踏み、北の玄武の方角にそびえる色鮮やかな朱塗りの社殿へ頭を向けた。

得宗から烏帽子親に任ぜられた長井時秀は北ノ山の上宮の門に立って、基親一行の到着をいまや遅しと待ち受けていた。上宮は六十一段ある石の階の上に建っている。そこから見晴らせば、段葛から鳥居をくぐって、源平池にはさまれた参道を歩む姿がよく見えた。

北條政子が掘らせた源平池では、いまが盛りと蓮の花が咲き競っている。葉のたなごころにころがる無数の露にも似たつぼみが、朝日の輝きをあびて白桃を割るようにつぎつぎに開花している。細い緋の筋がとおった花弁が上品な香を放った。

基親と花若が六十一段をのぼりきるや、長井がさっそく声をかけた。

「待ちわびたぞ」

「これはお待たせしました。なにぶんにもよろしくお頼みします」

烏帽子親の長井は、花若がこれから名乗る真名をつける役目である。ずいぶん悩んで、ようやくよい名を選んだ。得宗が花若に授けた「時」の字を冠した名前を披露したくてしかたなかったが、それは儀式をとどこおりなくすませてのちであった。

「ささ、奥へ入られい」

社殿へ、長井が先導していった。すでに元服の立会人である四役はそろっている。烏帽子親のほか、理髪と称する髪結い役とその補佐がふたりである。

社殿の座敷には真新しい立烏帽子が箱の上にすえてあった。目の粗い絹地に塗られた黒漆がやわらかい光沢を放っている。新調した装束もそろえられていた。

花若は童装束から白絹の御衣に着替えた。

やがて角髪がほどかれた。黒々した髪が肩にはらりと落ちかかる。その髪を洗う湯を満たした器が運ばれた。理髪人が花若の首のうしろで髪の根元を結って、手ぎわよく紫のひもでひと束に巻きあげてゆく。長井が立烏帽子を捧げ持ってきた。ととのえられた一つ髻に覆いかぶせるように烏帽子をのせ、小結のひもをむすんだ。

支度ができてから社頭に歩むと、そこには別当の隆弁が待っていた。鶴岡八幡宮の最高位の僧である。法華堂での毛利経光の追善供養からの縁であった。あのときに見た幻覚が、花若の脳裏をよぎった。ふたたび隆弁の加持によって花若は侍の道へ踏みだすのである。

隆弁はいつもの豪壮な僧服をまとい、権力者の気配を漂わせていた。隆弁の祈禱が捧げられたのにつづき、陰陽師によって身固めの祭祀（さいし）が執り行われた。

冠者（かじゃ）となった花若は、生まれ変わったように凜々（りり）しかった。柔らかな心を殻におさめた青白き蛹（さなぎ）であったのが、さきを急いで羽化させられた蝶のごとくでもある。濡れた葛（くず）の裏葉に似た白い玻璃（はり）の羽を、ぎこちなく宙に広げた未完の美があった。

ただ冠をかぶってみても、心に居座ったままの生死の了の謎が解けるわけではない。この社頭で隆弁や陰陽師が祓ったのは、先祖にかかわる暗い記憶である。恩讐の彼方に封じられた亡者は祓われてどこへさまようのか。寂光尼は「死者は怨まない」と諭してくれたが、まだ花若の腑には落ちなかった。

白い鳩が上宮の軒から高く飛び立った。静寂が破られ、鶴岡に吹く風が変わった。

烏帽子親の長井が粛然と告げた。

「貴殿はこれよりのち幼名（ようみょう）を改め、毛利時元（ときもと）を名乗りなさい」

羽化したばかりの蝶は、すぐにもあの空へ羽ばたけと命じられている。

「時の字はいうまでもなく得宗よりいただいた偏諱である。元の字は、われら一門の祖である大江広元（ひろもと）から拝領した」

そういうと長井は「時元」と太々とした筆致で書き下した紙を授けた。

長井氏は、大江広元の次男である時広（ときひろ）からはじまる。そして毛利氏は、宝治合戦で自刃した季光（すえみつ）が広元の四男であった。源頼朝の側近として鎌倉幕府の礎となった広元からひと文字を取って、源氏と北條氏のいずれにも忠義を尽くす覚悟であると名をもって示した。

　基親は心のうちで神に祈っていた。

「わが子には艱難と辛苦を与え、乗り越える力と、知恵と、慎みの霊を授けたまえ」と。

　時元が大地に生きて大きく成長するために、佐橋ノ荘を受け継がせねばならないと、おのれに固く誓っていた。

　一同は隆弁にうながされ、祝宴の三献（さんこん）の儀に列（つら）なろうと、ふたたび石段を下宮（げぐう）へくだっていった。公暁（くぎょう）が源実朝（さねとも）を暗殺するのに身を潜めた隠れ銀杏（いちょう）のあたり、石段のなかほどに下宮の回廊を見渡せるところがある。

　そこでちょうど、巫女装束のふたりの八乙女が舞を演じているのであった。白絹に松を青摺（あおず）りにした千早（ちはや）をはおり、腰のうしろに長い裳をたな引いている。二羽の鶴が舞う刺し縫いがほどこされていた。一対になって舞う八乙女のうち、ひとりの娘がみなのものの目を奪った。

　細おもてながら目鼻立ちは細筆を引いたようにきわだっている。金の頭飾りが額を隠してゆれ、うしろ髪は水引（みずひき）で結んである。象牙を想わせる細い首すじが、朱の襟に縁取られて浮かびあがって見えた。右手で優雅に神鈴（しんれい）をふり、左の指さきは宙に糸を編んでしなやかに律動している。

「あれは、わたくしの娘にございます」

　隆弁が目を細めていった。娘の舞が視線を釘づけにしたのに気づき、まんざらでもない顔である。ほかでもない隆弁の言葉であったから、みながことのほか驚いた。幕府の護持僧である隆弁は非俗で知られるからだ。

「いや正しくは、預かっておるので。相模の当麻郷の菜摘女の娘です。幼いころから眉目麗しく、当麻の神職のはからいで託されてございます」

「ほほう。して、名はなんと」

長井時秀が聞いた。

「紫の珠と書いて、しずと名乗らせております」

「紫珠とな。秋の野に玉なして咲く紫式部でござるな。いかにも典雅じゃ」

「それが、そうでもござらぬ……」

なにやら隆弁らしくもない歯切れの悪さであった。

八乙女の舞はつづいている。みなが石段のなかほどにとどまったままである。

紫珠の神鈴が御神木の銀杏を仰ぎ見るように手向けられたとき、その目線は確かに時元の姿をとらえていた。

二十一

基親と時元父子は、長井時秀の屋敷を訪ねた。さきの元服で烏帽子親のつとめをはたしてもらった礼を述べるためである。

庭に植えられた芍薬の大ぶりな花が、こぼれるほど妖艶に花びらを広げている。長井は上機嫌であった。瓶子に満たした御酒をすすめて数献（すうこん）を重ね、めずらしく基親までも酩酊（めいてい）したようすである。時元は杯に口をつけなかった。

長井は、基親に風変わりな提案をした。

「まもなく鶴岡の放生会（ほうじょうえ）がめぐってくるのだが……。おぬし、流鏑馬（やぶさめ）にでてみないか」

「流鏑馬でござるか。異存ない」

基親は言下に答えた。

流鏑馬とは鎌倉武士の武芸のたしなみのひとつで、疾駆する馬上から的に矢をつぎつぎ放つのである。基親は御家人のなかでも知られた弓の使い手であった。将軍や執権が臨場する鶴岡八幡宮での流鏑馬とあらば、押しかけてでも腕だめしをしたいところだ。

長井はわずかにほおを引きしめた。

「条件があるのじゃ。おぬしの弟の毛利時親（ときちか）も出馬するのはどうだろう」

「なんですと。時親がなぜ……」

「時親どのも大江流の馬の使い手と聞き及ぶ。ここはひとつ、兄弟ともに毛利の武芸達者ぶりを見せてはいかがか」

「しかし、それだけのわけですか」

「そうよの……。おぬしが疑心を抱くのはあたりまえじゃ」

長井は瓶子を捧げ「もう一献」といって酒を基親にすすめた。ひと呼吸おいてから話をつづけた。基親は不可解な顔である。

「はっきりいおう。得宗のお考えなのだ。おぬしら兄弟に相論があるのは、すでに鎌倉中に広まっておる。陰でおもしろくうわさするものがいるのは、知っておろう。宝治合戦の因縁を引きずって、毛利の家名を汚すやからじゃ。そこでだが、兄弟が正々堂々と武士らしく勝負するのを見せれば、悪いうわさもおさまろう。流鏑馬の勝ち負けではないのだ」

「なるほど……」

「もとよりわしは、おぬしの腕を買っておるから負けるとは思わない。そうであろう」

「すでにお受けすると申したとおりです。ほかならぬ得宗の仰せならば、なおのこといたしかたありますまい」

　基親の顔は晴れわたっていた。

　長井は得宗の意をくんで、すでに弟の時親にも話をつけてあった。時親も得宗のお考えであれば異論はないという返答である。

　得宗の時頼が出家する前、執権であったころに、幕府の御所で御家人たちに武芸で勝負させた先例があった。

　将軍である宗尊親王（むねたかしんのう）の酒宴でしたたかに酔って、おそばに仕える近習（きんじゅ）の御家人らに御前相撲を取らせた。さらに後日、弓馬で試合をさせたのだ。近習が武芸をないがしろにして口さきで争って家風を忘れている、というのが執権のいい分であった。

　勝ったものには将軍が剣を下賜し、負けたものにも大盃で酒を賜ったという。毛利兄弟に流鏑馬を競わせようという計略には、武家としての道理があった。

にもかかわらず、「毛利兄弟は相論の決着を流鏑馬でつける」という見立てが、鎌倉であっというまに流布するのは疑いなかった。今年の放生会はいつにもまして、市中や御家人の関心事となりそうであった。

二十二

葉月（はづき）十六日、放生会（ほうじょうえ）の二日目はいよいよ流鏑馬（やぶさめ）の神事である。

宗尊親王（むねたかしんのう）は王朝風の牛車（ぎっしゃ）に入られ、若宮大路に面した御所をお発ちになった。魁（さきがけ）には十人の武者が歩み、殿上人（てんじょうびと）がこれにつづく。牛車の左右を直垂（ひたたれ）姿の重臣が五人ずつ守り従っている。鶴岡八幡宮までのわずかな距離であるが、親王の参向は壮観であった。

鎌倉では親王にのみ牛車が許され、将軍の御成（おなり）があればすぐにそれとわかる。鶴岡の前の横大路から今大路までひしめく群衆は、そのご威信に目を奪われた。

若き親王は、赤橋という名の太鼓橋の前で牛車からおでましになった。掃き清められた神域をおごそかに歩んで宮に昇殿された。

宮の回廊にはあらかじめ、得宗である北條時頼（ときより）、嫡男の時宗（ときむね）、執権の北條長時（ながとき）が伺候（しこう）していた。時宗の母である葛西（かさい）殿もいる。さらに回廊の下手には、評定衆の安達泰盛（やすもり）と得宗側近の長井時秀（ときひで）らの顔が見える。

流鏑馬の儀がととのうまでの間、宗尊親王の御前で舞曲が奉納された。みやびな巫女神楽が演じられ、なかでも双鶴を織った裳をたなびかせて神鈴の舞を奉じる紫珠の姿がきわだっていた。

さて、鶴岡八幡宮別当の隆弁が下宮の白洲に進みでた。流鏑馬のはじまりである。

神事である奉射には三名が選ばれた。信濃ノ国は海野荘の海野氏、毛利基親、時親の兄弟である。海野は鎌倉で弓馬四天王と称えられる使い手のひとりで、時頼に流鏑馬を指南して名をあげた。老体ながらこの神事に欠かせぬ伝説の武士であった。

奉射が二巡したあとは、東国の強弓のものが技量を披露する競射である。こちらは数十人もの武者が名乗りをあげた。松明を焚く黄昏どきまで延々つづけられる。

すでに基親は装いをととのえて白洲に立っている。その脇には弟の時親がいる。血のつながった兄弟とはいえ、容儀骨柄は兄のほうがまさっていた。基親は六尺の身の丈があるうえ黒眉太く双眸澄んでいるのにくらべ、時親のほうは頭ひとつぶん小柄でずんぐりと地味であった。

白洲に居ならんだ武者の筆頭である海野が一歩前へ進みでて、祓いと祈禱を受けた弓と三本の矢を隆弁から授かった。

境内を東西につらぬく流鏑馬馬場のまわりは人だかりができている。社殿のある北側には立ち入れないが、南側は源氏池から若宮大路のあたりまで見物であふれかえった。夏の終わりとはいえ、蒸し暑い南風が埃と人いきれを運んでくる。人々のざわめきが潮のよせるように境内に満ちていた。

馬場は百四十間の距離である。両側に柵がならべられ、中央に真砂が敷かれた。流鏑馬の的は三つある。一尺八寸の檜の柾目板を菱形にし、人の背丈ほどの長さの竹棒のさきに立てられている。

東の馬場元に奉射の三人が姿をあらわすと、群衆のさざめきが一瞬、途切れた。いずれもみごとな武者姿である。鎧直垂の袖をくくり、腰から下には夏毛の鹿皮の行縢を巻いている。左胸から左手にかけて射籠手を通し、右肩には矢を入れた箙を掛けている。左に太刀を帯び、しっかりと弓を握っていた。

馬上の三人は、時親、基親、海野の順に常歩で馬場を往復した。巾子が立った綾藺笠を目深にかぶっているために顔は判然としないが、灰汁を流したような毛色の芦毛の馬に騎乗する大柄な基親がやはり衆目を集めていた。

二十三

流鏑馬奉行が太鼓を鳴らした。奉行は馬場を見晴らす櫓の上にいる。

父の勇姿を目に刻もうと、時元は櫓のそばに陣取っている。いまや遅しと固唾を呑んでそのときを待った。

三人が騎乗して扇形にならんだ。

馬場元で白扇が高々とあがり、馬場末でも朱扇が掲げられた。おもむろに海野が馬場へ出走した。四天王に謳われるだけあって悠々と馬を急がせ、一ノ的を撃ち割ると、二ノ的、三ノ的とつぎつぎに的中させた。

「大江ノ四郎時親」と、奉行が名を告げる音声をあげた。次の射手は弟の時親である。毛なみのよい褐色の鹿毛に騎乗した時親が、馬場元に姿をあらわした。

馬場がどよめいた。毛利兄弟の流鏑馬対決を一番の呼びものにして、御家人から町衆までみなが押しかけてきた。いまや兄弟の名は知れ渡っていた。もちろん関心をよせるのは市井だけでない。幕府の要人も興味津々の体である。

得宗は、回廊の最前から身を乗りだして見守っている。長井時秀も扇を握るこぶしに力が入った。安達泰盛はいつのまにか葛西殿のおそばへ近づき、どこか余裕をただよわせた顔である。葛西殿が嫡男時宗を安達邸で出産してから昵懇の仲であった。

鹿毛の馬に鞭が入った。馬場の真砂がうしろへはね飛ぶ。すぐに一ノ的である。時親は落ちついていた。幼いころより父経光の命によって、騎射三物である流鏑馬と笠懸、犬追物を鍛練してきた。まして鶴岡の馬場は勝手を知った庭のようなもの。

二ノ的までは、やや早めの駆け足で確実に的を射落とした。つぎの三ノ的までは四十三間とかなり距離がある。しっかり体勢をつくってから馬を全力の襲歩にして矢を放った。小気味よい音がして檜の柾目が裂けた。三つすべてに的中し、馬場まわりから拍手がわいた。

流鏑馬奉行の呼びだしが聞こえる。「大江ノ太郎基親」。いよいよ出番である。

基親は、馬場末に立つ鳥居を見すえた。そのさきには、大江広元の霊を祀った祠が立ち、毛利季光（すえみつ）の遺骨を埋葬したやぐらがある。大江流毛利家の誇りにかけ、その名誉をふたたび天下に示さねばならなかった。

　腰のうしろにまわした空穂（うつぼ）には、鷹の羽根をつけた五本の矢が扇状にさしてある。基親はそのうちの一本を引き抜いた。

　奉射では最後の射手だけが、二、三ノ的の手前で矢をつがえてから、右手で揚げ鞭を入れる決まりである。矢を放つころあいを測るのが難しい技であった。

　芦毛の馬は慣れぬ場所に引きだされて興奮していた。馬場へ踏みだす拍子がつかめないでいる。基親が一ノ矢を弓につがえて構えるやいなや、馬が荒ぶって飛びだした。

　基親は体勢が定まらぬまま矢を放った。矢は的をそれた。すぐに二ノ的が迫る。矢をつがえた弓を左に持ち、右手をふって揚げ鞭をくれる。馬は鞭に応えて全力で走った。

「インヨーイ」と二声あげた。親指の根に掛けた弦を耳のうしろで放つ。矢はかろうじて的のきわを射た。しっかり射沓（いぐつ）の重みを鐙（あぶみ）にかけ腰を浮かせる。矢をつがえぎりぎりまで狙って最後の的を射落とした。

　衆生のため息がもれた。弟の時親がすべて的中させたのに対し、兄の基親は二つである。つづく二巡目で、兄はすべて的中させなければならぬ。つぎは兄が一番手である。勝負のゆくえは弟しだいにもなろう。

　貴人が集う回廊の間もざわついた。流鏑馬師範の海野がうまいのはあたりまえである。予想外に時親が善戦し、御家人のなかでも相当な使い手という下馬評を裏切って基親が苦しんでいるからであった。

「基親どのは調子がつかめぬようじゃ。なんとか二つは的中を取ったが、いずれも矢を放つのが遅れておる」

長井時秀が神妙な顔つきで首を傾げた。

安達泰盛もなぜかいぶかしげな表情である。安達は時親の後見といってよい。それが浮かぬ顔をするにはわけがあった。流鏑馬のはじまる前に、時親にいい含めていた。

「無理に勝とうとするな。東国の御家人は判官贔屓（ほうがんびいき）じゃ。もとより衆望をになう兄が敗れたらどうなる。おぬしは相論で勝てばよいのだ。負けてこそ味方するものがいると思えよ」

北条時宗の母である葛西殿は無邪気だった。すぐそばにいる安達に聞いた。

「あの毛利基親なるは、寂光尼（じゃっこうに）どのをうしろ盾と仰いでいるというのはまことか」

「はて、いっこうに存じませんが……」

安達はほかの貴人の手前とぼけた。

得宗はじっと腕組みをしたまま、さざれ石のごとく動かない。

二巡目のために馬場元へ引き返した基親は、なぜ一矢（いっし）を誤ったのかわかっていた。めずらしく芦毛の愛馬が興奮していた。越後の広々した狩り場しか知らぬ馬である。鞭が入れば全速力で獲物めがけて疾走する。そもそも鞭などいらぬほど賢い馬で、いつもなら見せ鞭だけで十分なのであった。

おのれの精神にも乱れがあった。これだけの大舞台で気負わずにいられなかった。一ノ的を外し、二ノ的からなんとか持ち直したが、それとて危うかった。つけても、弟の時親の沈着な騎射ぶりはみごとであると思った。

奉行は間をおかずに二巡目を告げた。

つぎは基親からである。芦毛の馬の首筋をかるくたたいてやる。馬は鼻を荒く鳴らしたが、ずいぶん落ちついてきたようだ。尻からうしろ足にかけて肉が温まってしっとり艶がでている。

こんどはよい踏みだしであった。「イョーイ」。太いかけ声とともに矢を放てば、一ノ的は飛び散った。楽な気持ちで二ノ的を撃ち落とした。しかし……。万全の構えで三ノ的に狙いをつけたそのとき、西の空から稲妻が走って大気が振動した。

驚いた馬が頭をふったために、基親の狙いが一寸ほど右にぶれた。三ノ的はぎりぎりのところで射損じてしまった。

綾藺笠（あやいがさ）がうつむいていた。悔しかった。一瞬のできごとであった。もう少し速く馬を駆けさせていれば、あの稲妻が光るよりさきに矢を放っていたであろうに……。

二番手の時親は、兄が射損じたのを確かめてから馬場元にでてきた。ほぼ勝ちを手中にしたといえるのに表情は変わらない。

時親の鹿毛の馬は、はじめから襲歩で風を切った。紙に墨がにじむようにあっという間に空はかき曇った。さきほどの雷鳴にこの馬も興奮しているようすである。

一、二ノ的とつづけて外し、三ノ的の手前で馬の走りが変わった。前後の足がそろって土を蹴って速度がぐんと落ちた。時親は余裕たっぷりに弓を構えて一矢を報いた。

またもや群衆のため息が聞こえた。こんどは失望だった。これで四対四となり、兄弟対決に決着がつかなかったからである。

奉射の最後は海野である。優雅に揚げ鞭をさばいていくつかの的を落とし、老練の騎射ぶりに感嘆の声があがった。

流鏑馬奉行が奉射の終わりを告げようとしたそのとき、得宗の使者が玉砂利を蹴って小走りにきた。使者は奉行に耳打ちした。奉行は不審な面持ちだったが、やがて納得したようすである。

櫓の太鼓が打ち鳴らされた。

「放生会(ほうじょうえ)の奉射はつつがなく終えたが、つづく競射の一巡目を、太郎基親と四郎時親によるものとする」

境内の群衆がどっとわいた。

得宗は、武士が相まみえながら勝負がつかぬのをよしとしなかった。勝敗を決してこそ、わだかまりも解けようというもの。強引ではあるが、兄弟には決着をつけさせる腹であった。

二十四

弟の時親(ときちか)は複雑な心境であった。

時親にしてみれば勝っても負けてもどちらでもよかった。引きわけというのが一番よいと思っていたから、内心喜んでいたのだ。

きょうの勝負が兄に不利なのはわかっていた。鶴岡八幡宮の流鏑馬（やぶさめ）といえば数千の群衆の見ものになる。鄙の狩倉（かりぐら）で悠々と馬を駆るのとは勝手が違う。しかも稲妻が走るという不運が重なった。

思案顔で、安達泰盛（やすもり）がいる下宮に目をやった。すると、宮の御寝殿におられた将軍が回廊まで臨場して、これからはじめられようとする毛利兄弟の一騎打ちに、いたくご執心であられる姿が見て取れた。

時親は、気が変わった。

馬場元にはふたたび兄弟の馬が居ならんだ。墨染めの空が鋭い光に裂けて、驟雨（しゅうう）が地を打った。それでも、馬場を囲んでいる衆生は立ち去ろうとしない。流鏑馬奉行は競射のはじめを告げた。

まずは弟から出走した。

これまでとは明らかに違って、時親の小柄な体に気力がみなぎっている。心なしかほおも引きつっている。溜めた力をほとばしらせて矢を放ち、みごとに的中させた。二ノ的も気迫でたたき落とした。

だが鹿毛の馬には疲れが見えた。雨を含んで重くなった真砂に足を取られ、大きく息があがっていた。三ノ的を目前にして馬の脚力がぐんと落ちた。すでに矢をつがえていた時親はわずかに早く弦をはじいてしまった。

三ノ矢はむなしく宙を走った。

馬場のなかほどで見守っている時元は全身が汗ばんだ。胸は高鳴るばかりである。いよいよ、父の最後の騎射であった。

基親は馬上から空を見あげた。

白鷺が列をなして羽ばたいてくる。由比ヶ浜から若宮大路を一直線に飛んで源氏池へ戻るのだ。乾坤一擲の誓いを思った。眉をあげ、口もとを真一文字に結んだ。

芦毛の馬はもうすっかり馬場に慣れた。夕立に打たれて火照った肉も落ちついた。もともと暑さを苦手にする馬である。胴体をふるって雨の滴を飛ばし、四肢にかかる重心がしっかり定まった。

基親が射沓で腹のあおりを蹴ると、滑るように馬場から駆けだした。すでに矢はつがえてある。馬が俊足になった瞬間、頭のうしろまで強く引かれた弦が鳴った。重みがのった矢は、檜の板を二つにかち割った。

しなやかに揚げ鞭をふって二ノ矢を放った。吸いよせられるように矢が的の芯を貫通した。群衆の歓声があがった。

あと一矢である。この一瞬の父の姿を見落とすまいと、時元は目を大きく見ひらいた。

滂沱の雨がたたきつける。馬はさらに力を帯び水を切って疾駆する。

基親は鞍から腰を浮かせ、思いきり前傾した。

「アララッ、インヨーイ」

鋭いかけ声が境内に木霊する。

胸をそらせて最後に迫りくる的に狙いをつける。親指の根を弦から放したときには無心の境地であった。矢が的中したのかどうか、激しい雨に目がくらんでいっこうに定かでなかった。息子の時元も目を凝らしていた。熱のこもっていた土から雨煙が立ちのぼって、三ノ的は霞んでしか見えない。

人々がどよめいた。はたしてあたったのか、それとも外したのか……。

奉行の御幣がしずしずと掲げられた。的中であった。

どよめきは大歓声に変わった。馬場末に立ちすくむ基親に駆けよるものがいる。警護の御家人が懸命に追い払っている。

人々はみな毛利兄弟の勝負に熱狂していた。

二十五

得宗は奉射の労をねぎらうために、海野（うんの）と毛利兄弟の三人を下宮に呼んだ。

海野は、得宗の時頼（ときより）とは旧知である。時頼が幼いころに武芸を指南していた。得宗はまず海野に盃と褒美の品を取らせた。

つぎに毛利兄弟を招いた。得宗の黒曜石のような目がおだやかに潤んで見える。三巡にわたる流鏑馬（やぶさめ）を終えたばかりで、兄弟はまだ肩で息をしている。立派な狩装束が泥にまみれてずぶ濡れである。

弟の時親(ときちか)は兄の武勇を誇らしく思い、兄の基親(もとちか)は弟が見せた気迫に驚いていた。お互いを称えあう内心の思いを秘めて、兄弟は得宗の御前に膝を折ってならんだ。

「基親、時親の両名、よい勝負であった。もはや悔いはあるまい」

そういって、宗尊親王(むねたかしんのう)から下賜された御酒を兄弟に受けさせた。ひと抱えもある金の大盃がなみなみと満たされた。兄弟ふたりで捧げ持ち、まず基親が喉を鳴らして飲む。つぎに基親が大盃を支え、時親が飲み干した。

「嘉賞(かしょう)である」

寝殿にしつらえた将軍御座所の御簾(みす)の向こうから、厳かな声が聞こえた。親王のお言葉であった。居ならぶ貴人が一斉に平伏(ひれふ)した。毛利兄弟は白洲に膝をついて深々と首をたれた。

時元(ときもと)は、父の芦毛の馬を引いて下宮の外で待っていた。ようやく海野を筆頭に父と叔父がでてきた。海野が時元に問いかけた。

「基親どのの嫡男であろう。おぬしのうわさは聞いておる。坐禅ばかり組んでおらずに、いつでも幕府の鍛練所にこられよ。父譲りのなかなかの体格じゃ。かならずや先祖の血を引く武芸者になろうぞ」

豪快な老人であった。海野は若いころ、毛利季光(すえみつ)とともに承久の乱で武勲をあげた仲だった。白く伸びた眉毛の下からのぞく目こそ細く鋭いが、慈しみの深いまなざしをしていた。

時元は父の基親とともに、馬を引いて西の馬場末へ戻っていった。そのまま鳥居を抜けて、真正面の山すそにある大江の祠と毛利季光のやぐらに感謝を捧げるつもりであった。

馬場ではまだ競射がつづけられている。陽の長い季節とはいえ、そろそろかがり火を焚く暮れどきが迫っていた。

かなたの馬場元から、一頭の栗毛の牝馬（ひんば）が疾走してきた。

きゃしゃな体つきの若武者が騎乗している。一ノ的からつぎつぎに射落としているのは、群衆の歓声からわかった。黄昏を破って馬は近づいてくる。三ノ的までわずかに迫ったところで、綾藺笠（あやいがさ）のうちからのぞいた垂髪（すいはつ）が風になびいた。

だれかが叫んだ。

「あれは女子（おなご）だ。女流鏑馬じゃ」

若武者ふうの射手が、垂髪を笠にたくし戻すだけの余裕はなかった。そのまま矢を放つと馬場末へ躍りこんできた。

まわりはたちまち騒然とした。流鏑馬の馬場は女人禁制である。女子が馬を駆るなどありえないから、よもや掟破りではあるまい……。もしや狐につままれたのではないか、と。

「あれは八幡宮の比売神（ひめがみ）であろう。卑弥呼（ひみこ）があらわれたのじゃ」

「わしはしっかと見たぞ。美しい姿であった。あれは静御前（しずかごぜん）の亡霊に違いない」

さまざまな流言が飛びかった。走り去ろうとする若武者のうしろ姿に向かって、手をあわせるものもいる。

この騒動は、下宮の回廊まで聞こえた。安達泰盛（やすもり）がいった。

「なんの騒ぎであろうか」

長井時秀（ときひで）がつぶやいた。

「女流鏑馬とか……」

「なんと。流鏑馬奉行を呼んで、すぐにやめさせねばならぬ」

安達が扇を握っていきりたった。

隆弁（りゅうべん）がなぜか黙している。流鏑馬の珍事とあらば、まずは鶴岡別当の隆弁こそ驚いてしかるべきところ。だが、きまり悪そうにするばかりである。

「いかがした」と、長井が隆弁に尋ねた。

重い口をひらいた。

「流鏑馬をやめさせるには及びません。あれはもう、巨福呂（こぶくろ）坂の家のほうへ馳せているでしょう」

「いまなんといった。家ですと」

「さようです。あれは、わたくしが預かっておるものにございます。ならぬと、強くいったのですが、やはりああしてでてきてしまった……。お転婆ゆえに。すべて、わたくしの不徳のいたすところ」

一同は唖然（あぜん）とした。幸い、宗尊親王はすでに御所へお戻りになった。

すべては得宗の心ひとつである。

「あれは女子ではなかろう。ただ、ちと髪が長いようじゃのう」

得宗は顔色ひとつ変えない。

「いいえ、あれは……」

隆弁がいいかけたのを、長井が察してすばやく制した。

「さよう、あれは男でござる。わたくしが見誤りました。さもなくばあれほど腕は立ちますまい」

隆弁ひとりをのぞいて、みながくすくす笑った。かの隆弁も形なしである。

いならぶ貴人のなかでも若々しい北條時宗(ときむね)が、心ひかれたふうであった。実母の葛西殿(かさい)になにごとか耳打ちし、葛西殿は安達を手招きした。

さて、垂髪の若武者は馬場末をそのまま駆け抜けて、西の鳥居までやってきた。

そこで馬の足をとめ、騎乗の姿勢のままで綾藺笠をはらりと取った。艶やかな黒髪が背にこぼれ落ちた。象牙の肌が、黄昏の金色を映して光を放つようであった。

「紫珠(しず)どの……」

父とともに鳥居の右手にいた時元が、思わず口走っていた。

紫珠は髪を左へふって、時元を見つめた。そして栗毛の馬の首を右側へ返すと、鳥居の外へ駆けだしていった。

二十六

心地よい小春日和であった。

苔むした寺の石庭に、笹竜胆(ささりんどう)が乱れ咲いている。地を這って一面に群生し、清々しい紫の花をつけていた。源氏のしるし花である。時元（ときもと）は、咲きかけのつぼみをふたつつけた茎を手折って、反故の紙にそっとはさんだ。

長月（ながつき）に入れば鎌倉も静まる。小さき手をふるように銀杏は葉を落とし、北風が届いて谷戸の楓（かえで）は紅殻（べんがら）色に染められている。

冬の越後を発ってから、二十四節気のうち半分はとうにすぎた。太陽の移ろいを追い越してゆくめまぐるしさを、時元はおのが身に味わっていた。

背丈は伸びて五尺に届いていた。いかにも童子らしかった小さな口もとは真一文字に結ばれ、ふっくらしたほおは引きしまって面長になった。体の成長だけでなく、心の奥深くものごとの意味をわかろうとして、よりいっそう寡黙な若者になった。ただ、憂いがちにものを見る黒く大きな瞳だけは変わらなかった。

時元は、母に文を書こうとしていた。

すでに母のもとには、元服をすませた知らせは書き送ってある。父基親（もとちか）が流鏑馬（やぶさめ）を立派につとめた吉報も、早々と文にしたためた。いまごろ母は、心やすくして父と子の帰りを待っているであろうと思った。

きょうの時元は憂うつなもの思いに沈んでいた。瞬く間にすべて変わってゆく不安が、心にわだかまっていた。鋭い霊感がある母なら、筆の墨の走りようだけで、ひと目で心の乱れを読み解くだろう。母を心配させずにどうやっておのれに正直な文を書きつづったらよいか、長く思案していた。

ほのぼのと陽のあたる障子のかたわらに経机を置き、青い墨をゆっくり擦りはじめた。庭さきの笹竜胆の花に目をやった。

なぜか、ふっと紫珠（しず）の面影が重なって見えた。その花は、石地を割ってすっくと独り立つ茎のさきに、瑠璃色の五芒星（ごぼうせい）をいくつも咲かせていた。青い星は燃える光を放って宙を走ると、時元は聞いた覚えがある。凛として舞う紫珠の姿を思い起こしていると、憂いを忘れるような、甘美で不思議な心地がするのであった。

迷いを断って紙に筆さきをおろした。

「母上のそばにいた歳月をふり返ると懐かしさに胸つぶれる思いです。満月のようにわたくしを照らしてくださいました。季節は移ろい、月の欠けた宵の空を見るようになってはじめて、寂しさを知りました。さまよう星のように心も定まりません。どうか心配なさらないでください。月を求めて闇に目を凝らすうちに、美しく瞬く星を見つけました。瑠璃に光る星が最も明るく地を照らします。この星々が、道をまっすぐ示してくれるに違いありません。親の恩を裏切らないよう、わが身に悪が成就しないよう、ひたすら悟りを求めてまいります……」

時元の胸中には、得宗との出会いや、烏帽子親の長井の頼もしい顔が浮かんでいた。筆を置いて紙を折りたたみ、それを包む表巻（うわま）きのなかに笹竜胆の押し花を丁寧にはさみ入れた。

さて時元の父、基親（もとちか）はあの流鏑馬のあと、弟時親（ときちか）の陳状が問注所の決済をへて送られてくるのを待っていた。陳状というのは、時親の側からの反論の書面である。訴状を含めて双方で三度の陳状のやり取りが許され、三問三答とも呼ばれていた。

基親の訴状はとうに受理されている。そこには、「父経光の悔い還しは不当である」という趣旨だけを簡潔に記した。当然ながら、時親は、自分への相続を認めない兄の訴えを受け入れるはずがない。待ちわびた陳状はほどなく届いた。

予想どおり「兄の訴えは受け入れられない」というそっけないものであった。基親に動揺はなかった。長井時秀の立ち会いのもと、すでに得宗には腹のうちをすべて述べた。得宗は基親の考えを了とし、迅速な判決を与えるよう長井に指示していたからである。

得宗が了承したことがらを、そのままつぎの陳状にして提出すればよかった。そうすれば、時親の側からふたたび反論はできないであろうと思った。

そこで基親は、

一、越後佐橋ノ荘は基親の領分とする。
一、安芸吉田ノ荘は兄弟で折半とする。

という陳状をしたためた。

得宗に約したとおり、最初の訴えからは譲歩した。下知を待つまでもなく、兄弟で領地をわけあう和与中分という和解によって、時間をかけずに決着するよう望んでいた。

基親は、佐橋ノ荘が気がかりであった。そろそろ北風が強まって、越ノ海が荒れる季節である。雪が降る前には、この鎌倉から離れたいと考えていた。

二十七

八石山（はちこくさん）から吹きおろす南風が、金の稲穂の海に波を立ててわたってゆく。雲雀（ひばり）が波千鳥のごとく飛びかっている。佐橋ノ荘では、まれに見る豊作であった。

あすにでも田を刈らなければ穂の重みで稲が倒れてしまいそうである。代官の資職（すけもと）は荘園を見まわってみて、これだけの豊穣にほっとひと息ついた。

基親（もとちか）の鎌倉滞在のために支弁がかさんでいた。相論はいつ終わるかわからず、たとえ豊作といえども蓄えはいくらあってもよかった。京の本所の六條院もこのごろは金に困っているらしく、秋の虫が鳴きだすのも待たずに年貢を督促してきた。刈り入れが終わってからが、資職の差配の腕の見せどころであった。

母は、鎌倉の時元から届いたばかりの文を読んで、わが子の身を案じていた。

子の甘えを許すのは母の特権であるが、あまりに母を懐かしんで哀しむのも困りものである。いずれ人を恋すれば、そのような哀しみなど忘れよう。文には「月に代わって照らす星を見つけた」とあるから、もしや恋心を知ったのではと感じた。

それにしても、母にはわからない迷いがある。「わが身に悪が成就しないように」とはいかなる意味か……。世をはかなむ兆しにみえる。心身の変調があるのだろうか。まじりのない絹だけを吐いて繭（まゆ）をつむぐように育てた子が、たやすく無垢な心を失うとも思えなかった。

時元の母は、京の都から下向した神官の娘であったから、鎌倉と京をめぐる確執については父から聞いていた。その争いには、毛利家も深く関わっていた。

なかでも、後鳥羽上皇（ごとばじょうこう）が鎌倉に反旗をひるがえした承久の乱は悲劇だった。北條の軍勢に攻められた洛中の寺社は、火を放たれて略奪された。この戦さで手柄を立てたのが、毛利季光（すえみつ）であった。その功によって授かった佐橋ノ荘へ、それも季光の孫に嫁ぐとは、思いもよらぬ運命の綾であった。

神官の父は、基親との婚姻に反対した。そのとき基親は、「たとえ悪に生まれついても、善を求めて死に就く運命がある」といった。基親はおのが宿命を覚悟していた。だからこそ子に恵まれてからは、その子の魂が無垢であるのを喜んだ。

しかし、無垢に生まれ、悪と折りあいをつけるのが凡夫（ぼんぷ）であろう。無垢のまま生きようとすれば、死のみに安息がある。

父から毛利の血を受け、御家人として運命づけられた時元は、元服によってすでに悪に魂を渡すよう迫られているのか。自分が時元の育て方を間違ったから、無垢さゆえの苦しみを与えたのか……。

母はとまどっても、時元を信じている。時元から望んで悪を求めるわけがない、苦しみながら過酷な道を歩んでも死を選ぶはずがない、と。

時元のこれからを思うと、母の胸はきりきり痛んだ。外の風を入れようとして、書院の障子をすべてあけ放った。

黄金の海原がうねって見える。秋風にたゆとう稲穂は東から西へなびき、時の気配を消した静寂(しじま)に呑まれそうであった。

「田楽ものはいないのであろうか」と、小さくつぶやいた。このごろでは、時元の母は舞台で田楽能を舞うのを覚えていた。自分ではないものが憑依(ひょうい)するときだけ、世迷いごとを忘れて無心になれるのだった。

悄気(しょげ)を晴らそうと、荘園の北ノ山のふもとにある鎮守の森まで歩いてみた。八幡さまの境内では、四日と十日に市場が立つ。百姓は麻や芋を売って、柏崎の湊からもたらされる魚介や遠方の品を手に入れていた。市の日になると、どこからともなく田楽ものが集まってにぎやかな芸能を見せていた。

母は領主館の北門からでて、佐橋川の支流に架かる木橋を渡って街道の辻まできた。八幡さまから田楽のお囃子が聞こえてくる。

笛や鼓の音のするほうから、老人が歩んでくるのが見えた。袴のすそをひもでくくって、脛にはばきを巻いている。よく頭になじんだ萎烏帽子(なええぼし)をのせ、ほほ笑んでいる。田の落ち穂を手に持って、謡曲を口ずさんでいる。

「柏崎殿ではございませぬか」

時元の母が挨拶した。

老人の翁(おきな)顔に、万福の笑みが浮かんだ。

「これは奥方さま、お久しゅう。基親どのは、いかがしておられるかな」

「おかげさまにございます」

柏崎勝長は満足そうにうなずいた。

八石山を越えて、三里の山道のさきにある古志ノ荘からの帰り道であった。年貢米を各地に運搬する季節になって、湊司の勝長は忙しかった。市にちょっとより道をして、田楽を見てきたという。

「佐橋はこのごろ田楽の里とか」

柏崎湊にはさまざまな文化がもたらされるせいか、勝長は粋人であった。

時元の母がいった。

「稲刈りを終えれば、あちらこちらでいっそうにぎやかになろうかと」

「さようですか。あの八石山の向こうには小国という山の集落がありましてな。そこが芸能のやり手ぞろいでの。そちらにも、声をかけましょうかな」

「まあ、それは楽しみです」

なごやかに話すうちに、さきほどまでの憂うつな気持ちが少しかるくなった。

勝長は翁顔の白ひげをしごいている。やがて唐突に尋ねた。

「ところで、資職どのに変わりないか」

「ございませぬが……」

なぜ代官など気にかけるのか、母はやや不思議な顔である。

「ならば結構」とだけいって、勝長は話をそらした。

「この秋口に、奇妙な魚が浜にあがったのじゃ。人の背丈ほどもあって、鱗（うろこ）のないぬるぬるした白蛇のような姿をしておった。まるで死人が流れてきたかの騒ぎであった」

「うす気味の悪い……」

「直江津の国府に届けたところじゃ。わしら湊司のもとに鎌倉の陰陽師からお達しがあって『常ならぬ現象があらばもらさず伝えよ』とな。主がおらぬときでもあるし、この荘園で異変があれば、わしに知らせてくだされ」

勝長は念を押すような表情をして、街道を西へ柏崎の方角に歩み去った。

二十八

幕府の武芸の鍛練場は大倉にあった。もとは頼朝（よりとも）公の御所があった場所だが、陰陽師の方忌（かたい）みによって幕府が移されてから、矢場や馬を走らせる野原になった。

紫珠（しず）は、ここで弓の稽古をしていた。男子に劣らぬ背丈の紫珠は、七尺あまりの武者弓を使っている。淡い水色の狩衣（かりぎぬ）を着て指貫（さしぬき）のすそを足首でしめ、烏帽子の小結（こゆい）をあごにかけた男装であった。

このごろは騎射を覚え、笠懸（かさがけ）や流鏑馬（やぶさめ）もかなりの技量に上達した。邪を祓う祭礼で使う蟇目（ひきめ）矢の鍛練にことよせて、鶴岡の隆弁（りゅうべん）の許しをもらった。隆弁は「女子（おなご）にはそぐわない」と渋ったのだが、「八幡（やはた）ノ神の神功皇后（じんぐうこうごう）は、弓矢の名手ではありませぬか」と、紫珠が食いさがったのである。
弓を構えて、右肩まで弦を引いた。かなりの力がいる。矢のさきには、神頭（じんとう）という漆塗りの固い木がつけてある。矢場の風を切って神頭が走った。十間（けん）さきには藁の笠が三本のひもで吊してあって、矢はその的をとらえて前後に大きくゆれた。

最近、紫珠には気がかりができた。毛利時元（ときもと）である。

ひと月ほど前に、鶴岡の回廊で宗尊親王（むねたかしんのう）に奉納する巫女神楽の稽古をつけていたときだ。紫珠は、上宮から石段をおりてきたひとりの男子を見とめた。真新しい立烏帽子をかぶった元服のいで立ちであった。

瞳の大きな顔立ちだが、眉が太く、幼くは見えなかった。華奢（きゃしゃ）な体でも五尺を超す上背があって、狩衣を着ると堂々と見栄えがした。隆弁から聞いて、それが時元であると知ったのだ。

その時元がこのごろ、大倉の矢場に姿を見せるようになったのである。時元は、流鏑馬師範の海野（うんの）老人の導きでこの鍛練場へ通っていた。

もとより時元は武芸におくてであった。神官の娘である母は、「武によって征するものは武によって滅びる」と信じている。佐橋ノ荘では無用な殺生が禁じられ、時元もおのずと武におっくうになった。とくに乗馬は、大人の体格ができるまでは許されなかった。落馬によって命を落とさぬか、母が心配したからである。

紫珠が矢場に出入りするのは、時元も気づいていた。だが、どちらから声をかけるともなくよそよそしくふる舞った。

紫珠が放った二本目の神頭矢が、的から大きくそれた。ちょうど矢場に入ってきた時元の姿を、目の端でとらえたのである。紫珠はしばし残心の姿勢を保った。

時元は三本の矢を入れた箙（えびら）からひとつ取りだすと、型を丁寧に確かめるようにゆっくり構えて矢を放った。的をうまく射抜いた。しかし、二ノ矢は的をそれ、三ノ矢は的まで届かずに矢場に落ちてしまった。時元も、間近に紫珠がいると察したのである。

紫珠は最後の矢を射ると、矢場の外へでて時元を待った。時元が放つ矢のゆるぎから、心の乱れを読み取っていた。それは、紫珠とて同じだった。時元を見かけると、気持ちが高ぶるように感ずるのだ。

「時元さまですね」

凛として、華のある声音（こわね）である。紫珠にはめずらしく胸の鼓動が速かった。

時元は不意を突かれて驚いた。

「あなたは……。なぜわたくしの名を」

紫珠は少し気おくれした。女子（おなご）から問いかけるなどはしたないと思われたかもしれぬと、世の習いがふと頭をよぎったのである。だが、紫珠はおのれの直感を信じていた。

「あなたさまが、わたくしの名を呼んだのではありませぬか」

時元は、はっとした。

あの夏の流鏑馬のあとのできごとを思いだした。馬場を駆け抜けてきた紫珠を見て、時元は思わず「紫珠どの……」と口にしたのであった。丁重に非礼をわびた。

「あなたのことは、鶴岡の隆弁さまよりうかがいました。確かに、わたくしのほうから名を呼びました。互いに知りもしないうちに、礼を失しました」

紫珠は口もとを隠してほほ笑んでいる。

「わたくしも、隆弁さまより聞いたのでございます」

心地よい風が、ふたりの間を吹き渡ってゆくようだ。時元が聞いた。

「なぜ、あのとき流鏑馬に」

「女なのになぜ、というお尋ねですね」

「他意はありません。そのわけをお聞かせいただけませんか」

「それは、男子（おのこ）がずるいからです」

「卑怯という意で……」

「そうではなく、ご自分に都合のよいときばかり女子を頼りにして、女なくしては生きられもしないのに。女がおりませんでしたなら、男子が武を誇るなどありえましょうや。弓矢の八幡ノ神も、ふたりの女子のたなごころにあるのでは」

「なんとはなしにわかる気がします。御台所（みだいどころ）や静御前（しずかごぜん）を思えばしかりです。あなたは、男子のおごりをいさめようと流鏑馬にでられたので。わたくしの母も、武におごるものは武によって滅ぶとつねづね申しておりますゆえ……」

御台所とは北條政子（まさこ）である。直感したとおり、と紫珠は思った。

「あなたは毛利家の方ですね。わたくしも少しばかりですが、まつりごとについて聞いた覚えがあります。毛利家とあらばなおさら、お母さまのご懸念には深い意味がございましょう。母がおらなければ、男子の誉れとされる死すらかなわないのですから」

「母なしに死すらかなわぬ……」

時元は、この言葉を心の深層にしまった。

矢場の外とはいえ、若い男女の親密な会話にはさしさわりがある。ふたりは馬場へ戻って馬を走らせた。

基親の愛馬の芦毛は、すでに粟船の神社に引き取られていた。流鏑馬では将軍のおほめに与っただけあって馬に箔がついた。時元は海野老人から信濃馬を借りて、いまでは常歩から襲歩まで馬場を走りこむほどに上達した。海野の見立てどおり、時元は先祖の血を引いて武芸の筋はよかった。

紫珠は栗毛の牝馬に乗ってさきを走った。白い毛に覆われた四肢が、のびやかに地を蹴っている。そのあとを追うように、青鹿毛の信濃馬を操る時元がつづいた。二頭の馬は疲れを知らずに、枯れ草の野原をならんでいつまでも走っていた。

二十九

それから、時元と紫珠はお互いの間を縮めていった。

紫珠のほうが鎌倉には詳しかった。ある日の昼すぎ、朝の鍛練を終えたふたりは紫珠の案内で谷戸の尾根を歩いた。山すその紅葉は黄みがかっているが、中腹は朱色を濃くし、尾根のあたりははや褐色に黒ずんでいる。

紫珠は、なにかを気に病むようだった。

亀ヶ谷（かめがやつ）にほど近い化粧（けわい）坂の切り通しから、尾根筋へのぼる獣道がある。あたりの鎌倉石は柔らかい砂岩で、ぼろぼろ崩れて足もとがよく滑った。時元は紫珠の手を取った。媚びない性格なのに、このときは素直に時元の腕につかまった。その手のひらは羅紗（らしゃ）の扇のように繊細で柔らかく、ほの温かかった。

尾根から峯へのぼった。葉を落とした梢（こずえ）のすきまから、群青に雲母を散らした由比ヶ浜が鮮やかに広がっている。そこから西の尾根までは見晴らしのきく道であった。甘縄（あまなわ）神社の古びた鎮守の森を見おろしてしばらくゆくと、海のほうから硫黄くさい煙が立ちのぼって思わず布で口を覆った。

「あれはなんですか」

時元が顔をしかめて聞いた。越後の草生津（くそうづ）を燃やすのよりも強烈で、頭がくらくらする臭気であった。真昼に煙のなかから赤い火柱があがるのが見える。

「阿弥陀さまを鋳造しているのでございます。かれこれ十年にもなりますが、ああして銅を焼いては流しこんでいるのです」

北よりの風に変わって煙が海のほうへ流れていった。眼下に巨大な阿弥陀如来像の丸まった背中が迫ってきた。猪首（いくび）の上には高く盛られて渦巻いた螺髪（らほつ）の頭と端正な横顔が見える。それは阿弥陀の浄土でのご臨在を思わせる威容であった。

仏身の鋳造をほぼ終えて、鋳型を包んでいた土塁は腰のあたりまで取り除かれている。細かい補修のために露天のたたらで青銅が精錬され硫黄の臭気が満ちていた。数百もの人が立ち働いていようか、時元はこれほどの作業をはじめて見た。

紫珠は煙に目をしばたたかせている。

「わたくしは、ときおりこうして阿弥陀さまを見にきているのです。首まで埋まっていた土を取り除くさまなど、生身を掘りだすように思えます。阿弥陀さまをお造りすれば救われるものもおります」

紫珠がいうには、大仏の建立に多くの流人(るにん)や貧民が携わっていて、それで生活できる人々がいるよしであった。

ふたりは欅(けやき)の大木の根にならんで腰をかけた。時元は、息づかいを感じるほど間近に紫珠がいるのにとまどいを感じている。紫珠は時元より二つ歳が上の十六だが、ずっと成熟して見えた。時元から尋ねた。

「あなたのまことの親はどうしておられるので」

しばらく、ためらいがあった。

「母は武蔵(むさし)に近い相模の当麻(たいま)ノ荘で菜摘女をしていました。父は、わたくしが幼いときにはやり病で亡くなりました」

「気の毒な身の上をうかがった……」

「いえ、聞いていただきとうございます。母はそののち、地頭の情人になるよう説き伏せられました。断っておりましたが、暮らしのためにやむなく……。わたくしは幸いにも、当麻のご神職さまの口ききで隆弁(りゅうべん)さまのもとへ預けられ、このかた不自由なく育てられました」

鶴岡八幡宮のお告げで大仏造営がはじめられた縁から、紫珠はたびたび作業場にきた。炊きだしやけが人の看護の役目を隆弁から仰せつかって、むしろ喜んで生気に満ちていた。

「いまは幸せなのですね」

「父なき子としては幸運でしたが、いまが幸せかどうかは……」

紫珠はなにか大事な話を呑みこんでしまった。語りすぎを恥じたのである。時元は、紫珠が胸の奥に秘めた痛みを想像するよりほかなかった。

三十

ふたりは、ときおり一緒にでかけるようになった。うわさの種にならぬよう、武芸の鍛練のあとに紫珠(しず)は男装の姿のまま時元(ときもと)に伴った。

時元は体を鍛えてから、しっかりと肉がついた。背丈がさらに伸び、両腿は太く胸も厚くなった。紫珠とならんで騎乗すれば若武者の兄弟にも見えた。

晩秋とはいえ陽はまぶしく輝いている。馬場をしっかり走りこむと汗ばむほどの陽気である。時元と紫珠は夕方の海風にあたろうと、大倉から小町大路を南の浜辺へ馬で走り抜け、浜の東端にそそり立つ飯島崎の松に馬をつないだ。

ふたりは、鎌倉の海を東の和賀江ノ津（わかえのつ）から西の由比ヶ浜へ見渡している。

大潮の日であった。遠浅の湾の沖まで引いた潮がふたたび浜によせている。潮に浸食された砂浜は、新月をすぎた鋭い鎌のような三日月へと変化している。

西へ傾く陽を追って遠い目をしていた紫珠が、時元の横顔をじっと見た。時元はその気配に気づいて紫珠と目線をあわせた。

紫珠が長い逡巡を破った。

「お聞きいただけますか」

「はい」

時元はしっかり答えた。

思い切ったように紫珠がうち明けた。

「しばらく前ですが、安達泰盛（やすもり）さまが葛西（かさい）殿の御使者として隆弁（りゅうべん）さまのもとへこられたのでございます」

安達泰盛なら時元も知っていた。祖父経光（つねみつ）の追善供養の折に大倉の法華堂で見ていたからだ。父基親（もとちか）の話では、叔父の時親（ときちか）に好意的であるとか。得宗の嫡男である北條時宗（ときむね）の後見人として羽ぶりがよいとも聞いた。そして、葛西殿とは時宗公の実母である。

そのさきを問いただした。

「用向きはなんだったのです」

紫珠は愁眉の顔である。

「時宗さまがわたくしを側室にと……」

うちにこもった声であったが、時元はしかと聞きわけた。

時元は北條時宗と同じ歳になる。時宗は数年前に十一歳で正室と縁組みしていた。安達の異母妹にあたる娘で、自分の猶子として養育したのである。名を堀内殿といった。

「時宗さまはご正室を娶られたばかりではないか。それがなぜ……」

「隆弁さまの説明では、時宗さまの父であられる得宗さまが、ご嫡男の子の顔が早く見たいと願っておられるよしにございます」

紫珠はほのかにほおを赤らめた。

正室の堀内殿は時宗よりさらに年下であった。紫珠は十六であるからもう子が産めるとみたのである。葛西殿のご意向で安達が動いたとなれば、正室の堀内殿とて承知のうえであろう。

「わたくしの身分では畏れ多く、お断りしていただきたいと隆弁さまにお願いしたのです。ですが隆弁さまは、さきの流鏑馬神事の折に宗尊親王の御前で舞いましたときに、時宗さまがわたくしを見そめたというのです。側室が嫌なのであれば、白拍子のような妾としてお手つきになるのをおまえは望むのかと……隆弁さまはおっしゃるのです」

涙がほおをこぼれ落ちた。「妾」というひと言が紫珠の胸に刺さっていた。泣く泣く地頭の情人にさせられた母の身が哀しかったのである。

その事情を知る隆弁が安達に談判して、「側室として正式に迎えるのではどうか」と迫ったのであった。紫珠は鶴岡別当の隆弁に引き取られたとはいっても親子ではない。安達がしかるべき人物を立てて猶子の体裁をととのえてから側室として召し抱えるという段取りまで、話は進んでいるという。

時元はつとめておだやかな声で尋ねた。

「それで、あなたのほんとうのお気持ちはいかがなのですか」

「ほんとうの気持ち……。それは」

紫珠はふたたび時元の目を見た。そしてしっかりと自分の直感を信じた。いまの一瞬を逃して、もうそのときはないと。

「それは、わたくしはあなたを好いております」

時元の顔が見る間に朱にそまった。秋の陽は急ぎ足で海の西端の稲村ヶ崎にかかろうとしている。だが夕日を覆ってたれこめる一片の雲が、時元の心に陰りを落とした。

むろん時元も紫珠にひかれている。はじめて惚れた女子(おなご)である。芯の強さ、その決意は、おのれに欠ける資質であった。ほのかな敬意がいつしか愛おしさに変わって、ともにいるのが喜びになっていた。

しかし、時宗公の側室を断るというならば、紫珠をおのれが娶っていかなる禍(わざわい)があろうと守らねばならない。

もう一筋の黒い流れ雲が陽を隠した。朱に燃えていた夕日はたちまち白い灰になり、西の空には鉛のひだの幕が引かれている。

時元の心は空（くう）だった。そこに棘のある異物がひとつころがり落ちて、こつんとあたった。心の声に耳を澄ました。それは、おぞましい棘を食いこませて時元のうちに居座ろうとしている。もし、北條時宗から奪い取れるなら……。棘ある思いであるが、その針の痛みが喜悦になると男の本能がささやいた。

心に兆した異物の正体は、復讐という名の悪である。

時元はかぶりをふって、異物を追いはらおうとした。自分の血肉に宿った祖霊がそれを託しているのか。紫珠の心を踏みつけにする妄執（もうしゅう）ではないのか。それとも、麗しい恋心と、復讐のいずれも成就させるのだろうか……。

時元が無垢とはいえ、その心に罪咎（つみとが）の染みぐらいはある。だがいま転がりこんできた棘のある異物は、そのような子どもらしい悪ではなかった。この大悪と折りあいをつけるあきらめこそ、大人という名の凡夫になる一歩なのかと思えた。

苦悩が時元の顔を曇らせている。

紫珠が驚いた。

「どうしたのです……」

「いいえ、なんでも」

身を焦がすようである。

「あなたのお返事を聞いておりませぬ」

「紫珠さまと同じ気持ちです」

「うそ……。迷っておられるのですね」

西の空にふたたび陽が戻っていた。

紫珠がすっくと立ちあがった。弓なりの三日月になった浜辺のさきを見た。細く白い指で西の稲村ヶ崎をさし示した。ここから浜づたいにちょうど一里の距離である。

「あの岬の松が見えますか。あそこまでふたりで馬を競いましょう」

その松は断崖の下にそそりたつ黒い岩に生えている。激しい波と風にさらされて枝が斜めに伸びているが、幹はしっかりと太く岩を割って根を広げている。その松に向かっていま夕日が落ちてくるところである。

紫珠は迷いが晴れた表情になった。つづけて、きっぱりいった。

「もしも、岬に着く前に夕日が海に落ちたら、わたくしたちは結ばれないでしょう。そしても し、わたくしがあなたに勝ってさきに着いたなら、わたくしは時宗さまの側室としてまいるようになりましょう」

時元が驚く間もおかせずに、紫珠は鐙に足をかけるとはや騎乗している。競馬の技量はまだ紫珠のほうが上である。時元の青鹿毛の信濃馬は強健であり砂浜を駆っても疲れないであろうが、紫珠の栗毛の牝馬は足が速かった。なによりも時元がどれだけ勝ちに執心するかが命運を握っている。

紫珠はそれを見越したかである。

「わたくしはわざと負けはいたしません。あなたと本気で競って、自分の運命を知りたい。もし同じ気持ちなら、あなたの力でわたくしを奪ってください」

紫珠は愁眉をひらいていた。大きく鞭を入れると駆けはじめた。時元も馬に飛び乗ってあとを追う。

飯島崎の高台から二頭の馬が浜辺へと躍りでた。そこに和賀江ノ津があって荷舟や唐船が停泊している。馬はしなやかに尾をふって走ってゆく。なにごとかと舟頭や荷夫が西へと駆ける馬を見送った。

潮があがってきた。砂鉄を含んだ遠浅の砂浜は黒い虎斑（とらふ）を描いている。固くしまった砂の上に馬の足音が小気味よく響く。足が長い紫珠の牝馬が先行したままで、時元の青鹿毛が胴を震って追いすがっている。

ちょうど三日月の弧をえがく海岸のまんなかあたりに滑川（なめりがわ）の河口がひらける。しばらく雨が降っていないから流れは弱い。二頭の馬は足の半ばまである水を漕いでつぎつぎに渡った。

そこからさきは由比ヶ浜である。うす紅色をした桜貝が一面の花吹雪となって渚を飾っている。砂はしだいに深くなる。紫珠は海のなかへ馬を乗り入れた。波しぶきを立てながら浅瀬を走ってゆく。

時元の馬は砂の柔らかい波うちぎわをそのまま進んだ。強健な足にものをいわせて砂を蹴散らし、紫珠の牝馬と互角にならんだ。

そのときふたりの眼前で、漁師が舟を浜に引きあげようとしていた。夕方の漁を終えた舟のとも綱を若者が力いっぱい引き、もうひとりの老人が舟を押している。

「紫珠、危ない」

　時元の叫びは波にかき消されて届かない。

　紫珠は鞭をくれた。手綱をゆるめて体を倒し、たてがみを両手でつかんだ。牝馬は水面から抜けだすように宙を飛んだ。うしろ足が舷側を楽々と越えた。舟を押す老人はぼう然として佇むばかりである。

　時元も飛んだ。とも綱を結んだ舟尾をひとまたぎにして着地した。さきをゆく馬上の紫珠がふり返って、時元がうまく馬を操っているのを確かめている。

　紫珠はまったく先頭を譲る気配もない。小川ほどの幅の稲瀬川を渡れば、極楽寺坂が右手に見え、すぐ目の前は稲村ヶ崎である。稲村の手前の海岸は荒れた岩場だった。そこがふたりの終着点である。

　黄金の夕日はふたまわりも大きくふくらんだ。大海を溶解炉にし、はるか伊豆の沖から金泥のひと筋を流している。稲村ヶ崎の岩場から海へ伸びた松の枝に、いままさにとけて掛かろうとしている。

　時元は馬に身をゆだねていた。紫珠がどうしようもなく愛おしかった。馬が察したかのように脚力を増した。潮に洗われる浜の三日月弧の頂点が近づいた。

　馬はうしろ足で立ちあがり、前足で宙を打つしぐさをしてとまった。時元は腰をうかせて鐙の上に立った。

　紫珠の牝馬もすぐに駆けこんできた。二頭の馬が沈む夕日を背に受けて、由比ヶ浜に長く美しい影を落としていた。

三十一

建長寺の禅堂は、雪安居と呼ばれる雲水の修行の時期に入っていた。神無月も末になれば、いよいよ厳しく坐禅のみに凝集しなければならない。

ある日の朝、時元は叢林にいた。丹田に気をこめて呼吸をととのえるまで、白く凍てつく息をなんどか吐いた。坐禅三昧の心地に落ちつくころあいであった。

禅堂の太い柱や梁が悲鳴をあげた。床が浮きあがってすぐに左右から引かれるように地がゆらいだ。足をしっかり組んだ座相のまま達磨のごとく床を転がるものがいる。赤銅の燈明壺から菜種油がこぼれる。そこに芯の火がついた。あわてた修行僧が木沓で炎をたたいて消しとめている。

木組みはいよいよきしんでたわんだ。梁に積もったほこりが舞って堂内に満ちる。時元はたまらず半眼の目を見ひらいた。沈黙の行を厳しく課す老師だが、このときは一声が雷鳴となって響いた。

「参禅辨道只為了此生死大事」（参禅弁道はただこの生死の大事を了せんがため）

老師は、刃物のように鋭い顔をした唐人であった。一切の無駄をそぎ落とした精神をあらわして体は痩せてひきしまり、胸に浮くあばらの一本一本が厳格な持戒への到達を示していた。

天変地異すら修行であった。

　伽藍の一部であろうか、それとも石塔であろうか、地響きをあげて倒壊する音が空気を激しく振動させた。叫びが聞こえる。

　時元は得宗の姿を見やった。天から落ちる塵あくたを頭にまとい、ゆれに身をまかせてひたすらに座っている。得宗の禅は急流に打たれながら緑に苔むした石のごとく、坦然として死をも怖れぬ不動の境地にみえた。

　禅堂はどうやら地震に持ちこたえた。

　得宗は時元を伴って禅堂の外へでると、まずは高台から亀ヶ谷のほうを見た。寂光尼の庵が無事であるのを確かめてから、長い石段をくだって境内を見てまわった。自ら勧進し、莫大な浄財を募って建立した大伽藍であった。頑丈に建てられた寺の被害はさほどでもない。修繕はいるが、土台から再建する必要はなさそうだった。

　ふたりは土地堂と名づけられた仏殿の隣にあるお堂までできた。ここには老師である蘭渓道隆の肝いりで彫られた五体の伽藍神像が祀られている。皇帝や判官やその使者のいで立ちで、いかつい顔をして玉石の目が入っている。どれも唐土の土地神であって、大和ふうのたおやかな顔とは違う険しい形相をしていた。

　得宗はこの場所が気にいっていた。いにしえの帝王と対話でもするのか、お堂にこもりきりになるときがしばしばあった。ところがこの日のゆれで、伽藍神像は立像も座像もみなそろって倒れていた。得宗はじっとなにごとか考えている。

時元は心のうちに動揺がある。紫珠の告白からの迷いである。得宗の嫡男である北條時宗が紫珠を側室に欲していると聞き、かつて知らなかった憎しみとでもいうべき感情を凝らせていた。

得宗は時元に問いかけた。

「この神像はなぜ倒れたのであろう」

「それらは神ではなく、木のお像だったからでございましょう」

得宗は少しほおをゆるめた。

「坐禅を組んでいて、おぬしはなぜ転ばなかったのだ」

「老師は無心を説かれましたので……」

「そうであったな。われらが倒れなかったのは、ゆれに身を委ねたからではないか。姿勢や体力ではない。無心の心じゃ。これらの神像はいつもわしに多くを教えてくれる。おぬしにとって、わしのような生き方をするものは、無心に身を任せてきたとはとても思えまい」

時元は心中を見透かされた気がした。あの法華堂での祖先の供養からずっと奥底にわだかまっている思いが、少しずつ形になって姿を見せていた。

得宗はさきに立って、境内からさらに北東の谷戸へわけ入って歩いた。時元はいったいどこへゆくのかと怪しんだ。小川が流れる細い道の奥に、もうひとつの狭い谷戸があらわれた。谷戸のまんなかに泥沼があり、そのほとりに地蔵を祀った小さな祠が建っている。

時元はその泥に浮かんだものを見て、足がすくんだ。地震によって泥床が隆起したせいで、沈殿物が顕わになっている。それはおびただしい数の人骨であった。泥の鉄分に黒く染まった骨が枝炭のように堆積している。褐色のしゃれこうべがいくつかころがっている。その眼窩から白濁した泥の涙がたれていた。

時元がうめいた。

「いったいこれは。このようなところになぜ人が捨てられたのですか……」

得宗は、重い口をひらいた。

「これは、落ち武者の骸なのだ」

そういって得宗は、谷戸の沢筋に見え隠れする獣道のほうをさし示した。

「あの沢筋の道は、大倉の法華堂の裏山へ通じている。三浦と毛利が宝治合戦にて自刃したとき、死にきれずに敗走したものどもがいた。あるいは生きて捕らえられたものも多かった。その首をここで刎ねたのだ」

ここは地獄谷と呼ばれていた。宝治合戦の敗残兵が追いこまれるようにしてたどりついたさきである。それを安達の軍勢が包囲し、ことごとく討ち取った。数百の死骸がここに投げこまれ、たちまち血の池と化したのであった。

時元は既視感を覚えて戦慄した。

「そうであったか」と、心につぶやいた。法華堂で祖先を供養した折に、時元は魂を奪われる心地だったのだ。悪しき念が肉に憑き、どこかへ連れ去ろうとした。あのときあらわれた僧が「山の奥へ……」といったのは、この所であった。あれから時元の魂は導かれ、ここで生死の了を得んがため禅に打ちこんできた。それも、得宗とともに……。

　得宗が宝治合戦ののちここに地蔵菩薩を本尊とする建長寺を開基したのも、すべては浮かばれぬ霊魂を供養するためであった。

　時元は問いただした。

「無礼な口ぶりをお許しください。得宗さまは、このような殺生でも無心で行われたとおっしゃるのですか」

「そうともいえよう」

「では、もし無心であれば、どのようにしてまつりごとができるのでしょう。まつりごととは有るべきものではありませぬか」

　思わず口調に力が入った。得宗は怒りを見せるどころか、石壁に刻まれたように峻厳な顔を少し柔和にした。

「この世を説明するのにさまざまな法理が説かれている。だがわしは権力の座にあったものじゃ。まつりごとは言葉の力である。武力も権勢も、言葉に勝るものはない」

「その言葉とは、無なのですか。それとも有るものなのですか」

「おぬしには言葉が目に見えるか。言葉は無じゃ。まつりごとを誤るのは、この無から有をつくりだそうとするところにある」

「それはいかなる仰せでしょう」

「正義、復讐、征伐……。すべては無形の言葉を目に見えるよう、民が納得するよう有らしめる営みであろう。理なき空疎な言葉は過ちに堕する。よいか時元よ。無とは空理ではない。過去といまと未来にわたるまことの理じゃ」

「真理はいかに得られるのですか」

得宗はもはや答えようとはしなかった。

最後にこういった。

「わしとて無心の境地を悟ったわけではない。世のゆれ動きに身を委ねて、おのれが倒れぬようにつとめてきた。無から有をつくって過ちも犯し、罪咎をこの身に受けている。出家したところで煩悩から解き放たれるわけではない。無心の心には、百まで生きてもまだ届かぬ……」

鎌倉をおそった地震は思いのほか大きな被害をもたらした。

谷戸のあちらこちらで崖が崩れた。漁師や商人がすまう家は地面に溝を掘って柱を立て、屋根に木の皮を葺いて石をのせただけであったからたやすく倒壊した。鳥居や石積みもかなり壊れていた。

幕府の評定衆は、各所から届けられる天変地異の報せを陰陽師に鑑定させた。このところの異変は市中のみならず国じゅうで起きていた。安房では海が褐色に染まり、はるか越ノ海には人のように大きな魚が漂着していた。信濃の山々は火を赤々と噴き、東国一帯で地震が頻発していたのである。

「あの宝治合戦の前に各所でまがまがしい現象が起きたとの記録があるが、これらはそれ以来のできごとになる。このたびはいったいなんの前触れであろうか」

陰陽師は鳩首(きゅうしゅ)して策を立てようとしたが、いっこうに意見がまとまらなかった。怪異な兆候の数々は、すぐに得宗の耳にも入った。

得宗には思いあたるふしがあった。

あれは三年前の夏であった。忽然とあらわれた日蓮(にちれん)と名乗る僧が、大胆にも得宗のまつりごとに建白(けんぱく)したのだった。

日蓮が一切経(いっさいきょう)から読み解いたところ、

「世の災害は予言されたものであって、残る災いは外敵侵攻と内乱である。念仏や禅がはびこって魔物が国を乱しており、これを改めなければいずれ国は滅びる……」

と、そのような見立てであった。立正安国論(りっしょうあんこくろん)という名がつけられ、得宗の側近で寺社奉行の宿屋光則(やどやみつのり)が取りついだ。

その諫言(かんげん)が念仏衆の怒りを招き、日蓮は焼き討ちにあった。しばらくは身を潜めていたのだが、ふたたび辻説法(つじせっぽう)で念仏を非難して人心を不安にした。幕府としても念仏衆の訴えを聞かざるをえず、日蓮を舟に乗せて伊豆へ流罪(るざい)にしたのであった。

それがさきごろ赦免されて鎌倉へ舞い戻っていると、得宗は聞いていた。「あのときは黙殺したのだが……」。得宗は日蓮とやらの進講をいまなら聞いてみたいと思った。

三十二

　寂光尼の紫谷庵のもみじが風に散った。紅殻色の星の表を見せ裏を見せて、ひとひらひとひら池に舞い落ちた。北の空は早くも氷室となって冴えざえしている。

　太陽はうすく霞んでいた。きょうは昼すぎから日輪が欠けはじめ、わずかな間であったが光が失われたのである。数日前の地震につづく怪異なできごとに、寺のものたちはたいそうおびえていた。

　さりとて、寂光尼の心は乱されもしなかった。尼は遠い日の夢を見ていた。

　須弥壇の近くに置かれた経机についた片ひじがあやうい均衡を保って、眠りに落ちたほおを支えている。白い頭巾で覆った頭が小刻みにゆれている。その須弥壇には、瞑目したお顔の水月観音がおられた。右足を左の膝の上にゆるりと組んで、半跏のお姿で尼と一緒にうつらうつらまどろむようである。

「光子、光子……」と、遠くで呼ばわる声がする。狩衣の絹擦れの音が近づいて声の主の気配がした。衣の香と烏帽子の真新しい漆の匂いが昔の記憶を醒ました。

　光子は銅鏡でおのれの姿を見ていたのであるが、その鏡にはほかのだれも映っていなかった。ただおぼろ月が鏡に浮いていていた。

　鏡の前に座り、長く伸ばしたうしろ髪を胸の前に持って、紙のこよりで結んだ。しっとりと重みのある黒羽色の髪を両手でいとおしむように丁寧に束ねた。それから、少しふっくらした着物のお腹のあたりをやさしく撫(な)でた。

　声の主がささやいた。

「おお、子ができたのか……」

「はい」と光子はためらいがちに答えるのだが、心は憂うつにとらわれている。

「この子が光を見るときはこないでしょう」

「なぜじゃ」

「わたくしの光はもはや失われたのでございます。父毛利季光(すえみつ)と三人の兄弟が、わたくしの夫によって命を絶たれました。夫の心はもはやわたくしにはありません。子に光を見せてやれないのです」

「恨んでおるのじゃな。それで……」

「いいえ、そうではありません。母なしに子が死ぬのはかなわぬもの。わたくしはもはや母になれぬ身ゆえ……」

　光子は右手に剃刀(かみそり)を取ると、結び髪の根元にまわしてうしろ手に切り落とした。命を失った髪の束が式台のなかに横たわっていた。

「なにをする……」

　声の主はあわてふためいた。

　光子は剃髪(ていはつ)し終えると、その手でふたたびおのれのお腹に触れた。すると、なにごともなかったように滑らかであった。いくど触っても、あの懐かしくあたたかな命を宿したふくらみは戻らなかった。

小袖の肩口に烏帽子の縁があたった。そして肩に男の頭の重みがのせられた。髪油の匂いがして、ひげの剃り跡を残してざらついた肌がほおに触れた。嗚咽をこらえているのか、喉仏のあたりが動くのを感じる。二粒、三粒の玉がこぼれ落ちた。すぐに熱い涙の線になって、光子の首筋をつたって流れた。

寂光尼は、はっとして目覚めた。

夢のなかで泣いていた。

半跏のお姿の水月観音は水鏡に映る月を眺めているのだという。光子の鏡にはおぼろ月は見えたが、時頼は像を結ばなかった。それは陰陽わかたれて時頼の心が光子から去ったしるしであるか。それとも……。寂光尼は考えるのをやめた。母なる月に呑まれて消えたとすれば、それは冥界への旅立ちであろうから。

「時頼さま……。あなたの苦しみがいまとなってわたくしにはわかります。なぜ運命はかくも過酷なのでしょう。もしこの魂が輪廻するものなら、花としておそば近くに咲いてさしあげましょう」

寂光尼は孤独であった。時頼が出家した最明寺はここからさほど離れてはいない。向かいの山すそにその寺はあるのだが、お互いに出家してからただの一度も会っていなかった。

尼はその山すその寺の方角をじっと見つめていた。寒々と葉をはだけた木の梢で、椋鳥の群れがけたたましく鳴き交わしている。

日はすでに西へ傾き、まぼろしのように淡雪が舞った。まるでだれかが気を引く悪戯(いたずら)をしているように思えてならなかった。

三十三

その年の霜月(しもつき)はひどく寒かった。

東国の秋の作柄はまずまずであったが、京より西が干ばつに見舞われていた。冬を前にたくわえのない貧民が東へ流れ、鎌倉でも日ましに異相のものが増えていた。

得宗側近の長井時秀(ときひで)は多忙であった。地震による荒廃はもちろんだが、なにより人心の乱れる気配があった。天災による暮らし向きの悪さに加え、鎌倉に乱立する新興の僧たちが競って不安を煽(あお)っていた。そこへ西国から流人がなだれこんでいる。

長井は侍所(さむらいどころ)を指揮して町のおもだった辻や、鎌倉へ入る七口(ななくち)の切り通しに、篝屋(かがりや)と呼ぶ武士の詰め所を増やした。夜盗、人商人(ひとあきびと)、まつりごとを非難する僧侶の説法を警戒し、ひとたびことあれば太鼓を打って市中に知らせ、篝番の武士が馳せ参じるよう命じたのである。

長井のもうひとつの悩みの種は、よりによって得宗が「日蓮(にちれん)を呼べ」といいだした一件であった。

日蓮は伊豆から戻るやいなやさっそく辻立ちをはじめ、「法華経によらずして災難は去らぬ」

と叫んでいた。しかも矛さきを念仏衆に向けているために、念仏に帰依(きえ)する御家人の反感を買っていた。念仏衆は災害からの復興の手足になって働いてくれている。得宗が日蓮に会うとなれば、どれほどの怒りを招くであろう。

　思案した長井は、得宗の考えを改めてもらったうえ日蓮をふたたび所払いにしてはどうかと、進言する腹づもりであった。

　得宗にお目通りを願おうと最明寺の北亭を訪ねてゆくと、いつになく警備がものものしい。さては昨今の市中の乱れのせいでもあろうかと思ってみた。だが、なかでも得宗家だけに忠誠を誓う御内人(みうちびと)が、武具を身につけ馬を引いて集まっている。なにごとかただならぬ空気に包まれている。

　長井は北亭への立ち入りを御内人に頼んだ。ところが「いまはかないませぬ」とけんもほろろに断られた。長井は驚き怪しんだ。常にはありえない処遇だった。

　黒衣の法服をまとって九条の袈裟をつけた建長寺の禅僧が三人ほど、あわただしく北亭への渡り廊下を駆けてゆく。

　僧侶と入れ違いに評定衆の安達泰盛(やすもり)が北亭からでてきた。

「安達どの、いったいなにごとでござるか」

　安達は眉根をよせている。無表情な瓜実(うりざね)顔が青ざめている。

　声を忍ばせた。

「得宗がご危篤じゃ」

「なんと」

安達はあたりを見まわし、口もとを隠していっそう密やかに話した。

「霜月はじめよりご容態が悪くなっていたのだが、昨日からお命が危うくなられた。これは他言無用にしていただきたい」

「心得た」

「もしも……得宗ご入滅とあらば、市中を厳戒せねばならぬ。ご嫡男の時宗(ときむね)さまはまだお若く執権は無理じゃ。謀反が起こらないともかぎらぬ。時宗さまをお支えする段取りをつけてから、ことを明らかにすべきであろう」

長井と安達はなにかとそりがあわない間柄であるが、得宗恩顧の御家人であるのに違いはない。このたびはともに手を携えて北條時宗を支える覚悟であった。

北條時頼はその夜、霜月二十二日戌(いぬ)の刻に示寂(じじゃく)した。端座合掌して大往生したと側近には伝えられた。

その死にあたって、時宗は十八歳になってから執権を譲られると定め、それまで側近が支える策でまとまった。時宗の叔父にあたる執権の北條長時(ながとき)もこれを受け入れた。

しばらくして、長井は亀ケ谷(かめがやつ)の寿福寺に逗留(とうりゅう)する基親(もとちか)を訪ねた。

鶴岡八幡宮の流鏑馬(やぶさめ)からしばらく無沙汰をしていたのである。得宗が亡くなったしだいと、気がかりの相論について話しておきたいと考えていた。

得宗の死は、おもだった御家人には告知されていた。基親にも知らせがあった。得宗を頼みにしていただけに、基親はたいそう気落ちしていた。

息子の時元（ときもと）は、父にもましてその死を心底から悲しんでいた。

あの地震の日を最後にまみえるのがかなわないとは、まったく思いもよらなかった。「真理はいかに得られるのですか」という問いかけに、得宗は黙ったままであった。それがいま時元に投げ返された命題として残った。

長井は得宗の最期を語ってくれた。

基親父子がはじめて得宗に面会したあの最明寺北亭の座敷で、西に安置した阿弥陀像に見守られて息絶えたという。

死の床に就いた得宗は、あまたの幻影を見ていた。いや得宗ではなく、まだ若々しい北條時頼であったころの幻である……。

幻となってあらわれたのは、宝治合戦で時頼が成敗した三浦泰村（やすむら）だった。三浦は、時頼の祖父の北條泰時（やすとき）から諱（いみな）を授かった北條一門であった。

親子ほど歳のはなれた三浦と時頼は盃を酌（く）み交わしている。時頼は三浦を敬愛していた。時頼は「三浦公とは戦わない」と語っていた。

ところが……。

高野山にのぼって修行し真言の奥義を会得したという老人、安達景盛（かげもり）があらわれた。時頼の外祖父であり、安達泰盛の祖父である。景盛には人を惑わす力があった。時頼はいま死の床にあって、その底知れぬ悪がわかった。

時頼は安達に抗おうとした。鶴岡八幡宮の社頭に「三浦謀反のおそれあり」と書いた高札が立ったときも信じなかった。むしろ三浦と和義を結ぶ使いを送ったのである。三浦はこれを聞くと喜んで涙した。

だが、すべては安達の術中にあった。安達は時頼の使者をだし抜いて三浦の館を襲った。先陣を切ったのが安達泰盛である。安達は三浦の権勢を羨めばこそ時頼に取り入ったのだ。時頼は安達に、毛利の所領までくれてやった。

その安達泰盛を、得宗はいまでは最も頼りにしている。嫡男時宗の後見人として北条家のゆく末を委ねてしまった……。

得宗の幻覚には、鎧に身を固め太刀を帯びた毛利季光があらわれた。

季光もまた老練の武士だった。大江流兵法を時頼に伝授してくれた武芸の恩師でもあった。季光が家人に馬を引かせ、いままさに出陣するところである。

宝治合戦の日の朝だ。時頼が驚いたのは、季光はこのとき北条方に加勢するところだったのだ……。それを季光の妻が諫めた。

妻は三浦泰村の妹である。「三浦に義理が立たぬ」と、夫に泣きすがっていた。季光の顔は青ざめ、苦悶の表情を浮かべている。

時頼は幻覚のなかで気づいた。三浦も毛利も北条家に敵したのではない、と。

やがて三浦方の自刃が迫った。季光の導きによって法華堂で念仏を唱えている。三浦はあきらめがついたのか、晴ればれして見える。

一族郎党にこう語っていた。

「そもそも北條外戚の身なれば、北條家になんの怨みもない。諫言によって誅伐（ちゅうばつ）されるのが無念である。わが三浦とて一族があい争って罪を重ねたのだ。その報いを甘んじて受けようではないか」

「三浦泰村、毛利季光。貴殿らの武士のまことがそのようであったとは……」

幻覚を見ながら時頼はもがき苦しんだ。

時頼が和義と戦さのはざまでゆれ動いていたのは確かだった。若くして執権に就いたばかりのわが身を守るには、安達景盛のもたらした激震におのれを委ねるほかなかった。

幻覚はさらに追い打ちをかける。

寂しげな顔をした光子（ひかりこ）が夢にあらわれた。時頼は尋ねた。

「どうしたのだ。なぜそのように悲しんでおるのじゃ」

光子は腹をさすっている。

時頼は、はっとした。

「稚児（ややこ）ができたのか」

まつりごとに手一杯で、きょうまで……いや死の床に至るまで気づかなかった。それでも時頼はうれしかった。光子はつかのまの母らしい満ち足りた表情を見せている。

だが、光子は心を決めていた。

「父である毛利季光が北條家に背いたからには、わたくしはもはやあなたの正室ではありえませぬ。尼となって亡き父の菩提を弔いますゆえ、どうか出家をお許しください」

「ばかな……。子はどうなるのじゃ」

「子の父がその義理の父を殺めたのですから、生まれてくる子は恩讐の煉獄へと堕ちましょう。このいとしい子は、母の手で始末するよりほかありませぬ……」

「なにをいうか。やめろ、許してくれ。わしが間違っていたのだ……」

時頼は幻覚に酔ってのたうちまわり、涙を流して光子に謝罪していたのである。

光子がこういい残した。

「安達泰盛にはお気をつけください。いつかかならず北條家の敵となりましょう。それをお忘れなきよう……」

いまわのきわに、これほどの大事を知らされるとは……。もはやなすすべもなかった。

こうして時頼は、この世を去った。

毛利季光の孫である基親も、その子の時元も、得宗の苦しみを知るよしもない。毛利家の存続を許した時頼の恩顧に報いるのが、基親には武士の定めであった。時元にとっては、得宗は坐禅の師であり、仰ぎ見るほど堅牢な巌であったのだ。

さて長井は得宗の死から話題を変え、相論について語りはじめた。

得宗の死によって、決着するまでさらに時間がかかりそうだという。

「得宗が入滅されてのち、しばらく御家人は喪に服す。おぬしだから話すが、喪というのは表向きの理由であって、本当のところは北條家の支配を覆す動きを封じるためなのだ。評定衆が喪中では、政所も問注所も動けない。いましばらくこの鎌倉にいて忍んではくれまいか」

基親は肩を落とした。佐橋ノ荘と吉田ノ荘をめぐる兄弟の相論は、得宗の肝いりで決着するものとばかり信じていたのである。

冬までに越後へ帰る望みはかなわなくなったと、基親は観念した。

三十四

鎌倉は寂しい正月になっていた。

北條時頼(ときより)が死去し、幕府はもとより下々まで喪に服した。北條家に忠信を誓った御内人のなかには、時頼を追うように出家するものがあとを絶たなかった。

基親(もとちか)父子はひっそり家移りした。長井時秀(ときひで)が知らせてくれたように相論が長引くであろうと腹をくくり、腰を落ちつけて時期を待つつもりである。

寿福寺の仮庵(かりいお)にいつまでも逗留していられなかった。喪中の寂光尼(じゃっこうに)を頼るわけにもいかず、基親は長井に相談してみた。すると、六浦道(むつうらどう)ぞいにある十二所(じゅうにそ)をすすめられた。鎌倉の北東にあたり、毛利の祖大江広元(ひろもと)のかつての所領だった。鎌倉七口(ななくち)のひとつ、朝比奈切り通しから六浦道の守りは大江一族が固めていた。

十二所では、毛利季光(すえみつ)の鎌倉屋敷跡がそのままになっていた。季光亡きあと豪壮な屋敷は壊され、いまは間口の狭い侘びた山荘が板塀に囲われている。が、基親父子が暮らすに十分だった。六浦道をはさんで向かいに、長井の地所があった。

そこは毛利家と長井家にとって因縁の地である。

あの宝治合戦の朝、毛利季光は三人の息子と孫を連れてここから出立した。北條方の安達によって奇襲された義兄の三浦泰村（やすむら）に助太刀するためだ。そのとき長井時秀の父泰秀（やすひで）は、北條時頼のもとへ参じようとしていた。

長井泰秀は季光の甥だ。屋敷の門前で季光と鉢あわせした泰秀は、武家のならいに従って季光の出陣を黙って見送った。同じ大江の血を受けた毛利と長井が、ここで運命の岐路に立ったのである。

もとの屋敷は失われても、小高い山をそっくり庭にした敷地は変わっていなかった。基親と息子の時元（ときもと）は、いまではうっそうと木が茂る暗い庭のなかを歩いた。

北東の隅に、季光の持仏堂がうち捨てられたさまで残っていた。屋根は苔むし朽ちかけているが、柱に塗った朱にはまだ鮮やかさがある。重い扉を押すと、お堂の闇に光がさした。土ぼこりが舞って光の輪郭がきわだつ。その光の道に迎えられて、阿弥陀如来像が佇立（ちょりつ）していた。

金箔はところどころ剥がれているが、光背は鈍色に光明を放って息を吹き返した。左に観音菩薩、右に勢至（せいし）菩薩を従え、三体が雲座（くもざ）に乗って飛翔するかのごとく見えた。季光が終生まで帰依した阿弥陀仏に、いま対面したのであった。

基親はいつのころか父経光（つねみつ）から聞いた話を思いだしていた。それは季光が若かったころである……。京の都で捕らえられた念仏僧を奥州へ流刑にする護送役に、季光が任じられていた。

この僧は名を隆寛といい、浄土宗の祖、法然の高弟であった。

　念仏によってだれもが往生できるという法然の教えは広く受け入れられたが、奈良興福寺と比叡山延暦寺の南都北嶺はこれを警戒した。法然の弟子を襲うという荒ごとに及んで京は騒然とする。嘉禄の法難である。幕府は朝廷の意を受け、隆寛ら念仏僧を都から追放したのだった。

　季光は護送の役目をつとめるうちしだいに隆寛に心ひかれ、相模ノ国に至るころには師と仰いでいた。季光は隆寛に身代わりを立てて奥州へ送り、自らの所領である相模の毛利ノ荘に隆寛をかくまっていた。そのうちに、京の六波羅探題が捜索に動きだした。若い季光は大きな危機を招いてしまったが、その窮地を救ったのが妻の実家である三浦氏だった。

　三浦は北条氏をしのぐほど有力な御家人であったから、執権と六波羅に働きかけて一件を不問に付した。季光はおのが魂の救済と引きかえに、三浦に重い借りができた。それからは西阿と号し、鎌倉の屋敷に持仏堂を建てて念仏に打ちこむようになった。

　そしてあの宝治合戦にのぞんだ朝も、阿弥陀三尊像と向きあって喉から血を吐くほど念仏を唱えたと伝わっていた。北条方に参じようとして、「三浦に命救われたのをお忘れか」と懇願する妻の言葉に心を射ぬかれた。いずれにせよ、姻戚の三浦と剣を交えるからには討ち死にする覚悟だったのだが……。

　季光と三人の息子が自刃してから、この持仏堂の脇侍の観音菩薩が血の涙を落としておられるという評判が立った。仏身に血を流させるものは無間地獄へ堕ちると信じられていたから、それ以来、お堂の扉は固く閉じられたままになった。

三十五

時頼（ときより）の死による喪中とはいえ、鶴岡八幡宮の新年の祭礼は執り行われていた。
鶴岡別当の隆弁（りゅうべん）は思案し、紫珠（しず）が表立たないよう気をつけた。紫珠には時宗の側室になる気持ちがないと聞いていたからだ。紫珠の頑なさを知る隆弁は、しばらくそっとしておくのがよいと思った。

時宗とて、しばらくは紫珠への懸想（けそう）はお預けになろう。安達泰盛（やすもり）ら側近の目をはばかって、紫珠の身をしばらく名越（なごえ）の長福寺に預けた。隆弁自らが開山となった長福寺は、北条一門の名越氏の菩提寺である。

紫珠は、幕府の馬場にも姿を見せなかった。ある日、馬場にいた時元（ときもと）のところへ紫珠の使いの長福寺の寺男が文を届けた。それには、

「たくさんのけが人がでております。手助けしていただけるなら極楽寺までおいでください」

と、短く書かれていた。

時元はすぐさま極楽寺へ向かった。

極楽寺は稲村ヶ崎から尾根つづきの地獄谷という山のなかにある。奈良西大寺（さいだい）で戒律を学んだ律僧（りっそう）の忍性（にんしょう）が極楽寺に入ってからあっという間に力をつけ、十年ほどで立派な伽藍ができあがっていた。

時元は使いの寺男の案内で、二王門（におう）の西側の川ぞいの谷戸へ入っていった。そこには、六、七棟もの療病院や施薬院が立ちならび、ただならぬ気配である。

極楽寺坂へのぼってくる行列が見える。百人はくだらない人数である。大仏の方角から、黒煙が高々と立ちあがっていた。溶解炉のたたらに青銅をとかして煮ているときに、硫黄が爆発して熱流が工夫たちを襲ったのだ。

頭に布を巻いた人が竹編みの大籠のなかに入れられ、前後に渡した棒を男たちがかついで走ってくる。頭部がただれて毛髪のついた皮がとけ落ちている。

板の上に寝かせて運ばれてくるものは、さらに重篤だった。溶解した銅を体にあび、黒く変色した肌から血と皮脂の焦げる臭いがする。

時元はうずくまって、思わず吐いた。

「そこをどけ」と、大籠をかついだ男にどなりつけられた。

時元は気を取りなおして紫珠を探した。

けが人だけでなく、その家族やつきそいでごった返している。療病院のなかで治療する僧侶のそばに、ようやく紫珠の姿を見つけた。亜麻布（あま）で髪を覆って、気丈に手助けしている。

「紫珠どの、これはいったい……」

「あとにして。時元さまはあちらのお坊さまを手伝ってください」

そういって、療病院の奥を指さした。

紫珠は塩を薄めた水を木綿にとって、ただれた傷口を丁寧に清めている。その顔色は蒼白ながら、修羅にあってなお凜としていさぎよい立ち姿であった。

療病院の奥のほうには、最も重篤なけが人が集められていた。僧侶が読経を聴かせている。時元はしだいに状況がわかった。治療にはかぎりがある。手の施しようのないものはあきらめて、ただ死を待っているのであった。

僧が時元を見とめた。

「そこのお若い方。この仏さまの両足を持ってはくださらぬか」

亡骸はつぎつぎに外へ運びださねばならなかった。ふたりの僧侶が死者の両腕をつかんで時元は足を抱えた。それは顔に幼さが残る若者であった。同じぐらいの歳であろうか。即死だったのか、硬直した顔面に死の痛みと恐怖が刻印されていた。時元は足がもつれて前のめりに倒れ、遺骸に覆いかぶさった。肋の浮いたやせ細った体だった。粗末な薄手の小袖が若い男の脂汗で垢じみていた。

時元はめまいがしてなんどもよろめいた。自らの非力に深く失望した。これまで求めてきた救いは安逸への逃避ではなかったのか。この身を捧げてこそ、おのれの救いもあるのではないか……と。

そのような惨事があってしばらくのち、毛利季光の持仏堂で供養が営まれた。供養とはいえ、季光はいまだに逆賊である。長井時秀にも知らせなかった。喪に服している寂光尼は、季光の娘であるが招くのがはばかられた。

季節はめぐって、季光が手植えしたという山桜が花をつけていた。ようやく毛利嫡流の主が戻った持仏堂は、おだやかな陽をあびて佇んでいる。花の淡い香りが季光の薄幸の生涯をしのばせた。

極楽寺から宗観が導師としてやってきた。この僧は、法然の弟子の証空を師と仰いだ。季光が京から護送の任にあたりながら帰依した隆寛とともに、証空は法然からじかに教えを授かったのである。法然の高弟を厚く敬った季光を回向するためならばと、わざわざきてくれた。

季光のお堂は拭き清められていた。阿弥陀如来も、脇侍の観音、勢至の両菩薩もほこりが払われて輝きを取り戻していた。

時元は宗観導師の念仏に耳を傾けた。ちょうど一年前のいまごろ、大倉の法華堂であった祖父経光の追善供養を思い起こしていた。

あのときは、曾祖父である季光の怨念を幻覚に見ていた。死の恐怖に身も心もとらわれたのだった。自刃してはてたあたりに置かれた石の前では金縛りになって苦しんだ。いまでは、季光の運命に思いをめぐらすだけの知恵を授かっている。いずれも季光とさまざまなかたちで縁を結んだ人との邂逅によってであった。

季光はなぜ、ご恩奉公によって幕府に従う道ではなく、魂の救済への恩に一命を捧げたのか。時元の記憶のひだの奥へ、母から聞かされた昔語りがいざなってゆく。

それは承久の乱といった……。宝治合戦より二十六年前に、京の都で起きた大きな戦さである。京の神官であった父に伴われ越後の刈羽ノ荘へ下向した母は、朝廷と鎌倉幕府が血を流しあった争いの跡を覚えていた。

朝廷と結んだ寺院はもちろん、朝廷が護持した神社もことごとく灰になった。武力で圧倒する幕府軍は暴虐のかぎりを尽くして都人を蹂躙したという。季光は、その修羅の先陣を切っていたのだ。人の肉を射ぬき、斬り裂き、馬で踏みつけた。燃えさかる炎のなかでは、女や童が陽炎のように舞い踊って息絶えていった。

それゆえの悔恨こそが専修念仏へ導いた。おのが死をもって償うほかなき罪、おのが魂を捧げ尽くすほか到達できない解脱であった。それが季光の往生の真実ではなかったか、と思えた。

時元はいまなら、阿弥陀如来が口もとに浮かべている表情に気づかされる。季光が死を覚悟して出陣した日も、この阿弥陀仏を拝んで念仏を唱えたという。季光がお堂の扉を閉めるとき最後に見たのは、浄土を約束する微かな笑みであったろう……。

極楽寺の宗観導師の読経は終わった。ふと時元に目をとめた。

「そなたはさきの大仏鋳造の災難のときに寺にきておられたかな。わしは死人に引導を渡しておったのじゃが」

「さようにございます。ですが、お役に立てませんでした。ただ右往左往するばかりで、なんの知恵も悟りもわたくしにはありません」

時元は目を伏せていた。

宗観はかまわずにつづけた。

「知恵を得て悟りたいのなら、文殊を求めよ。文殊に至るにはますます衆生の苦しみを救いなさい」

そういって、信仰によって身を捨てる道に歩むようすすめた。宗観に導かれ、時元は極楽寺へ足しげく通うようになった。

三十六

極楽寺はふところの深い寺であった。

伽藍のみごとさもさりながら、さまざまな事業を手がけていた。大工、石工、鋳物師らの工匠を束ねて、道路を補修し川に橋を架けた。極楽寺坂の切り通しの掘削や和賀江ノ津の築湊を手がけたのも極楽寺であった。こうして多くの貧民や流人たちにも生業を与えていた。

寺の長老は忍性という僧である。

釈迦が授けた戒律に厳格な律僧でありながら、貴賤をとわず仏の慈悲を施して民の信心を集めていた。念仏僧であった宗観もいまでは忍性に帰依していた。

時元が極楽寺を訪ねると、宗観はたいそう喜んで忍性に引きあわせた。忍性は小柄な体に底知れぬ気力を秘め、ふくよかな顔に慈悲に満ちた笑みをたたえていた。

「貧者を救うに勝る修行はない。おのれが救われる道も示されよう」

この極楽寺で病人や無宿人の世話をしてはどうかと、忍性は時元をうながした。境内の西の谷戸には、療病院や施薬院といった治療の建物だけでなく、ゆき場のない女性を救う女人堂もあった。

時元は湯屋の手伝いをした。自分の力では湯浴みができない患者を運び、薬湯で体を清潔に洗うのである。およそ武家のする業ではないが、宗観に諭された「文殊の供養」を念じて黙々と働いた。

紫珠も、あの大仏鋳造の災難からこの寺に通っていた。名越の長福寺に身を隠すように追いやられていたから、ここでの奉仕のときだけは心が解き放たれた。

ふたりが言葉を交わす折はほとんどなかったけれど、由比ヶ浜で馬を競わせたあの日のできごとは、幾千万の砂粒のなかから拾いあげた二枚の貝殻がぴたりとあわさったような奇跡であろうと信じていた。

あのときふたりは、夕日が海に落ちる前に浜を駆け抜けたのである。その夕日を見て紫珠がきっぱりと口にした誓いの言葉の意味を、時元は確かに理解していた。

紫珠は女たちとともに、病人の衣を何枚も井戸で洗っては乾かしていた。巫女神楽の舞を優美に見せていた滑らかな手の肌はすっかり粗くなっていた。

時元は生成りの綿の小袖を着ても、ひと目で武士とわかる体格である。湯屋に運んだ患者のうちには、怖れをなして体を触らせようとしないものも少なくなかった。そうかと思えば、心底からの怨みを抱くものがいた。

「おまえら悪党におらの村は焼かれちまったんだ。嫁も、子どもらも殺された。ぜったいに許せねえ」

時元は憤まんをぶちまける男の前にひざまずいて足を素手で洗い流した。武士という宿命が民衆にどれほど恐怖を植えつけてきたか、時元ははじめて知った。

　極楽寺に通ううち、時元はときおり境内ですれ違う高貴な武家の男に気づいた。いつも立烏帽子を頭にのせ、いかにも上等な絹で織った狩衣(かりぎぬ)を着こなしていた。ある日、時元は自ら名乗った。この男にはなにか感じるところがあった。

「わたくしは毛利時元と申すもの。この極楽寺の療病院に奉仕しております。どうぞお見知りおきください」

　男は立ちどまった。顔に威厳があるが居丈高(いたけだか)なところはない。ごく自然な口ぶりで、

「宿屋光則(やどやみつのり)です。幕府のつとめで寺社を預かっております」

といった。

　どうやら、なにも知らぬようすではない。優しげな一瞥(いちべつ)を残して去っていった。

　この宿屋光則は、得宗の側近七人衆のひとりであり、北条氏の御内人であった。安達泰盛(やすもり)や長井時秀(ときひで)とも近い仲である。ただ、権力には執着しなかった。得宗はその清廉(せいれん)な人柄を信頼し、寺社奉行を任せていた。

　得宗が最明寺で出家して禅僧となってからは、私事でも話し相手になっていた。得宗が死の床に就いたときには、最期までそばにいることが許された。時元が建長寺の禅堂へ足を運んでいたのを、得宗から聞かされて知ったのである。

　宿屋がこの極楽寺に頻繁に出入りするのにはわけがあった。

　得宗は極楽寺に格別の恩顧を与えた。忍性の働きに敬意を払い、由比ヶ浜での殺生禁断の権

を認めたのである。極楽寺の護符なしに漁労できなかった。和賀江ノ津では船から関銭を取っていた。大きな権限と資金を得た寺の内情を監視するのは、寺社奉行のつとめであった。

このごろ鎌倉に増えてきた悪党や流人についても、極楽寺には情報があった。とりわけ律僧の忍性がきてからは、律宗の奈良西大寺がにぎる東海道の動向が僧侶の往来を通じて手に取るようにわかる。六波羅探題よりはるかに早く正確だった。

それだけではない。鎌倉の海ぞいの南側一帯は新興の仏教勢力がしのぎを削っていた。禅寺が整然と建ちならぶ北側とは違って、僧や宗徒の間でいさかいがたえなかった。

宿屋が最も心配しているのは、このあたりの辻々で激烈な説法をして歩いている日蓮(にちれん)という僧であった。

松の林から蟬時雨(せみしぐれ)が降るように聞こえはじめたころ。宿屋は極楽寺の塔頭(たっちゅう)のひとつで茶席をもうけ、時元と紫珠を呼んだ。

宿屋は渡来ものに通じていた。建長寺や極楽寺のような大寺院が資金を得るために仕立てた貿易船が、唐土(もろこし)からさまざまな茶を持ち帰っていた。禅寺に大勢いる唐人の僧からは茶の作法を習っていた。「滋養になる」と、香り高い茶を入れてすすめた。

紫珠の労をねぎらっていった。

「鶴岡の隆弁(りゅうべん)どのからつねづね聞かされておる。そなたは目に入れても痛くないようじゃ。ずいぶん療病人に尽くしておられるようだの」

紫珠は控えめにしている。

「近ごろはこの鎌倉もずいぶん流人がふえて、悪党もいるようじゃ。西国の飢饉はいずれ東国にも広まるであろう。極楽寺の慈悲深さは知れわたっておるから、ますます人がくる。どうだろう、そなたは長福寺でしばらくおとなしくしては。隆弁どのも安心されようぞ」

宿屋は時元に語りかけた。

「ところで、父上は毛利基親どのでしたな。昨年の放生会での流鏑馬はじつにみごと、感服しましたぞ。わたしも得宗のおそばに仕えて流鏑馬を拝見しておったのです。大江広元さまの血筋とあらば、おぬしもさぞ武芸達者であろう」

「いいえ、とても及びません」

宿屋はうなずき、ひとくち茶を含んだ。

「それにしても、なぜおぬしは信心にそれほどこだわるのか。確かに、先祖の毛利季光公は専修念仏によって解脱された方ではあったが。それも血筋か」

時元には答えられない問いだった。もしも信心に血筋というものがあるなら、父方ではなくおそらく母の血であろう。

宿屋は時元にもう一服の茶をすすめた。じつは宿屋も信心深い男であった。武家屋敷が集まる今大路や西御門ではなく、極楽寺にほど近い長谷寺の隣地にわざわざ邸宅を構えていた。得宗の御内人でありながら、法然の唱えた潔い浄土の思想に私淑していた。

「元服をすませた若者はみな身を立てるのに汲々とし、有力者に取り入るすべのみ考える。身分の高い娘を娶って、損得で身を処す日和見ものばかりになった。魂の救いを求める若者もおろうが、それは悪事を重ねて地獄の沙汰が怖ろしゅうなったのじゃ。わたしがみるところ、おぬしのようにまだ無垢な御仁がなぜだろう」

「お答えいたしかねます。いえ、わたくしにもよくわからないのでございます。人はなぜ生き、なぜ死ぬかという奥義が、ずっとこの胸にわだかまっております」

紫珠はほっそりした面(おもて)を少しだけ時元のほうに向けて、耳を澄ましている。宿屋はすっと肩の力を抜いた。

「そうよの。無垢なうちに解脱できるものなら釈迦にもなれよう……」

「めっそうもない」

時元はすっかり畏(かしこ)まった。

「倶会一処(くえいっしょ)を知っておるだろうか。いつかおぬしも大切な人と浄土で再会できる、という意じゃ。浄土でおぬしを待っている人もまた、大切な人のために極楽往生を願える。おぬしにとってその人とはだれであろう」

と、そのとき。

極楽寺の四王(しおう)門のあたりが騒がしい。

なにやら男たちの野太い叫びがする。玉砂利を踏む音が高く響いてくる。宿屋の護衛についている御家人がふたり、あわてて塔頭のなかまで駆けてきた。

「悪党にございます。方丈の裏手の山から十人ほどが乱入しました」

「狙いは」

「寺の御蔵ではないかと」

「いかなる武具で攻めておる」

「弓矢はありません。太刀と薙刀で僧を斬りつけておりまする」

「わかった。極楽寺坂の篝番を呼べ」

篝番とは武装した見まわり役人である。宿屋は、警護のひとりを篝屋へ走らせ、もうひとりのものを連れて飛びだした。

時元と紫珠もそれにつづいた。

四王門は四神像をおさめた楼閣である。この門の下で、悪党どもが太刀や薙刀をふりかざしている。すでに数人の僧侶が斬られてけがをしている。

宿屋は太刀を抜いた。警護の御家人は数人と斬り結んでいる。宿屋はいきなり走りだすと、四王門から二王門をくぐって境内の外に悪党を誘いだした。

悪党は黒ひげを胸まで伸ばし、ぼろぼろの侍烏帽子をかぶっている。顔は垢じみて目は飢えた犬のようである。胴丸の鎧は立派な朱織りだが、ずいぶん着古したものだった。いずこかの荘園でも荒らして盗みを重ねてきたのであろうが、悪行にまだ飽き足りないとみえた。

宿屋は悪党に向かって名乗りをあげた。

「われは幕府寺社奉行、宿屋左衛門尉光則である。おとなしくそこへなおって縛につけ」

警護人には「引っ捕らえよ」と命じた。

悪党の領袖とおぼしき男が叫ぶ。

「寺社奉行とな……。寺と結託してあくどく稼いでいるのであろうが。身ぐるみはがされたくなければ、とっとと去れ」

宿屋の太刀が鋭くはじけて鳴った。悪党のひとりがいきなり斬りつけたのである。火花を散らして刃がからむ。悪党が小柄な宿屋に覆いかぶさって朱の門柱へじりじりよせる。

時元も宿屋のあとを追って走った。元服してからは腰に太刀を帯びている。だが、なかなか抜けなかった。斬りあいをした経験がないのだ。人はむろん、獣とて斬っていない。「抜け」という声が聞こえるのだが、手が動かない。

紫珠は木陰に身を潜めて、固唾を呑んで見つめている。

極楽寺坂の土を踏みしめる音が響いて、篝番の四、五人が駆けつけてきた。いずれも腕に覚えがある。抜きざまに悪党を斬り倒した。弓を構えた篝番がさらに数人をつぎつぎに射倒してゆく。

宿屋と斬り結んでいた男は、三方から篝番に囲まれた。胸から腰へ、男は胴丸ごと太刀で袈裟がけに斬られ、二王門の石段から極楽寺坂のほうへころげ落ちていった。

時元は立ちすくんでいる。

ただひとり抵抗していた悪党の領袖が、時元に気づいた。激しく斬りあった太刀は血糊（ちのり）でぬめり、刃こぼれしている。悪党はその太刀を投げ捨てた。「若造だけでも斬って自分も死のう」と思ったか、凶気の形相で短い腰刀を抜いて突進してきた。

「抜け、時元」

ふたたび声が響いた。

刃が時元の胸に突きだされた。風を斬る音がする。時元は太刀の柄に手をかけた。

悲鳴がした。

背中から真一文字に、悪党が斬りつけられていた。篝番のひとりが追いついて背後を襲ったのであった。

「卑怯もの……」

悪党がふり返りざまに声をしぼった。

その肩ごしに白刃がきらめいた。

首が落ちた。主を失った体だけが一、二歩ふらつきどっと倒れた。蒼白の切り口から鴇色の粘液が噴きだし、一瞬の間をおいてどす黒い血だまりに変わった。

時元は刀の柄を握ったままである。五本の指が石のごとく固まってほどけない。口は半ばひらいて悄然としている。

木陰に潜んだ紫珠は、目をつむったままである。いま聞こえた悲鳴は……卑怯ものという叫びは……。いま斬られたのは、時元ではないのか……。

「時元、大丈夫か」

宿屋の声が聞こえた。

紫珠はようやくまぶたをあけた。時元は生きていた。紫珠は玉砂利に膝をついて、顔を覆って号泣していた。

三十七

宿屋光則(やどやみつのり)が予言したとおり、西国での飢饉による世の乱れが東国へ及んできた。貧窮する人々が東に救いを求めて移ってきた。

北条家の不運もつづいた。こんどは執権の北条長時(ながとき)が病にたおれ、三十五歳の若さで死んだ。時頼(ときより)の嫡男の時宗(ときむね)に幕政を委ねるには機が熟さなかった。老体に鞭うって六十歳の北条政村(まさむら)が長時に代わって執権に就いた。

まつりごとは得宗の死から闇夜の鴉(からす)のごとく為政者の影が薄くなった。

基親(もとちか)は、遅々として進まない相論のゆくえに気をもんでいた。問注所は閉じられたままで、評定衆はいつになっても政務を動かす気配がない。火を焚きつけた鍋のなかでゆっくり茹(ゆ)でられる心地がしていた。

幕府の中枢にいる長井時秀(ときひで)によると、将軍である宗尊親王(むねたかしんのう)と北条家の仲が険悪になっているらしい。時宗に近い安達泰盛(やすもり)が一枚嚙んで、将軍の追放をめぐって北条家の内輪に亀裂が入っていた。これではまつりごとが滞ってあたりまえだ。基親は嘆息した。

基親のため息にはもうひとつのわけがある。それは金の工面である。鎌倉での逗留は一年をすぎ、そのうえ借家して家人を雇った手前もあって金にこと欠くようになっていた。

従者の小太郎に滞在費の支払いは任せてあるが、日の暮らしのために三百文、家賃が月に一貫文かかった。幕府の役人とのつきあいや祝儀も出費になった。これまでは、領民が地頭に納めた蔵米のうちから蓄えを使ってきた。時元の元服のときには芦毛の愛馬を手放して、当座の金を工面した。佐橋ノ荘の百姓の重しにならぬよう気づかったのである。

それも考え直す必要に迫られていた。これよりの持ちだしとなれば、家人の俸禄や荘園の維持費に手をつけねばならない。相論にいつまで時間がかかるのか予測できないとなれば、いよいよ兵乱米を徴収するよりほか手だてがなかった。

兵乱米とは、戦さなど常ならぬときに、年貢とは別に領民に米を負担させるしくみである。だが、無理に押しつければ領民の心が離れてしまう。領民が一味の心にならずして荘園は立ちゆかない。この相論に勝てば、みなが豊かに暮らせると納得してもらわねばならなかった。

よくよく思案して、基親は代官の資職に宛てて文を書き送った。兵乱米を徴収するには領民の理解をなにより大事にして慎重に行動するよう指示した。

基親は、祖父の毛利季光が承久の乱の功績で二代執権北條義時から下賜された太刀を質に入れざるをえなかった。それが名刀であるのはむろんだが、いわば毛利家の嫡流の象徴であった。最後まで手もとに置きたかったのであるが、それもあきらめるよりほかない。

御家人が金を扱うのは不浄であり、恥でもあった。従者の小太郎に市中の金貸しを調べさせた。すると基親のように相論のために鎌倉へきたものの、問注所の滞りによって金に困って借金するものが増えているという。金貸しも融通がきかなくなっていた。

ようやく、ある富裕な寺院に太刀を預けて相応の砂金を手に入れた。相論さえ決着すれば、荘園の経営に身を入れて利息をのせて返済すればよい。寺には期限を切らずに太刀を預かるという条件で受けてもらった。

この夏の越後には、暖かく湿った西よりの風がまったく吹かなかった。いつもの年とは違っていた。田の土に指をさし入れても、温かいのは表面だけで深いところは冷えびえしている。佐橋ノ荘も例外ではなかった。

代官の資職は、荘園の南になだらかにそびえる八石山（はちこくさん）を見あげていた。山の稜線から、ごく薄い霧が糸を引いて流れ落ちてくる。霧は冷たく湿って重い。見る間に地面にたれこめてきた。八石山が堰堤（えんてい）となってよせてくる霧から荘園を守っているのだが、それも限界だった。

資職は田の稲を指さきでしごいた。とうに穂がでなければならないころだが、遅い。稲はまだ青々としている。日あたりのよいところでは稲穂はあっても中身がすかすかだった。

「これは、凶作になる……」

蒼い顔をした資職がつぶやいた。

基親の文は、まもなくして資職のもとに届いた。この秋の収穫から兵乱米を集めて金に替えて送るよう書いてある。資職の腹のうちで、なにかがぷつんと切れた。

「おやかたさまは鎌倉で悠々としているのだろう。こちらの作柄がまったくわかっておられない」と、思わず愚痴（ぐち）をこぼした。

資職はもとは農民の子である。幸運にも武士になれたとはいえ、その腹は複雑であった。心の深いところにしまってあった苦い種が、いま芽吹いていた。

佐橋ノ荘の領主館には、名主の百姓たちが十人ほど呼び集められていた。いつも基親が座る座敷のまんなかに、資職がどっしりと腰をおろしている。

「さて、きょうみなに集まってもらったのはほかでもない。おやかたさまの相論であるが、困ったあんばいになっている」

資職が切りだすと、名主がざわついた。

「下知（げじ）があったのですか」

資職はかるく咳払いをした。じっくり座を見まわしていった。

「そうではない。おやかたさまが佐橋を発ってから、すでに二度目の秋がめぐってきた。みなのものも承知しておろうが、この秋の収穫はみこめない。ところがおやかたさまは、作柄などすっかりお忘れになったようだ。みな心して聞いてほしい。こたび、おやかたさまから兵乱米を供出せよ、とのお達しがあった」

名主は思いもよらぬ求めに動揺した。

「なんですと……。兵乱米と」

「それは戦さの備えではありますまいか。よもや、弟ぎみと合戦をなさるおつもりでは」

「それは大変じゃ……」

座はたちまち崩れて騒然となった。

資職は大げさな身ぶりで一同を制止し、言葉巧みに語りはじめた。

「まあ、待て。おやかたさまの相論が滞っているのだ。伝え聞くところ、北條家のご信任をいただいて決着するかにみえたが、得宗さまが亡くなって沙汰やみになったよし。ここは領民が心をひとつにしてくれ、というのがおやかたさまの仰せである。相論とは、武器を持たない戦さであろう。それが嫌というなら、それこそ弓矢を取らねばなるまい。おぬしらは、命と米とどっちが大事なのじゃ」

「どちらも大事に決まっている。米はわれら百姓の命じゃ。それもわからぬとは、地頭が聞いてあきれるわ」

激高したひとりの名主が大声をあげた。数人がうなずいている。

資職は沈着である。

「まあまあ、そう怒るな。わしとておぬしらの憤りはよくわかる。おやかたさまがなんといったか、覚えているか。すぐにも相論を終わらせて戻るような口ぶりであったのだ。それがいまごろになって、金子がなくなったとは笑止であろうが」

「お代官さまのいうとおりでございます。おやかたさまは相論にどれほど大変な金がかかるかおっしゃりませんでした」

名主はすっかり資職の思惑にはまった。名主らに基親への反感が芽生えたところで、資職はつぎの流れをつくりにいった。

「とはいえ、おやかたさまのお達しは絶対である。できるなら兵乱米は集めたくないが、わしの一存でどうなるものではない。みなには泣いてもらう」

そう宣告して、すべての領民に米や銭をどう負担させるかを示した。

荘園の武士である家人、名主と女房ら富裕層は五十人いるが、みなであわせて米三石、ほかひとり銭百文を供出すべし。百姓里人は二百人であわせて米十石、ひとり銭五十文を納めるべし。これで基親一行が一年は暮らせる金になる。

一同は静まりかえった。名主たちはみなうつむいている。なにごとかぶつぶつと呟くものがいる。資職がすかさずいった。

「なにか考えがあるものは、腹蔵なく話せ」

「この秋は凶作でしょうから、とてもこのような負担は……。兵乱米が一回かぎりなら、去年の豊作の蓄えがあります。市場も賑わったおかげでだいぶ稼ぎましたし……。ですが、これからいつまでつづければよろしいので」

「それは、わしにもわからぬ」

ほかの名主は小作人の心配をした。

「小作にとって銭五十文というのは半月は暮らせる金額です。応じるとはとても思えませぬが」

「そこをなんとかせよ。おやかたさまの命令じゃ」

この名主はむっとしてそっぽを向いた。相論そのものに異を唱える名主もいた。

「そもそも、これだけの負担をさせて相論に勝ち目はあるのですか。もしもこれで負けたらわたしらはどうなるので」

「弟ぎみが勝ったならば、おやかたさまに味方したものは土地を奪われるのではありませんか」

基親の父の置き文によれば、佐橋ノ荘は南北に分割したうえで北条を基親に、南条を時親に譲るとなっている。南条の名主はみな及び腰であった。

「われらは南の側だが、地頭などどちらでもよいのじゃ。あこぎなまねをなさらずに治めてもらえばそれで結構なのだ」

これには賛同するものが多かった。

北側の名主たちは、相論の結果いかんにかかわりなく基親に支配される。そこで資職は、「北のものはどう考えるのだ」と矛を向けた。長老格の男が手をあげた。

「わしがみるところ、この秋の凶作の原因は冬の雪不足じゃ。冬暖かく夏寒ければ稲は育たぬ。佐橋川の水はもう川底まで見えるほどになった。ひとたびこのような気候がはじまればたいてい数年はつづくから、もっとひどい凶作に備えねばならぬ。おやかたさまには相論に勝ってもらいたいが、兵乱米などというものは、そう長くは負担できないでありましょう」

資職は、これで名主を二派に分断できたと感じた。南のものは基親を支える気持ちが弱い。北のものは基親に望みを託している。もう少し北の名主をゆさぶっておかねばならない。

「みなの気持ちはわかったが、兵乱米はどうしても負担してもらう。さて北の名主だが、もそっと残ってくれんか」

座はこれでおひらきとなって、北側の名主だけが五人ほど居残った。

資職は北の名主に肩が触れるほどの車座になるよういった。その輪に資職も入ると、それまでよりもずっと声を潜めた。

「よそにいいふらしてはならぬぞ。よいか」

名主はなにごとかと耳をそばだてている。

「おやかたさまにお供した花若(はなわか)さまが元服したのは知っておろう。その若さまが、精神を病まれているのだ」

資職はひと呼吸おいた。名主たちは唖然とした顔である。

「どうやら鎌倉に着いてすぐ変調をきたしたようだ。ご先代の追善供養では気を失ってうわごとを口走ったという。ものの怪に取り憑かれた、とも聞く。それからというもの、寺に通っては坐禅をしておる。このごろは、寺にいる病人の体を洗っているというではないか。およそ嫡男にふさわしくないふる舞いである」

「若さまがご乱心となると、この荘園はいかがなるのでございますか」

「そこだ。たとえおやかたさまが相論に勝っても、いずれ廃嫡であろう。もし相論に負ければ、南条の新しい地頭になられる弟ぎみが、毛利嫡流を継がれるやもしれぬ。さすれば、佐橋ノ荘はどのみち弟ぎみの所領ぞ」

資職は鎌倉へ同行した従者の小太郎に命じて、基親父子の身のまわりのあらゆるできごとを報告させていた。小太郎は資職の真意を疑いもしなかった。

「なんという失態じゃ……」

北側の名主はそろって青ざめた。このままではいくら基親に忠義を尽くしても、そのさきになんの報いもない。それどころか尽くしすぎれば、のちのち時親から罰せられるおそれもあろう。

こうして資職は、名主たちにたっぷりと不安を植えつけた。荘園の南北の二派とも基親への忠義心はだいぶ失われた。資職の苦い芽はすでに蔦を伸ばしている。いずれその蔦に身をからめ取られるやもしれなかった。

資職にはもうひとつ別の本願があった。その下心をはたす策略も練っていた。

「おぬしら、奥方さまの身辺でなにか聞いておるか。このごろ悪いうわさがささやかれているようだが……」

「知りません。それはどのような」

「口はばったいのだが、奥方さまは田楽ものにすっかり心を奪われているとか。夜になっても、寝所のあたりまで異形のものどもがうろついているらしい」

「それはまことですか」

「うむ、まことじゃ。このわしも見ておるのだから相違ない」

時元の母に懸想しているのは田楽ものではなく、資職その人であった。基親が鎌倉へ去ってからというもの、領主館の下屋敷にすまうようになった。手を伸ばせば届く近さにいながら、思いをとげられず悶々としていた。

眠られぬ夏の夜などは、せめて障子の明かりに映る姿だけでも見たいと、寝所の外の暗闇のなかに忍んだ。夜もふけて時元の母が薄手の小袖をはおる影を見ては、邪念にかられそうになっていた。

京の神官の娘など、農民あがりの資職にはかなわぬ恋だった。しかも、自分が仕える地頭の妻である。いつか本望をはたせるやも知れぬと、妄想をつのらせた。ところが寝所をのぞきにゆくと、なぜかかならず田楽ものがあらわれて、庭の木陰から目を光らせているのであった。ことが露見すれば、打ち首になってもしかたない。資職の夜の行いがうわさになっていないか怖れていたのである。

「奥方さまもずいぶん疲れておられる。おぬしらもいらぬ詮索はせず、そっとしておいてほしい。うわさを聞くようなら、ただちにわしに知らせてくれ」

すべて田楽もののせいにすればよい。資職が力ずくで本懐を遂げたならば、時元の母の口を封じたうえで田楽もののしわざにして成敗すればよいのだ……。

資職は暗く陰湿な道へ踏み入った。もはやあと戻りはできなかった。

三十八

野分(のわき)のころである。

時元(ときもと)は大風の吹きさらす音で山が鳴って眠られなかった。夜明け前には地鳴りが遠太鼓のとどろきとなって聞こえ、あっという間に近づき家を激しくゆらして消え去った。つむじ風であった。

朝になって山荘の裏手にある朝比奈の山へのぼってみて驚いた。南東の方角から龍がのたうったような跡がつづいている。山肌は削られて林はなぎ倒されている。龍の道を目でたどると海ぞいの名越(なごえ)のあたりからである。

紫珠は大丈夫であったろうか……。時元は名越の弁ヶ谷にある長福寺に身をよせている紫珠を心配していた。

身支度をととのえてすぐに家をでた。鎌倉の中心へ通じる六浦道ではなく、東の小高い山を越えて飯島崎へ向かう近道を選んだ。幕府の初代執権であった北条時政の屋敷の前を抜けて、松葉ヶ谷あたりにくると由比ヶ浜までよく見渡せる。

どうやらつむじ風は沖の大島のほうから飯島崎に上陸し、名越あたりの谷戸を巻きこんで抜けていったようすである。弁ヶ谷には湊から陸揚げされた米を預かる高御蔵があるが、その堅固な建物すら倒れていた。長福寺は高御蔵のそばである。

漁師や里人の家は跡形もなく吹き飛ばされていた。その瓦礫をかきわけて寺の山門までたどりついた。鐘楼が倒れて大鐘が割れていたが、奥まった岩山の下にある方丈はなんとか無事であった。寺男に案内を請い、紫珠の居どころを探した。

紫珠は庫裏のなかにいた。韋駄天の像が祀られた竈で湯をわかし、けが人の手あての用意をしていた。時元に気づいて、小走りに庫裏の表へでてきた。

衣の袖をたくしあげ赤いひもでからげていたので、ほっそり白い腕があらわになっている。結び目のひもの端をかるく噛んで、もう一方をほどいて袖をおろした。

まなざしを伏せている。

「ご無事でしたか……」

「ええ。あなたも無事でよかった」

微妙な沈黙があった。

ふたりには互いに話しておかなければならないわだかまりがあった。極楽寺を襲った悪党が斬られた事件である。時元はまるで自分が斬られたかのように落ちこんでいた。紫珠は宿屋光則(やどやみつのり)のいうとおりに、しばらく療病院の奉仕にこなかった。

時元は紫珠を気づかった。

「あのような殺生があって怖い思いをされたでしょう。寺にもこないので心配しました。いかがしていましたか」

「寺にゆかないのは怖ろしいからではありません。そうではなくて、あなたさまのお顔を見ていられないからです」

時元はいぶかった。

「なぜ……」

「苦しんでおられるからです。わたくしが重荷なのではありませんか。ほかでもない時宗(ときむね)さまの側室の求めですが」

「えっ、側室になると決めたので」

「いいえ。まだです」

紫珠はうつむいたままである。時元はほっとした。その弱い心を見透かすように、

「わたくしの心は決まっております。ですが時元さまがお苦しみならば、それはかなわぬ道でありましょう」

といって、紫珠は面（おもて）をあげた。

時元はたじろいだ。あのとき紫珠が怖ろしい思いをしたのではないか、時元が武士にあるまじき醜態をさらしたのに失望したのではないかと、そう思っていたのである。紫珠は動じていない。むしろ時元の内面の弱さを見抜いていた。

気持ちを丸裸にされた時元は、たまらずに告白した。

「わたくしは怖かったのです。死ぬことではなく、殺さねばならないことがです。悪党が斬られてわたくしは助かったのですが、わたくしがあの男を殺したかのように、心は闇に落ちてしまいました……」

「いけません、命までさしだすなどありえましょうか。刀の切っさきが肉体ではなく、あなたの霊を刺したのです。だから、ご自分の心の思いが顕わになったではありませんか」

時元は火を噴くように赤らんだ。紫珠のいうとおりである。悪党は時元を殺生道へ誘ったのだが、辛くも逃れられた。刃物にまさる言葉の力が、心の深みまで貫こうとしていた。

紫珠は、あわただしく庫裏へと踵を返していった。なにごとかなお呻吟しながら、時元は寺をあとにした。

名越の弁ヶ谷から浜にでて、角を曲がって大町大路に入った。すると、米町（こめまち）の辻のあたりに人だかりができている。つむじ風で家を失って、荷車に家財を積んで避難する人々が足をとめている。

その群衆のまんなかで、大音声（だいおんじょう）をあげて説法するものがいる。

「この災難の責めはいずこにありや」

背丈六尺を超す僧であった。

群衆から頭ふたつは抜きんでている。経巻(きょうかん)を左手に持ち、払子(ほっす)を右手に握りしめている。肩幅にひらいた太い足が金剛像のごとき体を支え、剃りあげた頭には血脈が太く浮きでて、強い意志をあらわすあごが四角に張っている。爛々(らんらん)と目が輝き、矢のように放たれる言葉に群衆がとらわれていた。

「つむじ風といい、地震といい、飢饉といい、なぜ民の苦しみがつづくのか。はたして天からの災いなのか。いやそうではない。治者がもたらす災厄である。念仏、坐禅、戒律に頼るものは滅ぶ。法華経にのみ救いを求めよ。釈迦如来にのみすがるのだ」

言葉じりは雷のようだが、声音(こわね)は風のごとく高く朗々と響きわたった。僧の放つ毒気と甘美な救いに民衆は酔った。この僧には、まつりごとにとどめを刺さんとする勢いがあった。

「この民のなかに飢えたものはおるか。病に死なんとするものはおるか。その責めはいずれも為政者にあり。天は為政者に民を与えたもうたのだ。民を餓死させるならば、まず治者が食を断って死するべし」

その男は勇気の人であった。悲鳴とも歓喜ともつかぬ民の息づかいが、この孤独な金剛に命を与え、血肉に熱を帯びさせた。

「日蓮(にちれん)さま、日蓮さま」

だれかれとなく叫びはじめた。

時元はようやく気づいた。この僧こそがうわさに聞く日蓮であると。佐橋ノ荘を発つときには世を知らぬ童子であったのが、鎌倉へきてはや三年がたつ。「日蓮という怖ろしげな僧がいる」とは、市中の語り草だった。

だが熱狂の渦のなかにあって、憎しみの炎をまなこに映すものもいる。鎌倉の海ぞいはいまや浄土宗と律宗の牙城であるが、そこへ日蓮が乗りこんできたのだ。折伏(しゃくぶく)の矛を向けられた宗門は怒張(どちょう)し、高潮の勢いで日蓮を呑みこもうとしていた。

下ノ下馬(げば)から鋭い笛の音が聞こえてきた。篝番が乗る馬が三騎、猛然と駆けてくる。たちまち群衆を蹴散らすと、日蓮に向かって「早々に立ち去れ。さもなくば捕らえるぞ」と厳しく命じた。

そののちも、時元は極楽寺の療病院には通いつづけていた。寺社奉行の宿屋光則は、あの悪党騒動の一件から時元にいっそう目をかけた。

宿屋はある日、時元に自分の家までくるよういった。

極楽寺坂から大仏への道を左の山へ少しのぼったところに、宿屋の屋敷はあった。山門をくぐると、武家にはめずらしく花と樹(き)が植えられた庭である。気の早い山茶花(さざんか)がひとつふたつほころんでいる。

先客がいた。三和土(たたき)の石の上に大きな草履が脱いである。時元は誰であろうかと思いながら、屋敷の下男に案内を請うた。

部屋の障子はあけ放たれている。廊下に座して先客にまず挨拶した。すると墨染めの大きな背中がゆっくりふり返った。

　宿屋が紹介した。

「こちらは日蓮どのじゃ」

時元は思わず目を見ひらいた。つい先日、日蓮の辻立ちを見たばかりである。日蓮はあの朗々とした高い声でいった。

「どこかでお会いしましたか。お若い顔に見覚えはないのだが……」

「失礼いたしました。とある辻でお見かけしたものですから」

「そうであったか」

と、日蓮は明るく笑った。時元は日蓮でも笑うのであろうかと重ねて驚いた。

　何年か前に日蓮が書いた立正安国論という建白書を、得宗に渡したのがこの宿屋光則であった。宿屋は偏りのない男である。この日蓮の書を読んでみて一理あると思った。

　宿屋が日蓮にいった。

「これは毛利時元といって、越後佐橋ノ荘の地頭の嫡男じゃ。縁あってこのごろ懇意にしておる。若いが、わしに似て深くものごとを考える男での。お見知りおきいただきたい」

日蓮は興味深げな顔である。ぎょろりとした目が時元を正面から見た。

「ほほう、越後とな。それはずいぶん遠いところからこられたものじゃ。して、いかなる仏法に関心を持っておられるのか」

時元にお鉢がまわってきた。少しばかり息を詰めて、思うところを話した。

「わたくしは魂のありように悩んでおります。悪と折りあわねば、この世を生きられないのかと。殺生戒を持し、ひとつ心の境地のためにひたすら禅定に励み、衆生の回向に尽くしました。ですが、いまだなんのために武士として生きるのか悟れません……」

日蓮は数珠をひと粒ずつたぐっている。ふとその手をとめると、大きくたれている耳たぶをひねるように触った。思いがまとまったのか、おもむろに口をひらいた。

「おぬし、長者窮子のたとえを知っておるか」

「いいえ、知りません」

「そうか。法華経にあるのだ。それはおぬしのようなものの話じゃ。豊かな長者の息子が自分の魂のありかを探す旅にでて、なにもかも失ってしまった。放蕩のすえに父の家にたどりつくのだが、心まで失われたので父に気がつかない。父もわざとみすぼらしい身なりで悟られないようにして、息子を奉公人として働かせたのだ。息子は奉公のかぎりを尽くした。父はようやく死のまぎわにいう。ここはおまえの家であり、わたしは本当の父だと。おぬしはいま心を迷わせているが、すでに探す所にいるのではないか。それをよく考えられよ」

日蓮はそういって、座を立つそぶりを見せた。宿屋には丁重に礼を述べた。押し殺すような声で、日蓮はひと言つけ加えた。

「宿屋さま、さきほどの頼み、なにとぞお計らいくださいませ。この国の存亡がかかっておりますゆえ……」

日蓮が去って、時元と宿屋はふたりで向きあっていた。時元は改めて、極楽寺を襲った悪党の件を持ちだした。

「その折は命を救っていただき、ありがとうございました。おかげさまで……」

「もうよいではないか。わしとて危うかった。篝番の腕ききのものがいなければ、いまごろふたりとも墓におろう。もっともわしは、悪党を殺せとは命じなかったのだが」

宿屋は苦りきった顔をしている。

「と、おっしゃいますと」

「わしは、捕らえよといったのだ」

「そうでしたか。ですが、捕らえたところでいずれ死罪になるのでは」

「武士であれ悪党であれいかに手を汚しても極楽往生できると、わしは信じている。そのためには南無阿弥陀仏と本心から唱えねばならぬ。その機会を奪ったのが悔いに残る。おぬしはなにをまだ悩んでおる」

「もし人を斬ったとしても往生できると、宿屋さまはおっしゃるのですか。日蓮どのは念仏では救われぬと……。わたくしにはよくわからなくなってまいりました」

「救いとは山に向かうようなものではないかな。山にのぼる道筋はいくつもあろう。しかしたどりつくのはただ一所のみ。その道筋の違いを日蓮は説いておるのだ。われら衆生はこの一所に懸命するだけじゃ。日蓮の話した長者の家のたとえは、この世の中ではないか」

宿屋の語りは、ほかの幕府の高官が日蓮を危険視するのとは違っていた。日蓮を英雄とみる世評ともひらきがある。時元はこの宿屋光則という男に惹(ひ)かれていた。

三十九

としのうちに春はきにけりひととせを
　　こぞとやいはむことしとやいはむ

毛利基親（もとちか）は、平安の昔の歌を口ずさんでいた。季節はめぐって、朦漠（もうばく）とした時の堆積のなかに身を置く心地であった。

佐橋ノ荘を遠く離れたせいもあろう。鎌倉の冬は、越後の春のようだった。春が訪れても、それとはわからぬようになるのが不安であった。

基親のもとには、問注所からようやく弟時親（ときちか）の陳状が届いていた。さきに、基親のほうから「越後佐橋ノ荘は譲れぬが、安芸吉田ノ荘については分割してもよい」という譲歩を示していたのである。

その返書であった。基親は緊張した面持ちで文を読んだ。つぎのように書かれていた。

一、兄基親のさきの陳状は、訴状にくらぶれば温情あふれたものである。嫡男にありながら
　これほどの譲歩はまれで、恩義に思わざるをえない。
一、しかしながら父経光（つねみつ）へのご恩はそれにもまさるものであり、兄弟で情を通じあわせても

それを覆すことはできない。

つまるところ、兄の譲歩といえども認められないというのである。すべては父の悔い還しのとおりにすべしとして、時親は頑なに受け入れなかった。

得宗さえご健在ならば……。基親は悔しい思いをこらえた。佐橋ノ荘ではすでに領民から兵乱米の徴収が行われていた。作柄が悪かったと聞いていたが、みなのものが尽くしてくれている。相論のゆくえが見えなくなったとして、このさき耐えつづけられるだろうか。

基親は、頼みにする長井時秀を久しぶりに訪ねてみた。

長井の屋敷とは地つづきである。とはいっても大江氏の所領は十二所の広大な一帯にあった。先祖の大江広元の旧宅跡には祠が建てられ、長井はそのあたりに住んでこの土地を守っていた。基親は六浦道をしばらく歩いて屋敷の門をたたいた。

長井も憂うつそうな顔である。

これまで得宗時頼と宗尊親王の側近として権勢をふるってきたが、得宗を亡くし、いままた親王も危ういお立場になった。執権の北條政村との折りあいが悪く、京への追放もささやかれているのである。

長井自身は評定衆に新任されたのであるが、その評定は宿敵の安達泰盛に牛耳られていた。長井にしても立ち位置を誤れば、親王とともに失脚しかねない。

「基親どの、気を落とされるな。まだ陳状のやり取りをしているにすぎぬ。風向きしだいで変わるのがまつりごとであろう。なにしろいまの世は混乱しておる。時宗さまが執権になるまでは収まらぬ」

基親は深いため息をついた。北条時宗は執権の連署として、ようやくまつりごとに携わるようになったところである。いずれ執権の座に就いても、時宗には安達泰盛が後見となっている。安達は時親と懇意であった。

「このごろは、時宗さまのご母堂の葛西殿までが、まつりごとに口をはさむようになっての。葛西殿は得宗の継室であるから、正室の寂光尼さまとは仲がよくない。寂光尼さまから得宗にあてて、おぬしら親子を頼むという文が送られたのだ。それを葛西殿が知って、安達を介してちょっかいをだそうとしている。なんのたくらみかはまだわからぬが……」

葛西殿は安達の甘縄邸で時宗を出産した。葛西殿、北条時宗、安達泰盛の三者には堅固な縁がある。そこへ毛利時親も近づこうとしているというのが、長井の見立てであった。

基親にはよい話ではなかった。いずれにせよ、基親は時親に対して最後の反論を提出しなければならなかった。まつりごとが滞って早々の下知が期待できそうもないのであれば、兄弟で和解する和与こそが近道であった。長井のすすめに従って、

「さきの譲歩の案は、時頼公によって了とされたものである。それを受け入れ、和与によって解決するよう望む」と、これまでのことのしだいをつまびらかにしたうえで、安芸吉田ノ荘を兄弟で分割する和与中分を申し立てる旨をしたためて、問注所へ送る手はずにした。

訴訟人には三問三答の権利が定められていた。あとは時親からの三度目の陳状を残すばかり

だ。それから引付衆の前で論戦を交えるのが通例だが、書面で終わらせるよう長井には頼んだ。公の場での兄弟の口論を深く恥じたのである。最後の陳状でも譲歩がなければ、いよいよ判決にあたる下知を待つよりほかない。

基親は、新たに評定衆に任じられた長井に望みを託した。判決まで持ちこまれた場合には、評定衆によって下知状が書かれる。得宗から命を受けた長井が評定に加わるのであれば、安達とてたやすく思いどおりにするわけにはいかないであろう。

長井はもうひとつ、気になる話を基親に聞かせた。

「ところで倅の時元は元気にしておるか。久しく会うてないでのう。小耳にはさんだのだが、時元が隆弁のところの八乙女とねんごろになったというのはまことか。市中で見かけたものがおる。その娘、名は紫珠であったろうか、時宗さまがおそばに望んでおられるそうだ。正室になかなかお子ができないゆえらしい。とすれば、ややこしくなるぞ」

基親にはまったく初耳であった。紫珠なら知っていた。それは、あの放生会の流鏑馬で見かけたからである。時元が紫珠の名を呼んだような、記憶があった。

ふたりがつきあっているとは、時元からなにも聞かされていない。時元の将来にかかわる大事であるから、本人にしっかり真偽を質さねばならぬと思った。

この冬は早い立春を迎えたが、朝比奈の山のあたりでは雪がいまだ深い。山すそにある十二所の基親の山荘の庭にも、ざらめにとけた雪がまだらに消え残っている。

長井の屋敷から戻ると、基親はふと庭さきに目をとめた。そして「ほう……」と小さく感嘆した。藁で編んだ笠囲いのなかに牡丹がふたつ、ぽっと明かりをともしている。深い雪に埋もれる佐橋ノ荘では、冬の花を育てるなどかなわなかった。ここに移ってから丹精してつくった牡丹が、はじめて咲いたのである。紫をおびた赤が純白の雪氷に冴え、つかのまの精霊を宿していた。

基親はかたちのよい鎌倉石の沓脱ぎにあがると、庭を見晴らす縁側に腰をかけた。

息子の名を呼んだ。時元はすぐにあらわれて縁側に座った。

「おまえは牡丹を知っていたかな。見るがよい、美しいであろう。花神といってな、高貴な風格があるのじゃ」

「みごとでございます」

時元にとってはじめて目にする渡来の花であった。凍てついた地からすっくり立つ孤高の気品が、紫珠の姿と重なった。

花を眺める父の横顔はもの憂げである。

「じつはな、隆弁のところの紫珠のことなのだ。おまえは紫珠と会っているのか」

秘めていた思いを射抜かれたようで、時元はどぎまぎした。甘くしていた脇を突かれて、父の前でいたく恥じ入った。

父はかまわずにつづけた。

「そう固くならずともよい。元服をすませたのだから、好きな女子ができても不思議はない。しかし大人であるからには、それ相応の責めがある。どうなのじゃ、紫珠とは一緒になるつもりか」

「紫珠どのに惹かれております。自分の気持ちがしっかり固まってから、父上に話すつもりでしたが……」

「気にせずともよい。父はおまえの本心を知りたい。聞くところでは、北條時宗さまが紫珠を側女にとおっしゃっているそうではないか。紫珠の気持ちはどうなのか、聞いておるか」

「紫珠どのはただ、自分の気持ちはすでに決まっていると……」

「そうか、夫婦になるというのだな」

「いいえ、はっきりとは聞いておりません。わたくしのほうに迷いがあるのです。紫珠どのはそれを見透かしています」

父は不思議そうである。

「よくわからぬが……。世の中に迷いはつきものだ。父と母のなれ初めを話しただろうか。わしのほうから母を見初めたのは知っておろう。ところが、神官の父が反対しての。毛利のような都で狼藉をはたらいた一族に嫁がせるわけにはいかぬ、とな。もっともな理屈であった。だが母は家を飛びだしてわしのところへきたのじゃ。それともなにか、おまえのほうが相手の家柄に迷っているとでもいうのか」

時元は自分の迷いについてきちんと説明しないと、紫珠の体面を傷つけてしまいかねないと思った。

「紫珠どのに不足はありません。ほかならぬ、時宗さまにございます。時宗さまが紫珠どのにご執心であられると聞き、わたくしは無性に紫珠どのを奪い取りたくなったのです。それは嫉妬とは違う、復讐のような感情がふっと浮かんだのです。なぜそのようになるのかわかりません。ですが、愛情とないまぜになるのでございます」

「それで迷っておるというのか。確かにわが毛利は北條家によって誅(ちゅう)せられた。しかし祖父季光(すえみつ)は三浦泰村(やすむら)公ともども北條に怨みはないといって死んだのは、おまえも聞いたであろう。そののち、わが父を生かしてもらったご恩には報いなければならない」

「よくわきまえております」

「北條家へのご恩のために紫珠をあきらめねばならぬと、悩んでいるのかと思ったぞ」

「いいえ、そうではありません。わたくしさえ腹を決めれば……。紫珠どのを苦しめているのはこのわたくしなのです」

「よいか、愚かな感情を抱いてはいかんぞ。時宗さまの怒りを招くやもしれぬ。だが、心底から惚れたのなら命をかけてでも妻を守れ。それがわが毛利の処世というものだ。わしはつねにおまえの側に立っている」

「紫珠どのがわたくしの心根を知れば、かような弱きものと一緒になりましょうか」

「それはどうだろうか。父にも女子の気持ちはわからぬ。女人に聞くのが一番よい」

　このような話ができるのがうれしいのか、父は愉快そうだった。

　時元は自分が不甲斐なかった。死とはなにかがわからぬのが怖かった。生死の了が解けなければ、紫珠を守れないと思った。寂光尼には心の迷いを聞いてもらっていた。いま、父に話さないわけにいかなかった。

「わたくしは鎌倉にきてからというもの、生と死の意味をずっと思ってきました。善人がかならずしも幸せでないと、はじめて知りました。むしろ高潔な魂の持ち主こそが、悪によって、いや悪に魂を奪われたものに苦しめられています。わたくしも悪しき心と折りあいをつけるべきなのでしょうか。そうすれば紫珠を守れましょうが、それでよいのか……」

基親とて、この鎌倉では一族の宿運に思いをいたす折が少なくなかった。季光の持仏堂を守るようになってからなおさらである。義に殉じ、もろともに散華した血脈を日々追慕していた。

深く息を吸って、基親がいった。

「おまえは剣を取るのを怖れているのか。殺生を嫌う子であったから、幼きころから猛々しい育て方はしなかった。わしとていまだ人を殺めてはいない。だが、剣を取る覚悟はある。もしそれを忌むのであれば、生涯にわたって手に取らぬ覚悟をすればよい。斬らずに生かすともいう。剣ではなく、知恵によって生きればよいではないか」

「ですが、もしも死が無であるなら、生になんの意味がありましょう」

父は息子の言葉を悲しんだ。しばらく沈黙のときが流れた。

「死を理解できないから、生きるのを怖れるとでもいうのか。人とは哀れで愛おしいものぞ。生者は死者の供養をするが、死者こそ生者のために祈っているのだ。死は終わりではない。おまえは生を怖れてはならない。どう死ぬれば、どう人を生かせるのか。それが生死の了であろう。父はそのように思っているのだが」

庭の牡丹は、静かにおのが場を保ったままである。刺繡(ししゅう)の糸をいく針も縫い重ねたように濃い赤と銀に縁どられた花が、見るものにある種の高貴な霊感を与えてくれるようだった。

時元は、冥界の縁にいて不生不滅(ふしょう)の涅槃(ねはん)がほんの微かに見えたかの心地がした。

四十

基親(もとちか)父子が鎌倉にきて五年になろうとしていた。その年の正月には彗星(すいせい)があらわれた。東の空に赤い星が三つ輝き、見る間に白銀の尾を引いて西へ落ちたのであった。

はたして吉兆か凶兆か。市中は騒然とした。陰陽師が「たぐいまれな大凶兆である」と占ったのが知れわたると、寺社はたちどころに転禍為福(てんかいふく)の祈禱に服した。あらたまの春をことほぐ気分に重苦しい影がさした。

時元(ときもと)は悪い夢にうなされていた。寝覚めの床であったから夢の記憶は鮮やかに残った。五つの頭を持つ龍が雲をからめ取るように天に渦を巻いている。時元はどこかの島の洞窟にいた。妻子が一緒である。妻の顔はわからぬが、佇まいは紫珠(しず)ではないか。天の龍は子をさらおうとしている。龍から逃れるために身を隠しているのだった。

雷が鋭く岩を打った。洞窟の狭い口が崩れて広がり、潮の味がする雨風がなだれこむ。龍は天から滑りおりて、小ぶりな五つの頭をばらばらと洞窟に押し入れる。虎目石を嵌(は)めた十の玉眼がまばゆく光った。生臭い蛇腹をぬめらせて幼い子どもに迫ってくる。

頭のひとつが子をくわえた。別の頭の虎目石がぎょろりと動き、眼光が紫珠を金縛りにした。鋭い牙をむいて紫珠の体を甘噛みすると、あっという間に龍の体が洞窟から抜けてゆく。時元も外へ転がりでた。太刀を握っているのだが抜けない。龍は紫珠と子を捕らえて天のはてへと飛翔していった。

時元は目覚めた。粘々した脂汗が首から胸へまとわりつく肌触りがする。床のなかで夢の記憶をたどってその意味を考えていた。紫珠と結ばれ子を持つ幸福なときが暗転し、龍がすべてを奪っていったのである。おのれは太刀すらふるえなかった。

龍はなにものか……。時元の脳裏に明滅する人物は、北條時宗(ときむね)だった。恐怖と憎しみに全身が支配され、悟りや解脱からほど遠い修羅道へ転落する心地であった。

さて、彗星があらわれて数日のち、若宮大路の将軍御所にあわただしく重臣が参集してきた。そのなかには、安達泰盛(やすもり)、長井時秀(ときひで)、宿屋光則(やどやみつのり)の三人の姿もあった。「大事につき内密に話したい」と、執権から急な呼びだしがかかっていた。

北條時宗の外戚(げしゃく)におさまった安達はいまや幕府の重鎮である。宗尊親王(むねたかしんのう)はついに将軍職を追われて京へ送還され、嫡子の惟康(これやす)親王がわずか三歳で将軍に祭りあげられていた。長井は宗尊親王に近い御家人だったが、妻が安達家のものであったために失職の難を免れた。

老齢の執権北條政村(まさむら)が招集したのは、得宗家に仕える御内人と、安達ら有力御家人であった。将軍はもはや権威のみで力を失っていた。得宗家を継いだ時宗は十八歳になった。執権を補佐する連署の立場にありながら、しだいに力を示しはじめていた。

その時宗が御所の回廊を歩んでくると、側近衆は背筋を伸ばして威儀をただした。幕府の評定の間は、板敷きの中央を囲むように車座に畳が置いてある。将軍の御座所は御簾で仕切られ、大紋の高麗縁の畳が敷きつめてあった。

時宗は御座所に背を向けて腰をおろした。父時頼ゆずりの肉づきのよい顔だが、まなざしはおだやかでいくぶん切れ長である。うしろの御簾のうちで惟康親王が乳母にあやされている。時宗の左には執権が座し、右には時宗の母の葛西殿がいた。葛西殿は利得に賢い人で、夫時頼の死後も所領や日宋貿易に采配をふるっていた。

執権の政村はなにごとか苦悶する渋い顔であった。車座の重臣がうちそろったのを確かめ、しゃがれた声で口火を切った。

「みなに参内をうながしたのは、国の大事を談判せんがためである。かの唐土では蒙古が勢力を広げ、南宋がもはや風前のともし火なのは知っておろう。その蒙古の皇帝の使者がさきごろ、国書を携えて太宰府に到達したという急報があった」

重臣は身じろぎもせず、政村の言葉に食い入るようにしている。

蒙古の皇帝とはクビライ・カンである。唐土の北の草原に住む勇猛な部族の支配者であり、はるか奥天竺から西域まで手中に収めていた。幕府とは平穏な関係にある南宋を攻め滅ぼす勢いだった。

蒙古の属国と化した高麗につづき、はるか波頭のかなたの日ノ本を狙っていた。この前年の暮れに高麗人を蒙古の使者に仕立て、対馬へわたって太宰府に至ったのだった。すでに正月のうちには、蒙古の国書は早馬で鎌倉へ届けられていた。

政村はおもむろに国書を広げた。重臣は固唾を呑んで見守っている。

「蒙古の要求はかくのごとし。いわく、聖人は四海(しかい)をもって家となす。相通好(あいつうこう)せざるは、あに一家の理(ことわり)ならんや。兵を用うるにいたる、それいずくんぞ好むところならん。王、それ之(これ)をはかれ、とある」

文面にはクビライの尊大な態度がにじみでていた。大蒙古の庇護のもとで友好を結べというのである。自ら皇帝を称し、目下の王とみなす天子にこれをはからうよう命じた。

政村は口もとをゆがめている。

「蒙古の国書はありていにいえば、わが国への脅迫である」

吐き捨てるようにいった。

いつもなら冷たい表情の安達も、その瓜実顔(うりざね)をしかめている。めずらしくほおを紅潮させ、扇を固く握りしめた。

「このような書状は、幕府はもとより朝廷への侮辱である。よしみを結びたいなど口実であって、兵力をちらつかせ屈服させる意図は明々白々。こともあろうに帝に命ずるとは、蛮人といえど不遜のきわみであろう」

得宗直々の従者であり、北条氏の御内人の宿屋光則は冷静だった。

「四海をもって家となすとは、これはおだやかならぬ表現ですな。唐土が世のすべてを支配する思想に基づいております。しかしながらこの文面だけでは、わが国土を征服しようとの意図までは読めません。鎌倉へ渡来する禅僧がもたらした話では、蒙古の真の狙いは南宋の滅亡にあるとか。われらと結んで、南宋を孤立させるのが得策と考えているかに受け取れます」

　執権の政村は、この宿屋の見解に気を引かれた。

「それでは、蒙古とよしみを結びさえすれば兵を用いないというのだな。しかし、かように無礼なものいいに対して、いかなる返書を送ればよいのであろう。蒙古が兵力を用いない保証もなしに、おめおめ通好できるものだろうか」

　宿屋は淡々と語った。

「仰せのとおりでございます。蒙古がわれらを格下とみなしているからには、対等な関係を結ぶつもりは毛頭ありますまい。日ノ本は海島(かいとう)国ですから征服せずとも、かならずや臣下の礼を求めてくるでありましょう」

　政村は腕を組んだ。なにやら唸(うな)りながら思案している。

「さすれば、宿屋どのはいかにするのが上策とお考えか」

「ここはひとまず、相手の出方を見極めてはどうかと。聞くところによれば、太宰府にいる高麗の使者は臆病風に吹かれたか、早々に帰国したいと申しておるそうです。すぐに返書を渡さずとも、使者をじっくり吟味して蒙古の情勢をさぐってはいかがでしょう」

　安達がぽんと手を打った。

「そうじゃ、それがいい。返牒(へんちょう)せねばならぬと思うから腹も立つ。そもそも一方的な要求であるから、われらが国書を返す必要などないのだ」

政村もうなずいた。

「蒙古への返書はいたしかねるとの評定について朝廷へ奏上し、帝の裁可を仰ぐといたそう。それでよろしいか」

重臣は「御意」と声をそろえた。

北條時宗だけは、静かに目を閉じたままなにか考えている。

さらに政村は、宿屋に指示を与えた。

「とはいえ、蒙古がこれよりわが国にいかなる災難をもたらすかわからぬ。よっておもだった社寺に異敵退散の祈願をさせよ」

「かしこまりました。幕府にあっては鶴岡にて、朝廷においては石清水(いわしみず)八幡にて祈願文を捧げるとします。ほかの大社大寺でも、蒙古の脅威が去るまで祈願と報賽(ほうさい)をつづけるよう通達しましょう」

「うむ……。このたびは寺社奉行の職責がきわめて大事である。頼んだぞ」

政村は寺社を崇敬する人であった。蛇に憑かれて苦しむ愛娘が鶴岡の隆弁(りゅうべん)の祈禱で治癒してからは、いっそう信心深くなった。齢(よわい)六十を越えて、時宗の後見から解かれればすぐにも出家する覚悟だった。

それまで沈黙していた時宗が、はじめて口をひらいた。ややかん高い、張りのある声が響いた。宿屋の顔をまっすぐに見ている。

「こたびの蒙古の一件につき、これを予言した僧がおるそうだな」

宿屋はうなずいた。

「さようです。他国侵逼の難がわが国土を襲うであろうと申したのでございます。名を日蓮といい、松葉ヶ谷の草庵に住して建言を書き、さきの得宗に献上しております」

時宗は耳をそばだてた。

「それはどういうわけじゃ」

「日蓮によりますれば、国難の原因は法華経を正しく奉じないまつりごとにあると。これをないがしろにする邪宗を破折しないうちは、つぎつぎ国難に見舞われるというのでございます」

「つぎつぎとな」

「はい。異敵の侵略のほかもうひとつ、自界叛逆と申しまして内乱の予兆があると……。そう予言しております」

「内憂外患であるな。日蓮とやらの察するとおりであれば、蒙古はまもなくわが国を侵すようになる」

安達が口をさしはさんだ。

「それは放言でござろう。ばかばかしいにもほどがある。蒙古がどれほどの国か知らぬが、わが国は神明の守護するところ。法華経のみで蒙古から守られるわけではあるまい。まして、謀反だの内乱などと騒ぐのは、かたはら痛いわ……」

時宗が安達を制した。

「まあ待て。宿屋どの、おぬしは日蓮とも通じておろう。このたびは異敵折伏の祈禱を捧げよと、命じられたい。そのうえで、蒙古の国書をいかにみるか日蓮の見解を改めて聞いてはくれまいか」

宿屋は感服した。時宗はまだ若いが、ものごとを広くみる賢明さが備わっている。時頼の嫡男だけはあると思った。

安達はいらだちを隠せない。重臣の筆頭でありながら、宿屋にお株を奪われそうな雰囲気である。加持祈禱ばかりでは武士の面目が立たぬと、歯ぎしりしている。

「蒙古の王が兵を用いないとはいえませぬ。わが方から蒙古へ返書しないと決めたからには、それ相応の備えがいりまする。西国の御家人には、異敵の襲来に警戒すべく指令をださねば」

時宗は大きくうなずいた。

「わかった。それにしても、こたびの使者の到達については、京の六波羅探題の働きが遅すぎる。蒙古の手さきとなった高麗の使者によれば、すでに蒙古は二年も前からわが国との通好を望んでいたという。六波羅は朝廷の動きを監視するだけが能ではない。西からの脅威をいち早く察知して、幕府へ報告せねばならぬのだ」

安達にしても同じ思いであった。

「このさい、六波羅探題の思い切った改革が必要でありましょう。鎮西（ちんぜい）にも探題を置くべきかと。六波羅の人選を刷新し、西国の御家人を増やしてはいかがか」

長井時秀がここで、ようやく議論に割って入ってきた。さきの親王将軍の追放にあたって微妙な立場に置かれた引け目があって、これまでは自重していたのである。

御家人を増やそうとする安達とは考えが違う。長井は朝廷への東使(とうし)であったから、幕府と朝廷は東西の領分を侵さず穏健に共存すべきと考えていた。長井の先祖の大江氏は朝廷に仕え、のちに頼朝(よりとも)公とともに幕府を築いた。朝廷の律令による支配を重んじるのが家訓である。安達は所領の与奪にかかわる御恩奉行でもあり、ここは異論を述べねばならない。

「安達どののお言葉ではあるが、西国に御家人を増やすとなれば所領が必要となる。それはいかがなさるおつもりか」

「大荘園の本所である宮家や寺社への介入が必要になるかもしれぬ。あるいは、御家人であっても働きのないものは所領をそのままにするわけにはいかない。いまは戦時を考えるべきであろう」

長井は、さらに安達を追及した。

「で、人選はいかがするのだ」

「まずは探題の改革からだ。なかでも六波羅の若返りが大事であろう。公家とのつきあいなどほどほどにして、西国一円の間者(かんじゃ)を操る能のあるものがよい。武勇に長けていながら、いざというときに顔色ひとつ変えない……そんな男だ」

「そのような若者がおろうか」

長井が首を傾げた。安達には策があった。この機に乗じて目をかけている若手の御家人を一気に登用する狙いである。将軍と執権がともに弱体化したいまを逃して、ほかに機はない。

「何人か心あたりはある。その候補のうちひとりは、長井どのの大江一門から、毛利時親(ときちか)を推挙しようと思う。おぬしに不服はあるまい」

ここで時親の名が挙がるとは予想もしていなかったので、長井は大いに驚いた。

「……というと、毛利基親の弟である時親か」

「さようじゃ」

「しかし、時親はまだ所領を持たない身であろう。無所の御家人を六波羅探題に推すとは、前例があったかどうか……」

「いやそうではあるまい。時親は父から荘園を譲られたにもかかわらず、兄の訴えで相論となっているのだ。いずれ決着すれば、時親にも所領は安堵されよう」

長井は、嫌な空気を感じていた。

毛利の西国の所領といえば、安芸吉田ノ荘である。基親の側からは「吉田ノ荘を割ってふたりに分知してほしい」との陳状が、問注所へ届けられている。安達の術中にはまれば、安芸の荘園については基親の不利になろう。

時宗が関心を示した。

「毛利兄弟とな。いつぞやの放生会(ほうじょうえ)の流鏑馬(やぶさめ)で活躍したあのふたりか。どちらも武芸に長じているが、弟のほうが探題の職責に向いているのか」

「わたくしの見立てでは、さようです」と、安達が答えた。

時宗の母の葛西殿が、皮肉な笑みを浮かべている。

「兄の基親どのの嫡男は、時元といいましたかな。隆弁のところの紫珠に懸想しておるとか。

お家の大事に色恋で迷っていては、毛利嫡流のゆく末も、さぞ心配でございましょうな……。ほっほほ」

葛西殿は扇をさっとひらいて、口もとを覆った。毛利の名をあげつらったのは、時頼の正室だった毛利季光の娘、寂光尼へのあてつけであった。

しかも紫珠からは、いまだに色よい返事がこないのである。安達が葛西殿にだけ聞こえるように小さな声でいった。

「わたくしにお任せあれ」

安達は瓜実顔のほおをゆるめて、時宗に向かってこっくりうなずいた。

宿屋は腕組みして、基親父子をめぐって交わされる話のなりゆきを見守っていた。悪い流れができつつあり、時元の身に禍根をもたらしかねないと感じ取った。

四十一

しばらくして、時元は宿屋光則の屋敷に呼ばれた。一緒に日蓮の草庵を訪ねないかという誘いであったが、その前に宿屋の家に立ちよった。

冬晴れの暖かい日だった。屋敷につながる小径はゆるやかな坂になっていて、その両脇の土手には水仙が咲き競い、芳醇な春の香をあたりいっぱいに漂わせていた。

宿屋は母屋の南側の庭にいた。山門をくぐった時元を手招きし、母屋の濡れ縁にならんで腰をかけた。下女が白磁の小ぶりな碗をふたつ、竹を編んだ盆にのせて運んできた。宿屋は紫砂の壺に湯を注ぎ、金色に澄んだ茶をゆっくり碗に満たした。

ふと時元の顔を見ると、「おぬし、歳はいくつになる」と聞いた。時元は「十八でございます」と答えた。

宿屋は茶をすすめながら切りだした。

「十八といえば、将来の身のふり方をとうに決めねばならない歳じゃ。どうだろう、おぬしはこのまま鎌倉に残って、幕府に仕える気持ちはないか。わしのところの寺社役に出仕してもらえればよいのだが」

急な話に時元は目を見張っていた。

「寺社まわりでございますか」

「そうだ。おぬしに向いていると思う。寺社役は監視だけが職責ではない。誠実さがなければ、僧や神職は心を許してはくれない。その協力なしに、まつりごとは立ちゆかぬ。居丈高な態度はかえって争いを招いてしまう。おぬしのような人材がぜひほしい」

時元はどぎまぎした。おのれが評価されるのはうれしいが、父にはなんと説明すればよいのか。基親は時元に所領を引き継がせるつもりでいる。自分が地頭を継がぬとなれば、父への裏切りになりはしまいか……。

その迷いを、宿屋は見越していた。

「むろん、父君には納得してもらわねばなるまい。幕府に出仕すれば越後には戻られぬが、いずれおぬしが父の跡目を継いでのち、荘園に地頭代を立てればよい」

時元は考えがまとまらなかった。宿屋のいう「身のふり方」には、もうひとつ大事な話があった。

「紫珠（しず）を娶ってはどうなのだ。あれはよい娘じゃ。気立てが優しく、一途（いちず）なところがある。時宗（ときむね）さまがおそばに望んでいるとのうわさが広まっておっての。おぬしが決められないでは、紫珠に傷がつこう。この鎌倉で所帯を持ち、幕府に出仕するがよかろう」

北条家の有力な御内人である宿屋は、紫珠との婚姻がまとまるようなら、時宗を懐柔して時元の不利にならぬよう計らおうとまでいってくれた。なにより時元のあいまいな態度が将来を危うくし、ひいては紫珠や親がわりの隆弁（りゅうべん）まで累が及ぶのを心配していた。

「とはいえ一生の問題であるから、いまこの場で決めるわけにもゆかぬだろう。よくよく考えられよ。さて、これより日蓮のところへゆくが、おぬしも日蓮という男がなにものか見極めておくのがよい」

宿屋は濡れ縁から庭に立った。すぐに下男に馬を引かせ、松葉ヶ谷（まつばがやつ）の日蓮の草庵へ向かった。大町大路を東へ進んで、若宮大路を横切ったあたりから町衆でにぎわう界隈に至る。そこを抜けて東の町はずれに、名のとおり松の落ち葉に覆われた寂しげな谷戸があった。人影まばらで、野犬の遠吠えが岩の屏風に響く。西方に口をあけた谷戸であり、日中でもあまり陽があたらない。岩の肌は苔で色濃く、あたり一面に葦（あし）がうっそうと茂っていた。

その谷戸の奥まった高台に、掘っ立て柱に葦を葺いただけの草庵が建っていた。裏には崖が切り立ち、人が入れるほどの岩穴がうがってあった。

宿屋は草庵の前に立って訪(おとな)いを告げた。

「日蓮どのはおられるか」

数人の弟子がでてきた。

「ただいまはお勤めにございます。お待ちいただきますように」

弟子のうち、最も年長に見える日昭(にっしょう)と名乗るものが応対した。日蓮は岩屋にこもっていた。宿屋と時元は草庵には入らず、岩屋の外でしばらく待った。その岩屋は、得宗時頼(ときより)が健在のころ、日蓮が立正安国論を一気に書きあげた場所である。

思えば、安房ノ国からでてきた若い僧にすぎない日蓮が、「国難を予見した」と宿屋に申し立ててきたのだった。大胆にも得宗にその建白書を奉呈したいといった。宿屋は驚きあきれたが、それをつぶさに読むうちに心が動かされた。

密儀や陰陽道に為政者が溺れ、疫病と飢餓により屍(しかばね)は累々山をなしたと指弾していた。国を守るには正法(しょうぼう)に帰るほかないというのが、日蓮の主張であった。宿屋にとっては、これがただ自らのためにする布教とは思えなかった。まつりごとをみれば、いちいち心あたりがある。

世の乱れにつれ、念仏を奉じるもののうちから破戒者があらわれた。酒宴、肉食、女犯(にょぼん)にうち興じるものは、鎌倉追放の処断をくだす旨を奉行命としたばかりである。律僧である極楽寺の忍性(にんしょう)には、殺生禁断をはじめ戒律を町衆に流布するよう頼んでいた。

ところが日蓮の建白書が知れわたると、ならずものの破戒者がこの草庵を焼き討ちにしたのであった。刀をふりかざして日蓮とその弟子を追いまわし、日蓮は裏山の岩屋にのがれて命びろいした。

それでも日蓮は意気軒昂（けんこう）だったが、宿屋はこのままでは殉難（じゅんなん）の死に至るとみた。念仏ものが日蓮捕縛（ほばく）を申し立てたのを機に、日蓮を伊豆へ流した。日蓮には辛かったであろうが、宿屋はそうするほか命を守るすべはないと判じたのである。

　宿屋が回想していると、岩屋での勤めを終えた日蓮が姿を見せた。

「これは宿屋さま。そちらのお若い方は、毛利時元どのでしたな」

　大きな体躯に白の単（ひとえ）の法衣（ほうえ）を身につけ、幅の広い袈裟を右肩から前へかけまわしている。身なりといい、堂々とした口ぶりといい、日蓮は僧というより武将の風格を漂わせていた。

　日蓮は「粗末な草庵よりも、わが庭をお見せしよう」というなり、裏山へ通じる崖の道をのぼってゆく。宿屋と時元もつづいた。

　松葉ヶ谷の峯の上に立つと、それはみごとな眺望がひらけた。真正面に富士を見て、左には相模ノ海が広がり、右には遠く甲州の山なみが見えていた。日蓮は自慢そうである。

「どうですか。わたしは経と僧衣のほか持たぬ身ですが、この天然のすべてが庭でございます。わたつみが池であり、芙蓉（ふよう）を築山に見立てております。寺はなくとも、庭だけはかの建長寺にも負けておりませぬぞ」

　呵々大笑している。

　この松葉ヶ谷の峯は、海へ向かって扇を広げたような鎌倉の地形の東端にある。そこから真向かいの扇の西端には極楽寺がある。そして、真北の扇の要には鶴岡八幡宮が鎮座しているのである。

日蓮は宿屋に尋ねた。

「せんだっての頼みですが、北條時宗さまにお伝えいただけましたか」

「うむ。折もおり、蒙古の国書が届いての、時宗さまから直々にそなたの予見につきご下問があった。わしからは、さきの得宗へ奉呈した立正安国論の要諦についてかいつまんで申しあげたところじゃ」

「畏れいります」

「そこで、時宗さまからは蒙古来襲はありうるや否やとのお尋ねがあった。そなたの見解をつまびらかにせよとの命である」

日蓮は右手の払子(ほっす)を握りしめた。両眼をかっと見ひらくと、払子を掲げて西をさした。

「あれに極楽寺が見えましょう。律僧こそは国賊なり」と、一喝した。

ついで、北西の山なみをさした。ちょうど大仏をおさめた大殿の瓦が光っている。

「念仏こそは無間(むげん)地獄への道なり」

さらに払子をひるがえして、北をさした。鎌倉の北には、得宗家が奉じる禅寺がある。

「禅は天魔である」

日蓮はひと息に語ると、天上を示した。

「すでに日ノ本(ひのもと)から善神は去った。いまや悪鬼が跋扈(ばっこ)しておる。大難がきたれるのは、為政者が正法に立ち返ろうとしないがためである。すなわち、法華経によって道をたださぬかぎり、蒙古の来襲は現実となるでありましょう」

時元は啞然としていた。これほどの激しい言葉はかつて聞いた覚えがない。極楽寺の忍性こそは、いま時元が最も私淑している僧であった。それを国賊とは。坐禅によっても多くを学んだが、禅は魔ものであるという。さらには、曾祖父の季光（すえみつ）が奉じた浄土信仰では地獄へ堕ちると……。

その真意をはかりかねた。腹立たしくも思えたが、時元はおのれの弱さを身に負っているのを痛感していた。

いくつかの宗門をたたいても、いまだにひとつところをまわっている心の迷いがある。この日蓮の強さはどこからくるのか。時元は胸のうちのわだかまりを問うてみたいと思った。それは、武士であるからには宿命づけられている殺生についてであった。

時元は日蓮と心で斬り結ぶつもりである。

「うかがいたき儀がございます」

「なんであろう」

「わたくしは龍の夢を見ました。五つの頭のある龍でございます。夢のなかで、この龍がわたくしの妻子を奪ってゆきました。わたくしは、どうしても太刀が抜けません。たとえ夢であっても、わたくしは殺生をして、妻子を守るべきだったのでしょうか。日蓮さまなら、いかがなされます」

思いもよらぬ角度から斬りこまれたか、日蓮はわずかに黙した。だが、やがて自信に満ちた声ではっきりといった。

「わしであれば、その龍を斬った。だが、思い違いをしてはならぬ。龍であるから斬ってもよい、というのではない。その龍に宿る悪しきものを斬るのだ。人とて同じじゃ」

「それは破戒ではありませぬか」

「われらの規範は三つある。ひとつに戒律を守るべし。ふたつに座して精神を統一すべし。最後は解脱への知恵を学ぶべし。この三学を修めるのは、だれにでもできるものではない。ところが信心によりさえすれば、だれでもこれらを超越できる。信心とはすなわち救いである」

「持戒だけでは救われないと」

「そのとおりだ。龍の悪を斬るというのは、信心を行動に移すたとえである。わしならばその龍を殺すまでもない、折伏(しゃくぶく)しておろう。そうして龍の背に乗って天にまで昇ってみせようぞ。力ある龍が改心すれば、天下のすべてが改まるのじゃ」

なんという大胆な発想であろうかと、時元は驚いた。日蓮の言葉には熱がある。心の殻が細くひび割れるようであった。

めざす高みは信心であり、衆生の救いである。この日蓮もまた法華経に帰依する道によって正しき世を描いていると、時元は想像してみた。

日蓮は力強くいった。

「人に頼るのではない、ただ法に依(よ)れ。よいかな、時元どの」

四十二

紫谷庵の寂光尼は、病に伏せていた。得宗時頼を亡くしてからというもの、すっかり気力がうせてしまった。なにをするにももの憂く、心はふさぎがちであった。

時元には思うところがあって、大叔母である寂光尼のもとへ、はじめて紫珠を伴った。

春雨に煙る日であった。

紫珠とふたり、亀ヶ谷の急な坂を北へ向かっておりてゆく。鶯の鳴き交わすさえずりが谷戸をいっそう静粛に見せる。左の山ふところに朽ちた石段が積まれている。時元はここを駆けあがるときには心はずんだ。紫谷庵には懐かしさすら覚えていた。

　あとにつづく紫珠の足がとまった。

「まあめずらしい。時元さま、この花は二人静でございましょう」

紫珠は少しかがんで、石段の脇に咲く可憐な花を見ている。白い綿糸をよった組みひものように、小指の長さほどの花茎がふたつよりそっている。紫珠が、たおやかな節をつけて歌を口ずさんだ。

「しづやしづ、賤の……」

時元があとをつづけた。

「賤のをだまき繰り返し、昔を今になすよしもがな」

「このお歌、知っておられたのですね」

「いいえ、あなたがいつぞや鶴岡で舞った折に覚えたのです」

「そうでしたか……」

うつむいたままの紫珠の横顔は、うれしそうにほころんでいた。

しばらく会わないうちに少しやつれたが、清楚さはいっそう引き立っている。大切な話をしなければならないときに、この花を見つけて心が和らいだのである。いつまでも、自分の舞を忘れないでいてほしかった。

寂光尼は庵の寝所にいた。時元と紫珠の訪(おとな)いが告げられると、床からゆっくり起きて水月観音がおられる座敷へ入った。

時元が寂光尼を気遣った。

「お久しゅうございます。どうかお楽になさいませ。こちらは、鶴岡の別当隆弁(りゅうべん)さま預かりの紫珠と申すもの。お見知りおきください」

紫珠は手をあわせて深々と尼を拝した。

寂光尼は脇息(きょうそく)にもたれている。四十の齢(よわい)よりよほど若やいだ肌をしていたのに、いまは蠟梅(ろうばい)の花弁のようにあせている。小さく丸くなった両肩で息をして、語りかけた。

「よくこられました。しばらく顔を見られないので寂しゅうしていましたよ。そちらは紫珠どの、おうわさはうかがっております」

孫娘を見るような優しいまなざしである。

外は、細い糸を引いて雨が降りつづいている。庭の節くれだった枝の木に、緋色の花が群れ咲いていた。花びらに露がついて、うつむきかげんがいかにも眠そうに見える。

寂光尼の目線がふたりを庭へ誘った。

「あれは海棠（かいどう）といいます。渡来の僧からいただいた花木（かぼく）で、唐の皇帝が寵愛（ちょうあい）の妃の酔うさまにもたとえたとか。めずらしいもので、大和ではまだ歌にも詠まれておりません。わずかの間しか咲きませんから、そなたたちはとても運がよろしい」

時元も紫珠も少しこわばりがとけたようだった。

尼がたたみかけた。

「なにか大切な話があるのでは」

時元が口をひらいた。

「はい。まだ父にも話せずにいます。実は、このまま鎌倉に残って幕府に出仕してはどうかと、わたくしにすすめてくださるお方がいるのです」

寂光尼ははっとした顔である。紫珠にとっても初耳であった。

「それで、そなたはどのように考えているのですか」

時元はややためらって意を決した。

「わたくしは、お受けしようと思います」

「なんと……」

寂光尼は言葉を失っている。時元はつづけた。

「ただ、父がどれほど悲しむかと思うと、いくらかの迷いがあるのです」

紫珠は思いをめぐらせている。時元が鎌倉に残るとは、このさきをどう考えているのだろうか……。紫珠のほうも、時元の気持ちを聞かないうちに、ある決意をしていた。不安が募って胸もとがきつくなるほど激しく動悸がした。

なおも尼は問いかけた。

「父の跡目を継がないのでしょうか」

「いいえ、鎌倉にあっても荘園の地頭代を立てればよいのです。職をすすめてくださるお方もそのようにおっしゃいました」

寂光尼は咳きこんだ。紫珠が尼のうしろにまわって背をそっとさすっている。息が整ってから、きっぱりした口調でいった。

「時元どの。そなたの父は遠い越後にあって、領民とともに土に生き、お家のために働いてきたのです。華やかな鎌倉暮らしもできたでありましょう。それをしなかったのは、父が一所懸命に生きているからにほかなりませぬ。父が望むのは、子もまた大地に根を張って、民に尽くす道ではありますまいか」

時元はうつむいたままである。

さらに聞いた。

「で、紫珠どのをいかがなさるおつもりか。この尼の目は節穴ではありませぬぞ。そなたたちが好きおうているのは、聞かずともわかります。ともに手を携えて夫婦になるのにためらいがあるのでは。違いますか」

「わたくしはこの鎌倉で、紫珠どのを娶って家を持ちとうございます」

ついに時元は告白した。

紫珠は眉間(みけん)をよせて、悲しそうな目をした。小袖の端で目頭をおさえた。長いまつ毛から涙がこぼれ落ちた。こみあげる嗚咽を聞かれないよう堪えていた。

寂光尼はうなずいている。

「そうでしたか、それで鎌倉に残るといいだしたのですね。紫珠どのを連れて越後へ帰るわけにはいかないのですか」

「それが……。大叔母さまの耳に届いているやもしれませぬが、北條時宗(ときむね)さまが紫珠どのを側室に欲しておられるのです。それを断ってわたくしに嫁ぐとなれば、父上にも禍根が及ぶでありましょう。さすればこの鎌倉で、わたくしは毛利の別流として生きてもよいと思っております。ここならば、隆弁さまが紫珠どののうしろ盾になってくださるでありましょう」

にわかに寂光尼の表情が険しくなった。はじめて、時元に対して憤った。

「そなたは毛利嫡流を捨ててもよいとおいいか。それでは、いまこうして相論を戦わせている父君の面子はどうなる。なんのためにここまで尽くしてきたのか、わからぬようになるではないか。もの笑いになるのは父であるぞ……。武士にとって、最も誉れとすべきは節義ですぞ」

ふたたび激しく咳きこんだ。紫珠が懸命に介抱している。

「もうお休みになったほうがよいのでは……」という紫珠の言葉をふり切って、なおも尼がつづけた。

「……なにより、紫珠どのの気持ちはどうなると思うのか。毛利の家に迷惑がかかるからと嫡流を捨てれば、紫珠どのにゆえなき罪を着せるようになろう。時宗どのといい、そなたといい、すべて男子（おのこ）の身勝手にございましょう。しかも、隆弁さまにまでお頼りしようとは情けない。男子というものは、おのが力を尽くして妻を守るものぞ」

そう語りながら、寂光尼の脳裏に夫であった時頼の面影が浮かんでいた。

あれほど強い御仁であった時頼ですら、戦乱のあと始末に正室の光子（ひかりこ）を離縁せざるをえなかった。死を前に夢にあらわれた時頼は、「おまえを守れなかった……」と泣いて許しを乞うたのだ。

寂光尼の肩からすっと力が抜け、小さな背中が寂しそうに丸くなった。

紫珠はまぶたが少し腫れている。気丈に背筋を伸ばして、思わぬことをいった。

「わたくしが身を引きます」

泣きだしてしまいそうだった。

寂光尼が小さな声で問い返した。

「なんですと……」

「時宗さまの側女（そばめ）になりまする。わたくしがいかように思っても、もはやどうにもならぬところまできてしまいました。それですべておさまるのなら、いたしかたありません……」

「そなたの気持ちはどうなる」

「寂光尼さまは、よくおわかりのはずでございます。わたくしの心はゆらぎません。たとえ側女となっても、心は生涯をかけて時元さまのものと決まっております」

紫珠はもはや、嗚咽に堪えられなかった。尼の膝元へ泣き崩れた。

時元は愕然とした。浅はかな、おのれのはかりごとが情けなくてしかたなかった。意を決したつもりが、紫珠の気持ちなど微塵も理解していなかった。

紫珠を預かっている隆弁のもとには、時宗の母の葛西殿が遣わした安達泰盛から「早く側室にこられ、子をもうけよ」と、矢の催促がつづいていた。隆弁は、時宗の正室の堀内殿を鶴岡八幡宮に招いてご懐妊の加持祈禱をしているが、いまだに成果がない。とうとう、紫珠に引導を渡さないわけにはいかなくなった。

安達からは「毛利時元との関係を葛西殿が疑っておる。紫珠はむろん、毛利父子に不利益が及びかねない。早々に決断なされたい」という最後通牒が伝えられたのである。毛利が禍をこうむるからと、紫珠にあきらめさせたのであった。

寂光尼が時元にいった。

「ここからは、紫珠どのとふたりにしてもらえますか」

どうしても紫珠に、いい残しておきたい言葉があった。時元は意気消沈した。寂光尼に礼を述べると、来た道をひとりで帰っていった。

まもなくして雨はあがった。庭には陽が降りそそいだ。海棠の花の群れはようやく目覚めて艶めき立った。目白のつがいが枝にとまって身をよせあっている。若草色の羽毛が春風をはらんで丸くふくれた。

紫珠はようやく落ちついてきた。

寂光尼も女ふたりのせいか、楽な気持ちになっていた。表情がいくぶん和らいだ。

「たいていの男子は、まことの大事を決められないものです。なにしろ母なしでは生まれるのも、死ぬのもかなわない身なのですから」

「ほんに……。寂光尼さま、わたくしはきょう庵の石段のところで、ふた筋に咲く白い小さな花を見つけました」

「それはよかった。あの花は互いを思いやるようによりそうのです。咲くのも一緒なら、散るときも一緒なのですよ」

紫珠はほっとため息をついた。

尼が聞いた。

「そなたの母は……」

「母は菜摘女でした。いまは相模の当麻郷(たいまごう)の地頭のもとにおります。妾なのです。その娘のわたくしのようなものが、御武家に嫁ぐなど畏れ多いのです」

「よいか、人は丸裸の赤子に生まれ、死ねば白い舎利(しゃり)になるだけです。肉に生きる間だけ、力あるものの都合のよいように人の違いがつくられるのです。なにをためらうのでありましょうや。命あるかぎり精一杯、思うままに生き抜きなさい」

「もったいのうございます」

「わたくしは女として、苦難の道を歩いてまいりました。夫によって父が死に追いやられ、三人の兄も失いました。そのために離縁もせねばならなかったのです。ですが紫珠どの、それがどれほど悲しいできごとであったとしても、わたくしは時頼さまとのご縁を微塵も後悔しておりません。男を選ぶのは、女子(おなご)なのです。そなたも、自分を信じなさい。心の深みから起こる感情に素直になりなさい。時宗さまの側室になるか、それとも時元を選ぶのかは、おのずと示されるでしょう」

紫珠は、こんどは「はい」としっかりした声で答えた。

「それでよい。そうであってこそ、そなたらしい。ひと目見たときから、芯の強さがわかりましたよ」

紫珠は恥ずかしそうにうつむいた。ほっそりと白くたおやかなほおが、半跏(はんか)の観音さまのお顔を写したようである。

ふと寂光尼は、水月観音を祀った須弥壇の脇にしつらえた違い棚のほうを見やった。そして紫珠に「棚の扉を引いて包みを取ってもらえますか」と頼んだ。

そこには、大ぶりの朱の袱紗(ふくさ)で覆われた箱があった。紫珠はそっと両手で押し頂いて、寂光尼が座っているところに置いた。結び目を解くと、さらりと袱紗がはだけて金泥塗りの手箱があらわれた。蓋には桜の花びらを螺鈿(らでん)で象眼(ぞうがん)した蒔絵(まきえ)がほどこされている。目にしたこともない美しい箱であった。

尼は蓋をあけて見せた。中敷きには、それぞれ大きさの違うべっ甲の櫛(くし)が十もならべてある。

ほかにも銀の鏡、おしろい箱、紅筆、はさみ……ひとそろいの化粧道具が収めてあった。

「なんとすてきでしょう」と、紫珠は思わずつぶやいた。

「尼に化粧道具など、さぞおかしいでありましょう」

寂光尼は、きょうはじめて朗らかな笑顔を見せていた。控えめな声でいった。

「これを、そなたに持っていてほしいのです。よろしいですね」

「わたくしなどには……もったいのうございます」

紫珠は固辞した。だが、寂光尼は紫珠に持たせようとした。

「この手箱は、わたくしの婚姻のときに父毛利季光(すえみつ)が用意してくれたもの。父の形見と思って、剃髪したあとも大切にしまっていたのです。ですが、わたくしはこのさきもう長くはありますまい。これを委ねられるなら、わたくしもうれしい。いいえ、だからといって、毛利の嫁になってほしいというのではありませんよ。未来は自ら決めればよい。ただ、きょうという日の記憶のよすがとして持っていてください。たとえ時宗さまのおそばへゆくにしても、そなたの心は時元にあると、決して変わらないと、そういったのを忘れないで……」

尼のほおがうっすらと濡れていた。紫珠がその手を握った。

寂光尼はもはや、なにも話す気力もないほど疲れはてていた。紫珠に背を抱きかかえられるようにして寝所へ戻っていった。

四十三

鎌倉の六浦道ぞいに流れる滑川は、この夏すっかり干あがっていた。十二所にある基親の山荘でも、井戸水が涸れた。それだけでなく寒い夏であった。鶴岡八幡宮の放生会のころになると、朝晩には火鉢に炭をおこさねばならぬほどだった。

渇水と冷夏が東国を覆い尽くして、田畑は水を失って白くひび割れた。食糧が底をつき、飢えや疫病が蔓延していった。

鎌倉の街のうわさでは、幕府から雨乞いを命じられた極楽寺の忍性と日蓮が祈禱の効能を競いあったが、日蓮の粘り勝ちでわずかに雨を降らせたとか。いずれにしても、この年が大飢饉になるのは明らかだった。

そのころ、基親と時親兄弟で争われている所領相論に動きがあった。基親のところに問注所から書面が届いたのだった。基親が首を長くして待っていた、弟からの最後の陳状である。

これにさきだち、基親からは「得宗時頼公によって承認されたとおり、佐橋ノ荘は基親のものとし、安芸吉田ノ荘は兄弟で分割すべし」と主張していた。基親は、陳状の封を切るのももどかしく急いで広げた。一読して、がっくりと肩を落とした。

そこには、つぎのように述べられていた。

「時頼公の思し召しとはいえ、武家の規範である御成敗式目にのっとって親の悔い還しは認められるべきである。従って、幕府の御評定を仰ぎたい」

これで、和義による解決はあきらめねばならない。あとは下知（げじ）を待つよりほかなかった。下知は評定衆の合議で決められていたが、時頼亡きあとは得宗のもとでひらかれる寄合のほうが強い力を持つようになった。北條時宗（ときむね）は執権の座に就き、寄合の長老には安達泰盛（やすもり）がおさまっていた。

「わずかの間に、すっかり世の中がさま変わりしてしまった……」

基親は独り言をつぶやいた。

夕暮れどきだった。山荘の裏庭を歩いて気持ちを静めようと思った。祖父季光（すえみつ）の持仏堂へ朝晩こもるのが、このごろの基親の日課であった。

朝比奈の山の緑は薄い色のままだった。卯（う）の花がいまごろ咲いている。餌を見つけられないのか、毎晩のように猪や狐が山をおりてきて庭を荒らすようになった。

陽があたらない持仏堂に入ると、背筋からすっと寒気がした。冷気に包まれて体の熱があっという間に奪われた。阿弥陀如来だけはいつものように、柔和なほほ笑みをたたえている。基親は、火がともっているのに気づいた。そこには息子の時元（ときもと）がいて、阿弥陀の立像を見あげてもの思いにふけっているのだった。

父は不思議そうである。

「時元、どうしたのだ」

「なんでもございません。父上が晩のお経をあげる前に灯りをつけておきました。ここは湿気がちで寒いですからお体にさわるのでは」

　しばらく前から、基親は微熱がつづいて食が細っていたのだった。夏風邪であろうと思って、たいして気にとめないでいた。

　時元は阿弥陀の印相を見つめていた。父に尋ねた。

「この仏さまの指は、なにを示しているのでしょうか」

　阿弥陀如来像は、右手を正面にあげて親指と中指で円をむすんでいる。胸元をゆったり広げた衣をはおり、左腕にやわらかくひだをよせた袈裟がかかっている。左手の指は下向きに円をつくっていた。

「これは来迎印といって、阿弥陀さまが極楽浄土から迎えにきてくださるお姿なのだ。右手で天を示し、信心によってみな救われると左のたなごころが教えている。われらの祖、季光も導かれて天へ移されたに違いない……」

「信心によって、ですか。日蓮さまもそうおっしゃっていました」

「日蓮か……。うわさには聞いているが、日蓮もまた新しい世をつくるのであろう。なにもかも、すっかり変わってしまうようだ」

　だれに向かっていうともなしに語る父の横顔は、燈明の炎にゆれて陽炎に見えた。

　時元は、たとえいっときの迷いであったとしても、父とともに越後へ帰らぬと決めたおのれを悔いた。それを父が知ればどれほど悲しむか、寂光尼に叱責されてようやく気づいた。紫珠を苦しめているのも自らの不甲斐なさだ。すべての懺悔をこの場所で、一心に捧げていたのであった。

　父はおだやかな目で、瞬く間に成長してゆく息子を見ていた。

「おまえは変わらずにいてほしい。だれでもないおのれを燈明として生きよ」

　ぽつりといった。

　基親は覚悟を決めていた。もしもこの相論に敗れるなら、そのときは毛利家の惣領を息子に譲って身を引くつもりである。いずれ遠くない時期に、越後の念仏寺で出家するつもりだ。

　持仏堂の森で、不如帰（ほととぎす）がけたたましく鳴きわたった。その年はじめて聞いた忍び音である。初夏の訪れを告げる鳥であるが、このごろになってようやく南から渡ってきたのだった。

　基親は思わずはっとした。

「帰ることはかなわない……」と、血を吐くまで鳴きつづける鳥である。魂迎鳥（たまむかえどり）ともいった。不如帰が時の到来を告げている気がした。

　たとえどのような時節を迎えようとも、いさぎよく受ける心の備えはできていた。

四十四

　安達泰盛（やすもり）の屋敷は、基親（もとちか）父子が仮住まいをしていた寿福寺とは山をはさんで背中あわせの無量寺ケ谷（むりょうじがやつ）にあった。

　さして広い谷戸ではないが、安達が護持する甘縄（あまなわ）無量寺という律寺と、出羽（でわ）の秋田城から移した観音菩薩を祀った寺のほかは、一族の屋敷が建ちならんでいた。何年か前にここから失火し、強い西風にあおられて山向こうの寿福寺まで延焼したのである。安達の屋敷は早々に再建し、真新しい檜材が匂う豪奢な邸宅であった。

この晩、安達邸には基親の弟の毛利時親が呼ばれていた。火災のあとで屋敷まわりには厚い土塀が築かれ掘割がめぐらされていた。時親は門前の板橋で馬をおりて、宿直の武士に手綱を渡した。さらに中門をくぐって、母屋の座敷へ通された。

そこには、高麗縁を縫いつけた豪華な畳が敷きつめてあった。竹林に咲く深紅の芍薬を描いた襖を背にし、安達はゆるりとあぐらを組んでいる。手もとの卓に酒器をならべさせ、時親があらわれるのを待っていた。

板の間で挨拶する時親に安達がいった。

「時親どのこれへ。畳にあがられよ。おぬしもまもなく、役持ちの御家人になるのであるからのう」

時親は思わず口もとを緩めた。父である毛利経光ゆずりの下ぶくれの顔は、はや脂がのって壮年の盛りに見える。

「それはいかなる仰せで」

「わしがおぬしを京の六波羅探題の評定衆に推挙したのだ」

「なんと身に余る光栄でございましょうや」

「まずは、近こうよれ」と安達は時親を手招きし、盃を取らせた。青磁の瓶子をかたむけてなみなみと白酒を注いだ。

「めでたいのう」といって時親に盃をぐっと干させ、こんどは自分が返杯を受けた。

六波羅探題は幕府の重職であった。京の北方と南方の二カ所にあって、探題の頭人（とうにん）のもとに評定衆がおかれていた。御家人のなかでも若手の有望株が選ばれていた。

このころ六波羅探題の南方頭人には、北條時輔（ときすけ）が就任していた。さきの得宗時頼（ときより）の長男でありながら側室の子のために、弟の時宗によって鎌倉から遠ざけられたのだった。

安達は時親にいい含めた。

「おぬしには、ふたつの役目がある。よく聞いておいてもらいたい。この話は極秘にせねばならぬぞ」

時親は静かにうなずいている。

「ひとつは、北條時輔さまの動向をよく見張るのじゃ。時輔さまの周辺には朝廷と結ぼうとする不穏な動きがあるやに聞く。承久の乱の二の舞を演じぬよう、細心の注意をはらってもらいたい。これは、執権の時宗さまのご意向である」

「承知しました」

ここで安達は、盃をぐっとあおった。

「ふたつめは、わしからの頼みじゃ。蒙古襲来のおそれが高まっているのはおぬしも知っておろう。ところが、鎮西の守りにあたる御家人が足りぬ。承久の乱の勝ち戦さによって西国にも御家人の所領は増えたが、いまだに鎌倉殿と主従を結んでいない武士もたくさんおる。総力戦に備えるために、このものどもを動員して人手をまかなってもらいたい。よいかな」

「それは少しばかり難題ですな。それらのものを御家人なみに扱うとなれば、かならずや幕府のうちから反発がありましょう。恩賞を与えれば、古参の御家人の取り分を減らさねばならない。あるいは、所領を与えず無足のままにもできましょうが、それでは新参ものから不満がでる」

安達は目を細めて時親を見た。青白い瓜実顔（うりざね）のあごを手のひらでしゃくった。不愉快なのではない。むしろ時親の冷静な弁を聞いて、おのれの眼力を確信したのである。

「さよう、おぬしのいうとおり。そこでだ……。旧態依然とした抵抗勢力の側につくか、それともこの機をとらえて幕府の力を伸張するか。おぬしの見立てはいかに」

時親は、盃に酒を受けてゆっくり飲み干す間に考えをめぐらした。安達の真意はなにか、そこがはっきりしない。有力な御家人が勢力を張るとき、かならずや北条家との戦さになるのが、この鎌倉の習いである。和田一族滅亡の和田合戦しかり、毛利を巻きぞえに三浦一族が滅びた宝治合戦しかり。時親の奥底に静まっている本能が、安達の危うさを察知した。

だがここは、できつつある流れに石を投じて濁らせてはならなかった。面従腹背（めんじゅうふくはい）というが、まずは蒙古襲来への備えこそ使命である。時宗の命を守って探題の時輔をしっかり監視すれば、北条方の信任も得られよう。安達と北条といずれにも過不足ない働きをすればよい。

時親はおもむろに口をひらいた。

「風雲急を告げるお国の大事にこそ、力を尽くしとうございます。国が滅ぶれば、なんの幕府でありましょうや。ここは武士の総力をひとつにせねばなりますまい」

「よういった。それでこそ、わしの目にかなった男よ。うれしく思うぞ」

酒杯を重ねたせいもあって、安達の瓜実顔がすっかり紅をおびている。

安達が時親に目をかけてきたのは、もとはといえば、父の毛利経光からその身を託されたからであった。

経光は亡くなるしばらく前に、安達に近づいた。経光は宝治合戦の敗者の生き残りだったから、幕府にあっても冷遇されてきた。毛利繁栄の望みのすべてを、四男坊の時親に託すつもりであった。ふたたび危機を招かずに、お家を永劫につないでほしかった。

曾祖父の大江広元（ひろもと）の血を濃く引いたのであろう、時親には知略の素質があった。それにくらべて、基親は祖父の毛利季光（すえみつ）に似て智より義と霊性に長じていた。経光は時親に家督を譲ると決め、幕府に安堵されるよう安達の助力を求めたのであった。

あるとき、安達のほうから経光に密議を持ちかけた。

「四男坊の家督の安堵についてはうけたまわりましょう。いずれは幕府の要職に取り立ててもよい。そのかわりだが、毛利ノ荘の継承は、将来にわたって放棄すべし。毛利家は過去のわだかまりを捨て、安達一門とごく近しい間柄になってもらいたい。おわかりですな」

安達は、宝治合戦の恩行として相模の毛利ノ荘を手に入れたのだが、これをめぐって毛利との争いを避けたかった。毛利嫡流の力をそいで遠ざけておきたかったのだ。経光は一も二もなく、これを承知したのであった……。

こうしていま目の前におとなしく座している時親を見やって、安達はたいそう満足げである。

思い出したようにいった。

「時親どの、そなたの兄との相論であるが、まもなく下知(げじ)がなされる」

時親のこめかみがぴくりと反応した。

いまや時親にとって、越後の佐橋ノ荘よりも、安芸の吉田ノ荘が安堵されるやいなやが気がかりだった。京へ赴くようになれば西国に足がかりがいる。それだけでなく、御家人によって分配し尽くされた東国にうまみはないと思っていた。

兄の基親の陳状では「吉田ノ荘を兄弟で割ってよい」と譲ってきたのだが、時親にしてみれば、吉田ノ荘こそ丸ごと譲ってほしかった。佐橋ノ荘を兄に安堵し、吉田ノ荘を自分に分知するのならば、和解に応じるつもりだった。越後にさほどこだわりもない。早々に決着させ、兄を鎌倉から解放してやりたかったのである。

時親は安達に聞いた。

「いかなる処断になるのか、うかがえましょうや」

「いくらおぬしと抜きさしならぬ仲になったとはいえ、それはできぬ。ただし、悪いようにはせぬつもりじゃ。いま、評定の右筆(ゆうひつ)に命じて、このわしが下知状を書かせておるのだからな……」

安達は権力を楽しむものの傲慢(ごうまん)さを露(あら)わにして、愉快そうに笑った。時親がすでに権力の一翼をになう仲間であるかのように、ねっとりした親近感を漂わせていた。

四十五

幕府の沙汰は将軍の下文によって天下に示されていた。ところが北條氏が権力を握ってからは、もっぱら執権が署名する下知状が用いられるようになった。

この下知状は、裁判官である引付衆が書きおろす。ときの引付頭人が安達泰盛だった。安達は執権と連署につぐ立場にあって、裁判のやり直しを決める越訴方もつとめていた。訴訟をつかさどることが御家人の支配に直結していた。

夏らしい暑さもないまま、葉月も末であった。蟬の鳴く声も弱々しく、秋になるよほど前に力尽きて地に落ちた。三日月の涼やかにかかる晩に、長井時秀は隣地の毛利基親の山荘を訪ねた。

長井は評定衆に任じられて六年が過ぎ、すっかり古参株になっていた。だがそれも、安達の権勢の前には色あせてしまう。鬢に白いものがまじり、あごにも肉がついて急に老けこんだように見えた。

基親の家の座敷にあがると、どこかぎこちなさそうに落ちつかなかった。長井の訪れは久しぶりだったので、基親と時元の父子がそろって迎えていた。長井は目線を庭にそらした。

「ほっ。あれは蛍でござろう」

いく筋もの青白い閃光が、闇夜に流水紋を描いて舞っている。谷戸の清水は衣擦れのさやけき音をかなでて、朽ちた木の橋掛りをわたる風が老松の葉を静かにゆらした。

基親が吐息をもらした。

「美しき宵ですな。かような晩は佐橋ノ荘が恋しゅうなります。かの地には八石山（はちこくさん）といって、たおやかな峯があるのです。観音さまが横臥（おうが）するさまを写したようで、長井さまにもいつかお目にかけたいものです。夏ともなれば蛍が無数に乱舞して、それはもう極楽浄土と見まごうほどで」

「うむ、さもありなん……」

長井は真顔になって基親にいった。

「今宵は大事な知らせを持参したのだ。きょう、問注所より毛利時親（ときちか）のもとへ執権の下知状が届けられた」

基親は顔色ひとつ変えないものの、その心中は失望に打ちひしがれている。下知状は訴訟に勝ったほうにまず通知される。時親のもとにさきに届いたとなれば、それは基親の敗訴にほかならなかった。

「わたくしの訴えが認められなかったのでございましょうや。どのような裁許となったのですか」

時元は愕然とした。父の孤独な苦悩に比して、おのれの無力が不甲斐ない。

長井はふところから書状を取りだした。それは時親に与えられた下知状の写し文であった。

「かようなしだいになった」

それを基親の前にすっと置いた。

基親は書状の写しをひらいた。つぎのように判じられていた。

越後国佐橋郷住人

故毛利経光が置き文をもって、四郎時親を地頭職となさしむべきこと。右人、越後国佐橋ノ荘南条、安芸ノ国吉田ノ荘において地頭となすべきの状、鎌倉殿の仰せにより下知くだんの如し。

下

相模ノ守

相模ノ守（かみ）とは北條時宗（ときむね）である。つまり幕府は、亡き経光（つねみつ）の置き文による悔い還しをそのまま認めたのであった。

基親は、佐橋ノ荘の給田を半減され、荘園の北半分にあたる北条（きたじょう）の地頭のみを任ずるという定めだった。西国の安芸吉田ノ荘は、丸まる弟の領分となった。佐橋ノ荘で待っている領民の顔が浮かんだ。長く耐えた妻はどれほど気落ちするであろうかと思うと、さらに心が重く沈んだ。

長井は力なく首をたれた。

「おぬしの力になれず、すまなかった。まだ、審理のやり直しを求めて越訴する手立てが残されておるのだが……」

「いいえ、安達どのが越訴方であれば結果は見えております。長井さまにはひとかたならぬお力ぞえを賜りました。あなたの励ましなくして、わたくしも時元もこうしておられなかったでありましょう。なかんずく、時元の烏帽子親のご恩は、けっして忘れませぬ」

時元は、鶴岡八幡宮で元服したあの清々しい朝を思い起こした。父とふたりそろって胸を張って、若宮大路の段葛(だんかずら)を歩んだのであった。嫡男に未来を託すために力を尽くした父の無念を想うと、目頭が熱くなった。

「泣くな、時元よ……」

父が優しくたしなめた。その基親にも、いつもの気迫が失われていた。なかなか考えがまとまらずに、悄然として答えを探しているようである。いつもならば長井とは一献酌み交わすのだが、その夜は先方から辞して去っていった。

……それから。基親はひとりになって持仏堂にこもった。夜も更けたころにお堂のなかから激しく咳きこむ声がして、従者の小太郎が炭をおこして運んでいった。

時元は陽が昇る前に、父を気遣って持仏堂へようすを見にいった。蔀戸(しとみど)が上へはねてある。燈明の油はとうにきれて火の気はない。阿弥陀の指さきにとまった蛍が明滅し、お像が息づいているかのようだった。

基親の背は薄い影となって、阿弥陀の前にうずくまっている。お像の足もとの雲座に朝日が細く射すと、蛍は最期の光を放って外へ飛び去っていった。

驚かさぬよう小さくいった。

「父上、お体にさわります……」

「うむ」

そういったきり、父の体は動かない。異変を感じ取って時元は父の背に触れた。燃えるように熱く、衣は汗をふくんでじっとりと重かった。時元の手のひらを感じて安心したか、父はそのまま仰向けに倒れた。時元はとっさに父を抱きかかえた。高熱があるのに顔面は蒼白で、目は黄ばんで濁っていた。

「小太郎、手をかせ」

時元は、母屋のほうへ叫んだ。

あわてて小太郎が駆けてきた。ふたりで基親の大柄な体を抱え持ち、ようやく寝所まで運びこんだ。時元はわかした湯で布をしぼって基親の汗を拭いた。息を楽にしようと袷のふところをゆるめると、竹の筒がころがりでた。父の龍笛であった。その晩、父は阿弥陀堂のなかでこの笛を吹いていたのであろうかと思った。

小太郎はあるだけの炭をおこし家を暖かくしてから、薬師を呼びに走った。ところが、どの薬師も病状を聞くと往診を断った。飢饉によって市中に蔓延する疫痢と疑ったのである。

父の容態は日増しに悪くなった。食事を受けつけず、白湯を飲ませようとしても吐き戻すほどになった。瞳がゆらいで、全身の震えわななきがとまらなかった。

時元は極楽寺の忍性を頼って、馬を駆って施薬院へ向かった。そこには疫痢のものが数百人も運ばれ、僧医が昼も夜もなく立ち働いている。忍性はひと抱えもある石臼をまわして渡来の薬草を摺りおろし、鍋で煎じているところだった。

基親の症状を仔細に聞き、「それは疫痢ではない。おそらく風病であろう」といった。重い心労のために経絡を侵されたのではないか、との見立てである。眼球が常ならぬ動きをするのであれば、風病は脳まで及ぶおそれがあった。「手遅れにならねばよいが」と、急いで湯薬を調合して持たせた。

その薬の効能をもってしても、基親の意識はしだいに混濁していった。もはや遠い世界へ移されてゆくようである。基親はその刹那に時元をしっかりと見とめ、懸命に口もとを動かそうとした。

「おまえに、いまいちど、いい残しておくことが、大事なことが……」

「なんでしょう、父上」

時元は、父の口もとに耳をよせた。

だが父はそれだけつぶやくと、ふたたび白く濁った世界へ連れ戻されていった。

まもなくして、基親は息を引き取った。齢三十七であった。

時元は、父の死をとうてい受け入れられなかった。それが死であるなら、時元自身も失われたのだ。あれほど生死の了を会得しようと寺の門をたたいたのに、まことの死を前になんの悟りもない。棘の鞭をふるって心を打ちふせた。悲しみのはてまでゆき着かずして、父の死が確信できなかったのだ。

時元は、父の突然の死をどのように母に伝えたらよいか考える余裕もない。佐橋ノ荘の半分を失ってしまった幕切れもある……。慰めなど、およそ悪魔の甘言にすぎぬと思えた。

基親の弔いは寂しいものであった。

茶毘に付される日に、弔問にきたのは長井時秀だけだった。寂光尼は病に伏せっていた。ほかのだれもみな、疫病で死んだのではないかと怖れをなしていた。北国の辺鄙(へんぴ)な荘園の、それも半分だけの地頭の死など悼む人は少なかった。

長井の口ききで、隆弁(りゅうべん)が開基した長福寺の住持(じゅうじ)が導師を引き受けた。基親の棺(ひつぎ)は棒をさし渡した轅(ながえ)の上にのせられ、四人の雇い人が寺に運んだ。時元と長井、従者の小太郎だけがつき従った。六浦道(むつうらどう)から小町大路へさしかかるあたりからは、野辺送りと見るや屋敷の門がつぎつぎに固く閉じられた。

名越(なごえ)の弁ケ谷(べんがやつ)の長福寺の門前で、紫珠(しず)がひとり立って葬列を待っていた。葬列が近づくと手をあわせてうつむいた。まなじりから二筋の光がほおを伝っていた。時元は紫珠の姿が目に映ったのだが、力なくうなだれるばかりであった。

紫珠は幼いころ、父親をはやり病で亡くしていた。それから母の運命が暗転し、自らもこうして茨(いばら)の道を歩んでいる。それが時元の身に重ねあわさって思えた。

「もしも自分になすべきつとめがあれば、そのときには身を捨てよう……」

紫珠は心に固く誓った。

長福寺からは僧侶が鐘を鳴らしながら先導して、さほど遠くない名越の山の中腹へ葬列はゆっくりのぼっていった。紫珠も、そのうしろによりそっていた。

荼毘に付される場所には木組みの小屋が用意され、薪が高く積まれていた。宵闇に包まれるころ、半間四方の棺を囲んで置かれた薪に火が放たれた。白煙が立ちのぼり、炎が夜空を煌々と照らした。夜を徹して火を焚きつづけるのだった。

紫珠は僧侶にうながされて、ようやく山をおりていった。いくたびも足をとめては、時元の姿をふり返り見て去っていった。

時元の頭は冴えていた。父が持仏堂で倒れた夜、自分がもっと早くようすを見にいけば命を救えたかもしれない。そう考えると、父の死の日から眠れなくなった。炎にいくら目を凝らしても、いま目の前から父が去ってゆくように思えなかった。

空が白むころに、舎利となった父のかけらを丁寧にひろいあげて壺におさめた。熱い白灰の上に、涙の染みが点々とついた。

位牌をふところに入れ、壺は白布で包んで首からさげた。壺からぬくもりが伝わってきた。それはありし日の父の、無辺の愛であるような錯覚すら抱いていた。

時元は、舵を失って波間を漂う舟の心地であった。基親が最期にいおうとした「大事なことがある」とは、なんであろう……。

その言葉を思いながら、きのうは父の棺とともに来た道をひとりで歩いていった。

四十六

七日がすぎて、時元（ときもと）は父基親（もとちか）の遺骨を墓におさめた。

鶴岡八幡宮の馬場さきにある毛利季光（すえみつ）のやぐらのなかである。石工を頼んで、鎌倉石を粗く削った五輪塔をこしらえさせていた。

基親が流鏑馬（やぶさめ）で弟時親（ときちか）に競り勝った思い出の場所であった。あの夏の日の夕立が去ったあと、父は時元を伴い祖父の墓のあるやぐらに詣でたのだった。

釣瓶（つるべ）落としに秋の陽が陰るころ、時元と従者の小太郎は、石工を連れてこのやぐらの前にいた。人ひとりが入れるほどの広さに切り削った岩窟である。地面にうがった穴に骨壺を埋め、そのそばに季光の墓よりも小ぶりにつくった石塔を安置した。

時元は狩衣（かりぎぬ）のふところから龍笛を取りだした。黒漆の立烏帽子をそっと直し、掛緒（かけお）を固くあごに結んだ。右手で笛を横にかまえ、左指を手前にそえた。細い息を歌口に吹きこみ、父が好んだ想夫恋の一節を奏でた。

　そのしらべは、岩の洞に鋭く響いて宵の静寂（しじま）を震わせた。鶴岡を舞いのぼる龍が泣くように高く鳴っては低く鳴り、死者の声は、参道を歩む人の耳をそばだて怪しませた。一瞬のうちに大地が打ちたたかれ体がゆれたが、それは時元にしか感じられなかった。

　しばらくして時元は小太郎をさきに帰し、若宮大路を浜のほうへ歩いていった。

　二ノ鳥居をすぎたあたりで、なにやら騒然として群衆の争う声が聞こえた。段葛（だんかずら）が途切れる下馬（げば）のところで、軍馬に乗せられうしろ手に捕縛された白衣の大男が見えた。

　その男は、

「八幡大菩薩に申すべきことあり」

と、大音声（だいおんじょう）をあげた。怒号と歓声が入りまじってすさまじい騒ぎになっている。

　時元は、はっとして気づいた。

荒縄に身を縛られているのは、あの日蓮（にちれん）であった。引きまわすのは、御内人の筆頭で凶暴な性格で知られる平頼綱（よりつな）である。同じ御内人ながら、日蓮に共鳴する寺社奉行の宿屋光則（やどやみつのり）もその場にいた。宿屋はいつになく深く苦悩する顔であった。

平頼綱はこの日、侍所の兵を率いて日蓮の草庵に乱入し、一門を引っ捕らえて幕府へ連行したのである。某寺の高僧が日蓮を批判する難状を幕府に届け、それが発端となって摘発されたのだ。世を乱すものとして日蓮を憎く思っていた平頼綱らが、幕閣の評定もそこそこに日蓮を打ち首にする処断をくだした。

時元は、一部始終をまったく理解していなかった。ただ、日蓮の身に大きな災難が降りかかったのはわかった。なんとか宿屋に近づいて確かめようと考えた。

日蓮を乗せた馬は西へ向かってゆく。極楽寺坂にさしかかると、群衆はさらにふくれあがって日蓮に石つぶてを投げた。忍性（にんしょう）と降雨祈禱を競った一件で、このあたりの信者の嫉（ねた）みを招いたのである。

七里ヶ浜へくだるころには人家もとだえて闇に包まれた。満月の照らす細い道をさらに腰越（こしごえ）の浜へ進んでゆく。平頼綱が護送の列を先導していた。侍所の兵が日蓮を乗せた馬の前後を固め、そのうしろには宿屋と寺社役の武士が従っている。

さらに一行のあとから、日蓮の弟子や信徒が師を追ってきた。それだけでなく、日蓮を憎む異門の衆も数多く連なっていた。時元は日蓮の信徒にまじって、どこへ引き立てられるのか案じながらついていった。

護送の列はついに腰越の龍ノ口(たつのくち)明神に至ってとまった。この地には、国賊の首を刎ねて社頭に掛けよという伝承がある。「まさか斬首するつもりではあるまいか」と、時元はいぶかしんだ。一刻も早く、宿屋からじかに話を聞かなければならない。

明神下には竹を菱に組んだ背の高い矢来垣(やらいがき)がめぐらされ、かがり火が明々と焚かれている。垣のうちには、首ノ座と呼ぶ大きな石の台座が見える。罪人はこの石に座らされ、その頭を打ち落とされるのであった。

時元の胸のうちに、極楽寺の門前で悪党が斬られたときの記憶が蘇った。石段からころげ落ちた首が、時元のほうを向いてとまったのだった。それがいま日蓮の顔と重なる幻影を、時元は懸命にぬぐい去ろうとしていた。

子(ね)の刻すぎというのに、矢来垣の前には人だかりができていた。満月はすでに正面の江ノ島の上にかかっている。時元は、ようやく宿屋の姿を見とめて竹垣ごしに声をかけた。

「宿屋さま、時元にございます」

宿屋は提灯(ていちん)を突きだし、暗がりのなかで時元の顔を確かめた。その表情は険しさを増している。護衛兵に垣根の戸をあけさせ、時元を垣のうちに招き入れた。

「こんなところでなにをしておるのだ」

「市中で日蓮さまと宿屋さまのお姿を見かけたもので、ついてまいりました」

「これは幕府の一大事である。おぬしはかかわってはならぬぞ」

「わかっておりますが、なぜ日蓮さまの首が刎ねられねばならないのでしょうか。まさか宿屋さまがご承認なさったわけではありますまい」

「いいや、わしは認めてはおらぬ。だがこんどばかりは、おもだった大寺がみな日蓮の処罰を求めておるのだ。寺社に背中を押されたあの平頼綱が強引でのう……」

目をぎらつかせて床几（しょうぎ）に腰をおろしている平頼綱を、宿屋はちらと見やった。それから時元に目配せし、こっそりと土牢（つちろう）に連れていった。かがまなければ入れないほど狭い岩穴に日蓮は入れられていた。穴の口には太い格子がはめてある。

時元は、地面に顔をすりつけるようにして小声で呼びかけた。

「日蓮さま、わたくしです。毛利時元にございます。なぜこのような……」

土牢のなかの日蓮の顔は見えないが、意外なほどしっかりした声がかえってきた。

「おお、時元どのか。この日蓮の大往生を見届けにきたとはあっぱれじゃ」

死に臨む人が生者を叱咤（しった）している。宿屋は感極まった。

「日蓮どの、おぬしがもし武将であったなら天下をとっていたであろうものを……」

土牢のなかの日蓮がほほ笑んだようだ。

「この日ノ本（ひのもと）は、天子さまのものでも、北条さまのものでもない。釈尊のものです。そうであるならば、わたくしはすでにこの天下を釈尊から与えられているのです」

「なんと……」

宿屋も時元も言葉がなかった。

そのとき、平頼綱の怒声が響いた。

「寺社奉行はなにをしておるのだ。早よう刑の執行を命じられよ」

平頼綱は、鉄扇を握りしめて床几をたたいている。刑の采配は寺社奉行の宿屋の権能であるから、手だしはできない。日蓮の斬首を見届けようと、いらいらして待っていた。

宿屋に決断のときが迫っていた。

斬首の執行人が気をきかせて首ノ座の石に打ち水をしている。それから石の隅に太刀の刃を押しつけて研ぎはじめていた。

宿屋はまだ迷っていた。額からねっとりした脂汗がしたたり落ちている。時元はこのような宿屋の姿を見た覚えがない。

もしここで刑の執行をやめれば、大寺はもとより幕府の信任を失うであろう。奉行職を剥奪されるのは必定である。だが、このたびの斬首は評定の総意ではない。この長月のはじめに蒙古からふたたび通好を求める牒状が届き、「日蓮ごときに関わっておられない」というのが、執権時宗の本音ではなかろうか……。

執行人は、いよいよ日蓮を首ノ座に連れてきて座らせた。日蓮はまったく動じていない。両の目をかっと見ひらいた。その瞳が、異様な輝きを放っていた。

あとは、宿屋の手のうちにある采配の扇がふりおろされるのを待つばかりだ。時元は矢来垣の外へでた。息を詰め、両手で垣の格子を強く握りしめていた。

宿屋の采配がふりあげられたのを見て、執行人は、太刀を上段に構えた。満月はつねになく大きく、赤く熟れた実のごとく天にかかっている。波打つ刃文が月にきらめきたち、血が流れるように赤く光った。

「やめい。刀をおろせ」

宿屋が鋭く一声を放った。刑場にどよめきが満ち、平頼綱は泡を食った表情である。宿屋は、矢つぎばやに指示した。

「これよりすぐに、時宗さまのもとへ使者を送れ。日蓮は土牢に連れ戻せ」

処刑取りやめの文を託された使者は、早馬を駆って猛然と鎌倉へ走った。

同じころ、北条邸では、安達泰盛（やすもり）が時宗（ときむね）を諫めていた。安達はきょうあすにも太宰府に至る蒙古の使者に備えて、鎮西の守りを固める指令を求めた。鎌倉は日蓮の捕縛で騒然としているが、それどころではないというのである。しかも安達にとって、日蓮を捕らえた平頼綱は得宗の権力を笠に着た宿敵であった。

折しも時宗の正室の堀内殿（ほりうち）にご懐妊の兆しありとの朗報が、隆弁（りゅうべん）からもたらされた。堀内殿は安達の妹である。安達は陰陽師に占わせ、「この期の殺生は不吉の前触れなり」との託宣を時宗に持ってきたのだった。

深夜に及ぶ談判で、ようやく時宗が決断した。安達はさっそく、日蓮の処刑中止の下知状（げじ）を使者に持たせ刑場へ向かわせた。

四十七

江ノ島は、龍ノ口(たつのくち)明神の前浜と細い砂州でつながっている。源実朝(さねとも)公が田寸津比売命(たぎつひめのみこと)を勧請したお宮が建てられていた。潮が満ちれば洲が水没して孤島になるのだった。

その島の切り立った崖を波がうがってできた岩の洞(ほら)があった。時元(ときもと)はそこにしばらく身を潜めた。いつか夢にあらわれた五つの頭を持つ龍を忘れていなかった。洞に逃げた時元からあの龍がすべてを奪って、黒雲の彼方へ昇っていったのである。

時元は無常にとらわれていた。

あれほど頑強な父を病であっけなく亡くした。想い人の紫珠(しず)は時宗の側女(そばめ)として奪われた。毛利宗家の所領は、時宗の下知(げじ)によって大半が削られてしまった。生あるものは死し、在るものは失われるのだ、と。

日蓮(にちれん)のように剣を持たぬ僧の首が、醜悪な争いによって刎ねられようとした。衆生の傲(おご)りは鬼の化身と見まがうほどであった。宿屋光則(やどやみつのり)ほどの人物までが翻弄(ほんろう)され、苦汁を嘗(な)めねばならぬとは。一将(いっしょう)功なりて万骨(ばんこつ)枯るとは、北條氏の天下をいうのであろう。だが、それもいつかは滅びる宿運なのだ。

満月はわずかに欠けても、青白い光で海を照らしていた。大波はとどろにくだけて洞によせてくる。波頭は岩に裂かれて、泡となって千々(ちぢ)に散った。このような無常のときが永遠につづくと、時元は気づいたのである。

数日置いてから、時元はふたたび龍ノ口明神へいってみた。

日蓮は土牢のなかに幽閉されたままのようすである。平頼綱も宿屋光則もいなかった。軍馬がつながれ、頑強な兵が十人ほどいる。竹の矢来垣の近くでは、あい変わらず日蓮の弟子や信徒が題目を熱心に唱えつづけていた。

時元はそこにいる僧侶に、「これより日蓮さまはどうなるのでしょうか」と問いかけてみた。するとひとりが、「日蓮さまは佐渡ヶ島への流罪と決まりました。これからすぐにも出立されるのでございます」といった。

佐渡ヶ島……。

時元にはなんと懐かしい響きであったろうか。柏崎の浜辺にうちいでては、越ノ海のはるか沖にたゆとう島影をいつまでも飽きずに眺めていたのだ。

やがて日蓮が土牢から引きだされ、腰縄を結わえられて馬の鞍に乗せられた。縄の端は徒歩の兵が握っている。その馬の前後を護送役の兵がしっかり固めると、やおら行列は鎌倉街道をめざして歩みはじめた。

弟子や信徒の二、三十人があわててあとを追う。時元も導かれるようにその列に加わった。

佐渡ヶ島へ海を渡るには、越後の寺泊宿をめざすのである。ならば護送は上野をへて信濃に入り、やがて北国道へと至るはずだ。寺泊の手前の宿が柏崎湊であった。日蓮にとっての流刑の旅は、時元には鎌倉から逃れる北帰行であった。

護送兵の足はさすがに速かった。六日目にはもう信濃との国境の碓氷峠にさしかかった。日蓮を慕ってつき従うものたちはしだいに遅れを取った。なんとか信濃まで追いすがってきたのは、若い弟子や信徒のうち四､五人と、時元だけであった。

時元は碓氷までくると感無量だった。思えば、父基親とともに越後から鎌倉をめざす道中にこの峠に立っていた。ここで上州の茫漠とした赤い大地をはじめて見た。浅間山は変わらずに煙を吐きつづけている。

峠道を駆けくだる日蓮一行を見失うまいとして、時元と弟子たちはあとを追った。

信濃の善光寺平に近づくと、蛇のような川にそって田畑や集落がひらけてきた。その川にかかる木橋はたくさんの人や馬の重みには耐えられない。日蓮を護送する列が渡りきったのを見計らって、時元らは足もとに気をつけながら向こう岸を目ざした。

橋を渡り終えようとしたとき、河原の葦に忍んでいた男たちが飛びだしてきた。墨染めの法衣に白袴をつけ、薙刀を構えている。頭を五条袈裟ですっぽり包み、鋭い目だけをのぞかせていた。

だれかが、「善光寺の僧兵じゃ」と悲鳴をあげた。

僧兵はたちどころにみなの首に薙刀を突きつけた。くぐもった野太い声がした。

「おまえたちは日蓮の弟子か」

「さようだが、それがどうしたのだ」

「日蓮の息のかかったものとあらば見過ごしにできない。ついてきてもらおう」

僧兵らは、弟子と信徒に縄をかけた。時元も腰からうしろ手に縛られた。長いひもで数珠つなぎにされ、日蓮の護送団が向かう道とは別の方角へ引かれていった。

善光寺は阿弥陀三尊を秘仏にする大寺であった。頼朝（よりとも）公が帰依し、鎌倉幕府と北條氏によって手厚く護持されていた。しばらく前に信濃の豪族の焼き討ちにあってから、寺の再建が行われているところだった。

僧兵は怪しげな野武士だけでなく、破戒僧を厳しく取りしまっていた。浄土信仰が及んでいた善光寺にとって、これを無間（むげん）地獄へ堕ちる道と断じた日蓮とその門弟は、許しがたい仏法の敵と映った。

信濃の秋の深まりは早く、善光寺平の夕闇はたちまち濃くなった。戸隠（とがくし）山に残照が瞬いて、ならび立つ峯々の紅葉を照り輝かせている。この山を背景にして、善光寺の大伽藍は黒々した偉容を見せていた。

時元たちは、本堂のまわりにめぐらした回廊の外にある建物に入れられた。僧兵の詰め所に隣接した小屋で、破戒僧の牢として使われていた。扉にかんぬきがかかり、明かり窓には格子がはめてある。

弟子や信徒はひどく混乱していた。日蓮につき従って佐渡ヶ島まで渡ってお世話するつもりでいたからである。いつまでここに留めるのかと、僧兵を罵（ののし）った。

みなで題目を唱えると、たちまち僧兵がやってきて法華経の巻を奪って踏みつけた。宗徒が改心するまで、この座敷牢に監禁するよう指示されているのだった。

神無月になって雪が深々と降りはじめていた。窓には落とし戸がなく格子から寒風が入った。雪が吹きだまって夜も眠れないほど体が凍えて手足がこわばった。

時元からしだいに感情が薄れてゆく。精神が虚無に沈んで、痛みも苦痛も、後悔もなにもかも感じられなくなった。「自分はもはや父とともに死んだ」と、念仏のように胸中に唱えていた。一緒に投獄されている日蓮の門弟は、時元が日蓮の信徒なのかもわからないまま気味悪そうに遠ざかっていった。

はや師走が近づくころには、座敷牢に陽がささなくなった。善光寺平はどんよりと白銀の雲に覆われ、唐土（もろこし）の墨絵のような景色に変わった。

日蓮はとうに佐渡ヶ島へ渡ったであろうと、時元は思っていた。越佐（えっさ）の冬は、信濃の比ではない。氷結した潮がたたきつける孤島に封じられ、かの日蓮であってもいつまで耐えられるものか……。

善光寺は、日蓮の宗徒を長々と監禁するわけにもいかず、鎌倉へ問い文を送った。その返書がさきごろ届いて、「日蓮の護送使が佐渡ヶ島から鎌倉へ戻る折に、全員を引き渡してもらいたい」と指示があった。

鎌倉では、平頼綱による日蓮一門への弾圧がつづいていた。草庵は焼かれ、弟子はつぎつぎに投獄されていたのである。

時元は虚脱した目つきで、窓の格子のすきまから善光寺の伽藍を眺めていた。あのお堂には、阿弥陀三尊の古像が納められている。はたして阿弥陀如来は、父を浄土へと来迎（らいごう）してくれたであろうか……。

「なにをぼんやりしているのだ」

思いがけず、格子の外から声がした。

骨と筋ばかりの背の高い男が格子のなかを覗いている。乞食の僧と見まがう風体だが、せりあがったほおは気力に満ちて形の整った眉が知性を示していた。

痩せた男は、はっきり通る声でいった。

「おまえの顔つきは武家であろう。なぜこのようなところに捕らえられたのだ」

ようやく時元が返答した。

「日蓮さまを追って故郷の越後へ戻ろうかと迷ううち、かようなしだいに……。すべてわたくしの妄執のいたすところ」

「ほう……。名はなんという」

時元は名を告げた。

すると痩せた男は、「わしは、遊行の僧じゃ。捨て聖とも呼ばれている」といって、人なつこい笑顔を見せた。僧兵どもにいい含めて、時元を座敷牢から解放してくれた。

日蓮の弟子たちは、ふたりのやり取りに耳をそばだてていた。

捨て聖は西国伊予の生まれで、諸国を遍歴して信濃に至った。善光寺に参籠して、大悟を会得したのだった。なにごとにもこだわりのない、吹き渡る風のように自由な心の人であった。

時元を伴って南大門をくぐり、さらに中門を通って回廊のうちに入った。そのさきは本堂である。両翼が左右に張りだし、正面から見ると鎌倉の大仏殿に似て堂々としていた。

回廊の隅にふわりと腰をおろし、時元の顔をしげしげと見た。

「おぬし、毛利とな。もしや承久の乱で功をなしたあの毛利季光の末であろうか。おぬしの若さではなにも知らんかな」

「いいえ知っております。その毛利季光はわたくしの曾祖父にございます」

聖は探るような目をした。

「そうであったか。わしの一族はその乱で後鳥羽上皇の軍に加勢したのだ。祖父は流罪となったが、法然上人の一門に出家していた父だけは命びろいした。それでわしも、念仏の行者を志して出家したのじゃ」

「わが毛利家も、そののちは同じような運命をたどりました。宝治合戦に敗れて一族は自刃し、かろうじて祖父が生き残ったのでございます」

「ほう……。そうとは知らなかった。いいや、誤解しないでもらいたい。わしには戦乱の怨みなどない。そのようなものはすべて捨てた。のみならず家も財も一族郎党も、なにもかもじゃ」

「すべてを捨てたと仰せなので」

「そうだ。世の一切の執着を断ち、なにもかも捨離し尽くした。あの山を見よ。草木は繁って美しい花もつけようが、すべては瞬く間に枯れてしまう。あとに残るのは、美しさの記憶だけであろうが」

「確かに。わが身にしても、残るのは言葉の記憶だけです。わたくしも、なにもかも失ってしまったのですから」

　捨て聖はおだやかにほほ笑んでいる。額にしわをよせて、目もとを細めた。時元の話に心ひかれたようだ。

「明朝から上堂してはどうか」

　捨て聖はそう告げた。諸国の行者のために建てられた宿坊に逗留するよう手配してくれた。牢にいた日蓮の宗徒はまもなく、護送使の手で鎌倉へ連れ戻されていった。

　善光寺の宿坊は、にぎやかな門前通りにあった。南大門へつづく細い道の両側に巡礼者の宿がならんでいる。信濃の武士団はとりわけ念仏に帰依したので、出家はせずとも行者になって奉仕するものが数多くいた。

　時元は行者とともに夜の明ける前から本堂へ出仕し、勤行（ごんぎょう）のあとは飯炊きや薪拾いをして日を送っていた。

　居ならぶ高僧のなかでも、捨て聖は異彩を放っていた。遊行僧であって善光寺の住持ではないから、捨て聖を崇（あが）めるものは寺格にとらわれない沙門（しゃもん）の修行者であった。

　しばらく行を積んだころ、捨て聖は時元を本堂の奥へ導いた。そこには秘仏とされる阿弥陀三尊の厨子（ずし）が安置されている。

「時元よ、おぬしはあの秘仏を夢であっても拝みたくはないかの」

　時元は不思議そうである。捨て聖はかまわずにつづけた。

「だがいまはだめじゃ。おぬしはすべてを失ったといって死んだように生きておるが、まだすべてを捨てきったとはいえない。おぬしは、死に執着しているのだ。死と虚無とは違う。死とは実在するものであるから、われらはその死をも捨て去らねばならぬ。わかるか」

「いまだよく身に沁みてきませぬが。死を捨てれば阿弥陀さまがあらわれるとでも」

「いずれ知るであろう。死をも捨てられたと感得したあかつきに、おぬしのなかに最後まで残るものとはなにか。それこそがまことの悟りの正体である。もしもそれがこの捨て聖と同じ悟りであったなら、ともに遊行の旅にでようではないか。この世は極楽に変じて、身に羽が生えたようにかるく、天馬のごとく諸国をめぐり歩くのじゃ」

時元はなにかが心にうずくのを覚えた。

母が懐かしく愛おしかった。捨て聖が招く道へ進むのを、母は許してくれるであろうか。いまこのとき母に会えば、あともうひとつかみの境地が、掬んだ手指のすきまからこぼれ落ちてしまいそうに思えるのだった。

四十八

津々浦々を襲った飢饉は、越後の佐橋ノ荘とて例外ではなかった。米づくりには豊穣の大地であったが、冷たい夏と渇水には勝てなかった。

時元の母は、このごろ食事は日に一度しかとらず、それも米に粟や稗をまぜて糊のようにうすく煮た粥を食べていた。それも喉を通らないほどだった。

飢える領民の暮らしを思えばこそであったが、それだけではなかった。

この夏から、鎌倉にいる夫と息子からまったく便りが途絶えたのである。月に一度は身辺を伝える文があったので、なにごともなければよいがと心労を重ねていた。

代官の資職(すけもと)は、昼間からひどく酒に酔っていた。ここ数年なんとか作柄を守ろうと手を尽くしたが、もはやこれまでだった。

匂い立つほど芳醇であった田畑が、いまや白く乾いてひび割れている。穂が実らずに空っぽの稲が倒れ、疫病にかかった家畜の死骸が田畑に投げ捨てられ、その上から雪がうっすら降りかかっていた。

年貢の取り立てにもこと欠き、京の本所からは「幕府へ訴えでますぞ」と脅されていた。まして、鎌倉に長逗留している基親(もとちか)父子の滞在費を捻出できるわけもない。すでに鎌倉への送金は半年も滞っていた。

資職はなすすべもなく、怒りに任せて酒に溺れるようになった。その酒だけは、なぜか館の厨の土間に樽で置いてあるのだ。資職が目の仇(かたき)にする田楽ものが、どこから手に入れるのかときどき館に運びこんでいた。

「酒の素性によいも悪いもないわ。酔えばどのような酒でも同じじゃ……」

田楽ものの罪滅ぼしであろうと思って、資職はあびるように飲みつづけていた。酒には強い質であったのが、いつの間にか心身をむしばまれ飲まねば震えるようになった。

千鳥足で奥屋敷へ歩むと、書院の障子をばさりとあけた。時元(ときもと)の母がいた。

「なにようですか」

酩酊してせせら笑いを浮かべる資職の顔を見ても、母は落ちついていた。酒くさい息が座敷じゅうに臭った。

ろれつのまわらない調子でいった。

「これは奥方さま、ご機嫌よろしゅう。鎌倉からは、なにか便りがありましたかな。便りがないのがよい便り……などと申しましたかな。おやかたさまは、あちらでよろしくやっとられるのではないかの」

「なにをくだらぬたわごとばかりいうのですか。控えなさい」

「控えよとな……。笑止千万(せんばん)じゃ。おやかたさまは領民の苦しみなど知らぬていで、いつまで花の都で遊んでいるおつもりだ。いくら金があっても足りぬようになった。これでは館もやっていけぬ。奥方さまにも、働いてもらいましょうかのう」

赤黒く火照ったほおを醜く歪めた。

「さがりなさい。人を呼びますよ」

時元の母の剣幕に、資職はたじろいだ。

下働きの女が、血相を変えて渡り廊下をばたばた駆けてきた。

「奥方さま、大変でございます。小太郎が、帰ってまいりました……」

「なんと。それで旦那さまも」

資職はごくりと唾を呑みくだした。下女は心許なげである。

「それが……。小太郎ひとりなのでございます」

母の心にともった希望の光は、瞬く間に消えてしまった。

「とにかくこれへ。すぐに小太郎をここへ呼びなさい」

やり取りを聞いていた資職は、なにか不審そうに下屋敷へ戻っていった。

小太郎は脛に巻いたはばきも取らずに中庭を通り抜け、奥屋敷の外の雪の上にひざまずいた。

だが、いつまでも黙したままである。

母が尋ねた。

「なにがあったのですか、小太郎」

小太郎の膝に涙がぽろぽろ落ちた。

「奥方さまにどのように申しあげてよいやら、迷っておりまする……」

母は胸騒ぎがして、思わず詰問した。

「さては、時元がどうかしたのですか」

「はい……。時元さまは出奔なされたのでございます」

「なんということ。なぜですか。不始末でもあったのでしょうか。いいえ、時元はそのような子ではありません。旦那さまはどうして時元をお引き留めなさらなかったのです」

「それが……。ここに、おやかたさまの形見の品を持ってまいりました。おやかたさまは、亡くなられたのでございます」

母は血の気が引いて涙もこぼれない。

「うそ、うそにございましょう……」

小太郎は旅の荷をほどくと、時元の母の前に形見の品をうやうやしく置いた。

それは、基親の烏帽子と直垂であった。烏帽子は羅を張った丈の高いもので、縁に黒漆が塗ってある。直垂は、木蘭の香染めにした長絹の衣だった。一文字三ツ星の毛利の大紋が縫われている。いずれも基親が威儀をただす折に身につけていたものである。

「わたくしは、あの八石山から風が吹けば、かなたの鎌倉より便りが渡ってくるのに違いないと思い、よい知らせを心待ちにしておりましたのに……。別離はほんのわずかであるから、すぐに戻るからと、そうおっしゃって旅立たれましたのに……」

形見を胸に抱きしめ、基親に語り聞かせるようにつぶやいている。母の落涙は堰を切ってとどまらず、全身で泣いていた。

しばらくそうしているうちに、母は時元に思いを馳せた。

「あの子も、父との別れがどれほどつらかったか。世をはかなむほどに、悲しみに暮れているのでしょう。そうであっても、生きてある姿を、この母に見せようと思う心はないのですか。あなたこそ、一番大切な形見なのですよ……」

母の祈りの声は、降りしきる雪のとばりにかき消されるばかりだった。

夕闇迫るころになって、資職は小太郎を下屋敷に呼んだ。資職に聞かれるままに鎌倉で起きたありのままを話した。

資職は顔色を変えた。酔眼から酒の濁りがたちまち失せた。千載一遇の機会がとうとう訪れたのだと思うと、胸の高鳴りをおさえられない。

頭をめぐらした。地頭が急死しただけでなく、その嫡男まで失踪したという。ならばお家は断絶となって、毛利時親（ときちか）に嫡流が譲られよう。時親は佐橋ノ荘を手中に収めるが、在地の領主として鎌倉から下向するつもりはまずあるまい……。

資職は低く重々しい声で、小太郎にいい含めた。

「よいか、よく聞け。わしがこれから書く文を、毛利時親さまのお屋敷へ届けるのだ。われらの主は時親さまに代わるが、荘園の万事をつかさどるのはこのわしであると心得よ。すぐにでも鎌倉へ向かえ」

手もとに硯を引きよせると、手早く墨をすって筆をとった。文には、

「このたびのおやかたさまの訃報に驚き悲しみに沈んでおります。これよりは、あなたさまを領主と仰いで忠義を尽くします。わざわざ下向なさらずとも、わたくしを地頭代に任じてください。けっしてご恩を裏切りはしません……」

と、綿々と書きつづった。

小太郎はもとより、基親に目をかけてもらった。子だくさんの地侍の末っ子で、幼いころからおっとりしていた。不憫（ふびん）に思った基親が小姓に召し抱え、時元の身のまわりの世話を任せていたのである。

資職の指図を、小太郎は何遍も頭のなかで反芻（はんすう）した。

「時元さまはいったいどうなるのか」と戸惑いつつ、いまは尋ねないほうがよいと思った。

やや口ごもって資職がいった。

「それから、もしも奥方さまのようすを聞かれたら……。奥方さまは、資職さまに嫁ぎ直すのがお望みにございますと、そういうのだぞ」

「それは……。いかなるわけで」

小太郎は、思わず口走った。奥方さまにかぎって、それはあり得ない。いまは息子の時元さまの身を案ずるのに精一杯だが、いずれはご出家なさるであろう……。小太郎はそう思って、小首を傾げた。

「なんでもよいから、そのように伝言してこい」

資職は座敷の戸をぴしゃりと閉めた。

館のものたちが寝静まったころあいを見計らって、資職は奥の寝所へ忍んだ。

「奥方さま、まだ起きておられますか」

寝所のうちから、あわてて身繕いする衣擦れの音がした。

「なんですか、このような刻限に」

時元の母がおびえた声でいった。

「お慰め申しあげようと……。これからの奥方さまの身のふり方についても、話しとうございます」

「わたくしの身のふり方とな。それはどういうものいいであろう」

資職はそろりと戸障子をあけた。

母はすっかり泣き腫らした顔である。

「おやかたさまが亡くなったうえ、ご嫡男までゆくえ知れずとあっては、お家の断絶は必定となりました。そうなれば、あなたさまも途方に暮れましょう。若い身空なのですから、このわたくしが一切の面倒をみてさしあげます。どうかこのままお屋敷に残って、代官のそばにおってはくださらぬか」

「なんですと」

もはや怒りすら忘れた。夫にも、その忘れ形見の息子にも捨てられた惨めな身の上が、ただ恨めしかった。

資職に面と向かって、「ここからでてゆきなさい」というのが精一杯だった。

ところが資職は、じりじりと寝所ににじりよってくる。酒くさい息が近づく。邪淫の欲界に堕した餓鬼のごとき形相に変じている。

「あ、痛い」

と、やおら資職が悲鳴をあげた。

あけ放った障子の向こうから尖った石が飛んできて、頭にたたきつけられたのだ。たまらず頭を抱えて、外へ飛びだした。

すると、闇に鴉がふわっと飛翔して逃げた。よく見れば、それは八咫烏の面をつけた田楽ものである。

こんどは、大きな狐がすばやく資職の足もとをすくった。もんどりうって、雪の上にどっと倒れた。起きあがろうとするたびに足を取られ、二度、三度もつづけて雪のなかへ頭から突っこんだ。

地面に這いつくばった資職が刀に手をかけようとすると、鴉と狐に化けた田楽ものたちは、さっと姿を消してしまった。

「おのれ、覚えておれ。このつぎは容赦しないからな」

そういうと、資職は下屋敷へ退散した。

小太郎がその一部始終を見ていた。資職の言葉を不審に思って、ずっと庭の築山のうしろに潜んで奥屋敷の寝所のあたりを見張っていたのだった。

時元の母は、目を閉じて胸の前に懐剣の柄を握っていた。資職の指さきでもおのれの体に触れようなら、その場で喉かき斬ってはてる覚悟だった。資職が消えたのを見とどけ、ようやく剣を膝の上におろした。

柄を握りしめた手が固まってほどけなかった。

四十九

早春のやわらかな風に誘われ、寂光尼はひとりで紫谷庵をでて里へ歩いた。

彼岸の前であった。

北條時頼を亡くしてはや八年になろうとしていた。庵からさほど離れていない最明寺には、この寺をひらいた時頼の御廟所（ごびょうしょ）が築かれていた。

　夜半（よわ）に降った松雪が音を立てて落ちかかった。

　尼は天をあおぎ見た。韃靼（だったん）の宮殿を飾るという瑠璃の色をした空が澄みわたり、尼の霊性を高みへと導くようであった。

　湧き水を集めて流れる小川にそって土筆が芽をだしている。細い道をのぼった小高い丘に最明寺があった。主を失ってすぐに廃寺になり、もうだれの姿もなかった。

ただ、禅定（ぜんじょう）堂の奥に、石積みの宝篋印塔（ほうきょういんとう）がひっそりと佇んでいる。

　寂光尼は杖をついて、おぼつかぬ足もとを支えていた。消え残る雪の道をたどるのも難儀だった。甥である毛利基親（もとちか）の急逝を聞いてからなおいっそう、心身は日増しに衰えていった。尼は死期の訪れを悟った。

　寂光尼はいつものように、御廟所の宝篋印塔に額ずいた。

　病を押しても、時頼の月命日にはかならず詣でていたのだ。谷戸にこもる湿気のためか、しだいに苔むしてゆく石塔が、時の移ろいを尼に教えてくれた。

　その塔は、どっしりした石の蓮華（れんげ）座の上に塔身が建てられていた。桃の形をした宝珠（ほうじゅ）が頭にすえられて、あたかも時頼が坐禅を組んでいるかに思えるのである。

　寂光尼は、塔身に刻まれたうっすらと丸い月輪を眺めている。青白く浮かびあがる光の道が瑠璃の空へとのぼってゆく。尼の身は若返ってかろやかだった。杖を持たずにしっかり立てるかのように……。

足もとには、無数の紫陽花が咲き乱れて見える。佐橋ノ荘からもたらされ、谷戸いっぱいに増やしたあの紫陽花である。天空の瑠璃が地上にまき散らされ、海の砂のごとく紫の粒が輝き立っている。だがそれは、幻覚にすぎなかった。尼はふっと、基親の姿を幻に見ている気がした。まさかこの自分が、甥よりも長く生きるとは思ってもいなかった。基親と尼は、ときに和歌を詠み交わして心を通わせたものだった。歌は、憂き世の慰めであった。

「いまここに、基親どのが幻となっておられるのなら……」と、尼は思った。

平安の親王の歌が胸のうちに浮かんだ。

いのちあらばまたも逢(あ)ひなむ春なれど
　忍びがたくて暮らすけふかな

「またも逢いなむ、いのちあらば……」と、尼はなんどかつぶやいていた。

父である毛利季光(すえみつ)と三人の兄、夫の北條時頼、甥の基親のそれぞれの死と、生を授けられなかった子も。どれほど辛くとも愛するものの死を確かに受けとめて、寂光尼は自らの死を完成したのだった。

「あ、あはれ……」

聞き取れぬほど小さき声だった。

苔むした石の座を抱くようにして、寂光尼はこと切れていた。悲しみのない世に移されてゆくときの、おだやかな顔であった。

五十

紫珠（しず）は、時元（ときもと）を探して鎌倉中をさまよい歩いていた。

履き物はすり切れ、鼻緒があたって皮足袋は破れ血がにじんだ。時元によく似た背の高い若武者のうしろ姿を見かけると、思わず駆けよって怪しまれもした。

十二所（じゅうにそ）にある基親（もとちか）の山荘にも、数日おきに足を運んでいるが、下働きのものが所在なげに留守番をするだけである。従者の小太郎がひとりで越後に戻っているのだけは、わかっていた。

時元とでかけた馬場や、おもだった寺社はむろん、十二所から朝比奈峠を越え六浦（むつうら）までいってみた。思いつくかぎりの場所を探しまわって、もはや力尽きようとした矢さきである。

それでもと思って、紫珠はもう一度だけ山荘を訪ねていった。すると、小太郎がちょうど越後から帰ってきたところであった。

紫珠はすがるような顔である。

「これは小太郎さま。時元さまを久しくお見かけしないのですが、どちらへゆかれたのか、なにかごぞんじではありませんか」

小太郎も困ったようすである。

「それが……。わたくしにもさっぱりわからないので。おやかたさまがみまかられたことを知らせねばと、なにはともあれ国もとの奥方さまのところへ参ってきたばかりなのです」

「最後に時元さまを見たのは、いつでございますか」

「おやかたさまの納骨のときです。鶴岡のやぐらにお納めしたあと、わたくしは時元さまと八幡宮の前でお別れしたのです。『さきに帰ってくれ』とおっしゃったので、さほど深く考えませんでした。それから何日待ってもお戻りになりません」

紫珠は考えこんだ。時元は出奔するつもりなどなかったはずである。それが、なにか思いがけないできごとがあったに違いなかった。

「国もとの奥方さまのごようすはいかがでしたか。さぞ驚かれ、気落ちされているでしょうね……」

「それはもう、尋常ではなく嘆き悲しんでおられます。どのようにしてもお慰めできないありさまでございます」

紫珠は時元の母の苦しみがわが身のように思え、ひどく悲しかった。

「さしでがましいようですが、なにか国もとの指図は受けてきたのですか。時元さまをどうやってお探しするかの……」

「いいえ、なにも……」

「なんですって」

紫珠は驚愕（きょうがく）した。毛利家の嫡男がゆくえ知れずになっているのに、国もとの家人はなにもしないのであろうか。まったくわけがわからなかった。

小太郎の額から汗が噴きでている。汗を手のひらで拭って、しどろもどろにいった。

「それどころではないのです。これを申しあげればお家の恥となりますが、おやかたさまの荼毘まで見届けてくださった紫珠さまなればこそ、お話しいたします」

そういって、小太郎はひと息ついた。それからすべてを話しはじめた。

「じつは、国もとの代官から、毛利時親（ときちか）さまに宛てた密書を預かってきたのです。切り封がありますから読んではいませんが、佐橋ノ荘は丸ごと時親さまのご領地になって、時元さまは廃嫡されると、代官がいったのでございます」

「なんと、それは謀反ではありませぬか」

「それだけではございません。代官は奥方さまを妾に抱えるというのです。自分は時親さまのもとで地頭代を拝領するから、言いなりになれと迫っているのです」

「それで、奥方さまは」

「自害なさるお覚悟にございます。ただ、時元さまだけが心残りと……」

「なんと怖ろしいことを」

紫珠は震えていた。紫珠の胸中にふつふつと烈しい悲しみがこみあげてきた。つとめて頭を冷やして、小太郎にたたみかけた。

「どうかいまいちど、時元さまを探す手がかりがないか思いだしてください」

小太郎はしばらく天を仰いで考えた。そして、小首を傾げながらいった。

「そういえば……。わたくしが越後へ発つ前に、寺社奉行の宿屋光則さまの使いがお見えになりました。そして、紫珠さまと同じように聞かれたのです。なにか手がかりは、と」

紫珠は、はっとした。

これまで時元の立ちまわりさきを探すのに懸命で、大切な人を失念していた。時元は失踪する直前まで、宿屋と最も懇意にして慕っていたのを思いだした。

紫珠は小太郎に礼をいった。そして、代官の密書を自分に託してくれるよう頼んだ。かならずや時元を探しあて代官の謀りを暴いてみせるからと、小太郎に訴えた。小太郎はもとより時元の身を案じている。すぐにも承知した。

その足で、紫珠は宿屋の屋敷へ走った。

宿屋も時元の身の上を憂慮していた。紫珠は、時元がいまだ戻らぬ異変を告げ、佐橋ノ荘でめぐらされている陰謀についても伝えた。宿屋は口が堅く、信頼できる人物と知ればこそである。どうか時元を助けてほしいと、紫珠は伏して頼んだ。

宿屋はじっと聞いていた。

「さような大ごとになっているとは、露も知らなかった。わたしはどのようなときでも時元の力になろう」

ようやく味方を見つけた紫珠は、全身の力が抜けるようだった。

宿屋はなにやら思案顔である。

「わたしが最後に時元を見たのは、龍ノ口の処刑場だったが……」

「なんですって、なぜそのようなところに」

「うむ。さきごろの日蓮の一件は、そなたも聞いておろう。時元は龍ノ口明神まで、日蓮のあとを追ってきたのだ。真夜中すぎにようやく、わたしは時元がそこにいるのに気づいた。少し話をして日蓮に会わせたが、そのあとはわからない。ゆゆしきお役目であった」

「そうでございましょう……」

「時元が気がかりで、それから数日して家へ使者をやった。ところが留守というので、戻ったら知らせをよこすよう家人に頼んだはずじゃ。まだ帰らないとは、不審よのう」

「まことに……。もしや、日蓮さまを追っていったとは考えられませんか」

「そのまま佐渡ヶ島まで……」

とつぶやいて、ぽんと両手を打ちあわせた。

「それよ、佐渡ヶ島へ向かえば越後へも帰れるではないか。しかし、日蓮はとうに佐渡に着いたという知らせを受けているが」

宿屋は、日蓮の弟子がなにか知っているかもしれないといって、さっそく調べると約束した。

時元の消息は数日のうちにわかった。

日蓮の高弟である日朗ら数人の弟子が、宿屋の屋敷裏にある土牢に入っていた。牢といっても古墳墓の大きな穴で、五、六人はゆったり過ごせる。いまだ日蓮の衆徒への弾圧がつづいているために、宿屋はあえて自邸を牢としてかくまっていたのである。

そのうちのひとりが、信濃の善光寺の座敷牢から連れ戻されたばかりであった。

聞けば、日蓮を追うもののなかに時元と人相が酷似する若者がいた。そのものは牢の監禁を解かれ、沙門（しゃもん）の行者になっているというではないか。

さっそく宿屋の使いが文を持って、紫珠の待つ長福寺の塔頭（たっちゅう）へ知らせにきた。文には、「時元は捨て聖と呼ばれる導師のもとで修行し、いつ遊行へと旅立つやもしれぬ」とある。ひとたび諸国遍歴にでれば、あとを追うのはかなわない。紫珠は急がねばならなかった。

さらに文は「善光寺には寺社方から使いを送ろう」としたためられていたが、それでは間にあわないと思った。幕府の手をわずらわせては時元のためにならない。なによりも時元を変心させ、母が待ちわびる佐橋ノ荘へ向かわせねばならないのである。それができるのは、紫珠のほかにいなかった。

紫珠は、育ての親である隆弁（りゅうべん）に事情を話した。そして、時元がいる善光寺へ自分を遣わしてほしいと頼んだのであった。

隆弁は困ったが、ひとたび決めたら考えを曲げない娘である。腹を決めて、善光寺と道ゆきの諸国の寺社へ手紙を書いて紫珠に持たせるようにした。

時宗の側女（そばめ）として紫珠をさしだす話は、正室のご懐妊の報から沙汰やみになった。蒙古の脅威が高まっている事情もあって、安達泰盛（やすもり）からなにもいってこなかった。紫珠の幸せを思えば、いまのうちに鎌倉を去らせるほうがよいのかもしれないと、隆弁は考えた。

紫珠は、もうひとつ隆弁に甘えた。

「お願いがございます。亡くなった毛利基親（もとちか）さまの先祖伝来の太刀が、さる寺院の預かりになっております。それを隆弁さまのお力ぞえで取り戻せませんか」

隆弁は苦笑いしている。

「紫珠や、おまえはもうそれを返してもらうつもりでおろうが。お見通しじゃ」

基親が金策のため寺に預けた太刀は、毛利季光(すえみつ)が北條義時(よしとき)から拝領した名刀である。隆弁は寺への返済を猶予させたうえ、太刀を引きだしてくれた。さらに粟船(あわふな)の神社にも掛けあって、基親が流鏑馬(やぶさめ)で騎乗したあの芦毛の愛馬も取り戻してくれたのだった。

出立の朝、紫珠は鶴岡の社頭で隆弁に別れを告げていた。この懐かしい杜(もり)を去る日がくるとは、露も思わなかった。隆弁の優しさに、胸が詰まる心地であった。

隆弁が語りきかせた。

「よいか、その文を持って寺社を頼りなさい。力を貸してくれるであろう。わたしは朝に夕に、おまえの無事を祈っている。いってきなさい」

紫珠は、旅立ちに涙を見せないと決めていた。惜別のつらさと、これからの不安でいっぱいだった。紫珠は隆弁から受けた恩を心に刻んでしっかりうなずいた。

芦毛の馬の鞍には毛利の太刀と弓をくくりつけてある。神頭矢(じんとう)は空穂(うつぼ)に入れ、背中に吊した。時元の着替えを用意し、わずかな旅支度と一緒に馬の首に掛けた。

鶴岡の馬場さきの鳥居の外で騎乗し、芦毛のたてがみを柔らかくなでてから、北へ向かっていさぎよく一歩を踏みだした。

五十一

紫珠（しず）は綾藺笠（あやいがさ）を目深にかぶって男の直垂（ひたたれ）に袴を身につけていた。背丈もあったから、道中の旅姿からは、国もとへ帰る若侍にしか見えなかった。

街道筋の八幡社に宿を借りながら、夜に日を継いでさきを急いだ。はや十日目には、信濃ノ国の善光寺平に入っていた。

そのころ、時元（ときもと）は捨て聖に導かれて出家に備えていた。もとより時元は、鎌倉で禅定（ぜんじょう）の行を積み、忍性（にんしょう）のもとで厳しくおのれを律する術（すべ）を身につけてきた。捨て聖が時元に求めた出家の極意とは、死への執着もなにもかもいっさいを放下（ほうげ）し尽くした捨身成道（しゃしんじょうどう）であった。

すでに春を迎えたとはいえ、信濃の盆地はしんしんと冷えて身も凍るほどである。

捨て聖は、本堂の内陣（ないじん）へと時元を導き入れた。この朝の暁光（ぎょうこう）の刻限をもって、時元の髪を落とすつもりであった。

内陣のさらに奥の厨子の扉が、わずかにあいているかに見えた。絶対秘仏の阿弥陀三尊のお姿は漆黒の闇にとけている。時元はじっと耳を澄まし、目を凝らした。

お堂の大扉が音を立ててひらき、時元の背中に暁光の熱が照射されるのを感じた。見る間に光は全身を照らし、内陣の厨子のなかへと伸びていった。

三尊のお姿をひとつに収めた光背が、まばゆい金色（こんじき）に輝きわたった。阿弥陀如来の左手の二本の指が地をさし、右の手のひらで来迎を示している。二体の脇侍菩薩は宝冠をのせた美しいお顔で、両手を胸の前に重ねている。

捨て聖がおごそかに告げた。

「これはすべて夢なのだ。阿弥陀如来の来迎のお姿が見えたとしても、おまえの記憶にとどめてはならない」

時元は合掌し、端座の姿勢でいる。捨て聖は、時元の髻を結ったひもをほどいた。髪がはらりと肩に落ちかかる。時元の心が、わずかにゆらいだ。

鶴岡八幡宮の社頭が胸によぎった。父基親に伴われて元服した、あの日だ。

「すべてを捨てよ」

捨て聖が一喝した。そして、おもむろに式台に置いた小刀を手に取った。

本堂のあけ放たれた扉のあたりで、なにやら人の気配がした。すると、お堂を守る僧兵が内陣へ入ってきて、捨て聖の足もとにうやうやしくひざまずいて告げた。

「ただいま本堂の外に、鶴岡八幡宮からの文を持つものがまいりました」

「なに、鎌倉からの使いとな」

「しかしながら、このものが女なのでございます。ここは女人禁制ゆえ、立ち入りを許すわけにはまいりませぬが……」

そのように僧兵が話しているうちに、背の高い男装の麗人が内陣へ歩んできた。

僧兵が叫んだ。

「ならぬ」

「なにがならぬのじゃ。ここは阿弥陀さまのご内陣であろう。浄土は自らの身にありと説かれるのであれば、どうして救いを求める女人が入れないわけがありましょうや。それとも、阿弥陀さまの仰せですか」

その声は、時元の耳にも届いていた。時元はにわかに信じられぬ思いで、うしろをふり返って見た。うめくようにいった。

「紫珠どの……」

紫珠は決意を秘めた表情である。

捨て聖はにっこりほほ笑んだ。そして紫珠に静かにいった。

「そのとおり、唯心（ゆいしん）の浄土とはそなたのうちにあるもの。釈迦は浄土へ送り、阿弥陀は迎える。心のなかをあまねく照らす慈悲に男と女の別はない。そなたは、救いを求めてここへ参ったというのか」

「さようです。わたくしのみの救いではありません。この時元さまのお母上をお助けしなければなりませぬ。そして、時元さまには、お父上のまことのご遺志をつかんでいただきとうございます」

捨て聖は、時元に向かいなおった。

「いまここで、おぬしがつかんだ真理とはなんぞや」

時元の心の内陣にも光が届いていた。

死の床で「いい残すことがある」とつぶやいた父、基親の最期の言葉……。時元の心のうちに氷結したままだったのが、いまわずかにとけて形をなそうとしていた。

時元はいった。

「死によってのみ、人であるゆえの罪は償われるという執着を捨て、わたくしのうちに残されたのは、無辺の慈愛です。あまねく照らす愛です。人は愛によって死ぬこともできる。その死によってこそ、人は生かされるもの……」

「おぬしは、わしとは違う悟りをひらいたようじゃ。わしは、無限の自由と、この身のままの仏を悟った。だが、おぬしはそれでよい。そのままでよい」

そういうと、捨て聖は手に握っていた小刀を式台へ戻した。

「ゆけ、時元よ。なさねばならぬ大事をなすのだ」

去りぎわに、紫珠が聞いた。

「上人(しょうにん)さま、お名前をなんと」

「わしか。一遍(いっぺん)……。いや、名など、とうに忘れたわ」

愉快そうに笑った。

紫珠は時元とともに、善光寺の門前を走り抜けた。掘割の角の馬つなぎまできて、芦毛の馬のひもを解いた。馬は時元の顔を見ると、懐かしげに首をすりよせた。

「さあ時元さま、乗ってください。急ぎましょう」

そういうと、紫珠は手綱を時元に持たせた。時元は鞍にまたがると、紫珠の手を引きあげて自分のうしろへ乗せた。時元は、佐橋ノ荘の母の覚悟や、代官の謀りについて道々に聞いた。もはや一刻の猶予もならなかった。

芦毛はしっかりした馬体であった。が、ふたりを乗せて善光寺平から山越えするころには足どりが鈍くなった。さすがに、鎌倉から速駆けしてきた疲れがでたのだ。

時元は、武芸の指南役をしてくれた海野(うんの)老人を思い起こした。父と叔父のふたりが流鏑馬(やぶさめ)を競ったときに、一緒に出馬したあの馬術の達人である。海野氏の所領はここからさほど遠くなかった。

海野荘を探しあてて訪ねると、領主館では戦さの備えをしていた。海野老人もいる。このころ信濃では、土地の武士団が善光寺をはじめ近隣の荘園を襲っていた。御家人の海野氏は、あたり一帯の守備を任されたのだ。

「これはめずらしい。毛利時元ではないか。越後へ帰る途上かの」

海野老人は意気軒昂であった。無沙汰をわびる時元を制し、真顔でいった。

「おぬし、なぜ僧の衣を着ておる。太刀を鞍につけ、弓矢を背負って、まさか僧兵にでもなったか。鞍のうしろのお方は、おぬしの弟であろうか」

時元は破顔した。紫珠もつられてほほ笑んだ。

「こちらは、鶴岡の隆弁(りゅうべん)さま預かりの紫珠どのにございます。ここへまかり越しましたのは、馬をお貸しいただけないかと。事情も申さず、お願いする非礼をお許し願いたい」

海野は頭をかきながらいった。

「こちらは、紫珠どのであったか。これは失敬した。お急ぎなのであろう。その芦毛のようすを見ればわかる。まあ事情などよいから、わしの馬を連れてゆけ。あいにく戦さがあるやもしれない。一頭しか用意できぬがよいか」

芦毛の馬は預かっておくからいつでも引き取りにこられよと、海野はいった。時元は感謝を言葉にし尽くせなかった。

海野が、基親の消息を尋ねた。

「ときに、父上はお達者か」

「それが……。しばらく前に急逝しました」

「なんと、おいたわしや。さぞ大変であろうな」

海野はそれよりなにも聞かなかった。家人に命じて、屈強な軍馬を引いてこさせると、ふたりをすぐに出立させた。

さすがに信濃の軍馬だけあって、馬格は芦毛よりひとまわりも大きかった。艶やかな黒鹿毛(くろかげ)に覆われた筋肉が律動している。太い四肢を大きく張って地を蹴散らし、たちまち北国道を越後へ駆けていった。

その夜遅く、ふたりは越後国府の直江津にたどり着いた。そこでは国分寺を訪ねよと、隆弁から言づかっていた。隆弁と同じ天台僧の別当がいて、ねんごろに迎えてくれた。

柏崎湊まではあと七里である。この馬の足なら一日もかからない。佐橋ノ荘はもう、手の届くところまで近づいていた。

紫珠はなかなか眠られなかった。

旅の荷のなかにしまってあった常磐色の狩衣を取りだすと、丁寧にしわをのばしてたたみ直した。折烏帽子をその脇に置いた。

五十二

明星がのぼって、夜が明けた。

時元と紫珠は、未明には直江津の国分寺を発って、越ノ海にそって馬を走らせた。この海に魔王のごとく君臨した厳しい季節は、はるか北へ退いていた。

松ケ枝をわたる春の潮風が、ふたりの耳もとを心地よく鳴らしている。渚によせる波は暁光をあびてきらめき立ち、深い群青の底から目覚めた無数の命の音にさざめいた。

黒鹿毛の馬はふたりを乗せ、疲れを知らない若者のように大地をつかみ砂を蹴った。

きょうの紫珠は男装を改めていた。薄紅の単衣の上に卯の花色の袿をはおって、胸高に掛け帯を巻いて背中で結んでいる。大ぶりの鞍のうしろに横向きに座って、時元の腰に腕をゆるりとまわした。時元は背筋を伸ばし、ゆく手を一心に見すえている。手綱を取るその狩衣の背に、紫珠はそっとほおをよせてみた。ぬくもりをまとった匂いが、紫珠の不安を静めた。

まもなくして目の前に、このあたりで一番峻険な米山が迫ってきた。ここさえ越せばもう柏崎へ至る。海にせり落ちそうな急登にさしかかると、さすがの黒鹿毛も喘いだ。荒波に削られ陸へ切りこんだ深い谷底へ石が崩れ落ちる。

米山の主峯は、残雪を白々と戴いた姿で立ちはだかっている。

時元は慎重に手綱をさばいて、海側の副峯をめざした。しだいに雪に覆われた岩肌の景色に変わり、ようやく馬は峠の頂までのぼりつめた。柏崎の湊と街道筋の集落が、一望のもとに広がっていた。

「紫珠どの、あれが佐橋ノ荘じゃ」

その指のさきの景色に、紫珠は目を凝らした。

八つの峯がたおやかにつらなる山すその郷がほの見える。よく水を含んだ大地が暖められて霞が立ちのぼり、郷をすっぽり包んでおぼろにたなびいていた。夢か幻のようでもある。

時元には懐かしさがこみあげた。だがいまは、母が待つあの郷へひたすら急がねばならなかった。さっと手綱を引き絞った。

黒鹿毛の馬は弓なりに背をそらせ、両の前足をそろえて高々と天にあげた。紫珠は時元の腰をしっかり抱きしめた。陽は天頂にあり、米山の峯々が白銅色に輝いた。鋭く岩を蹴り、馬は銀嶺の覇者となって駆けくだった。

そのころ佐橋ノ荘では、代官の資職が従者小太郎の帰りはまだかと首を長くしていた。訴訟に勝った毛利時親へ書き送った文にいかなる返書が届くのか、気もそぞろであった。早ければ、そろそろ鎌倉から戻ってくる時分である。

時元の母に夜這いをかけようとしたあの夜から、奥屋敷の寝所へは近づけなかった。弓矢や薙刀を持った田楽ものが十数人もやってきて、寝ずの張り番をしているのだ。

もめごとを起こして時親の不興を招いては、せっかくの策謀が泡と消えよう。いずれおのれが時親の片腕になれば、奥方も従わざるをえないと妄想を膨らました。

領主館はまわりに堀をめぐらし、南郭と北郭へ橋が渡してある。正面にあたる南の橋のたもとに櫓が建ち、数人の家人が交替で見張っていた。

昼さがりであった。もの憂い顔の家人が櫓からぼんやり遠くを眺めていると、砂塵を巻いて走りよる影が見えた。しだいに影は形をなし、騎馬武者であると気づいた。すぐに資職に知らせた。

資職は「小太郎が帰ってきたのか」と思ったが、馬など遣わしていない。さては早馬を頼んだかと思案をめぐらしつつ、櫓のあたりまで歩んできた。

橋のたもとの虎口門で、仁王立ちになって街道をにらんだ。

武者は狩衣をまとって烏帽子をかぶっている。めったに見ない大きく立派な馬を駆っている。馬の背のうしろに、もうひとりいるようだった。

「あ、あれは……」

資職が声をあげた。両腕を広げて橋のまんなかに立ちふさがった。

櫓の上にいる家人は身を乗りだして凝視するが、武者がだれかわからなかった。

時元は、南郭の橋の手前で馬からおりた。馬上には紫珠がひとり残って、息をつめて見守っている。

時元が低い声でいった。

「道をあけよ」

資職はたじろいだが、気を取り直した。

「それはならぬ。若さまはゆくえ知れずと、鎌倉へ文を送っておる。おやかたさま亡きあとは、弟君の時親さまがすべてを治められるのだ。おぬしにあらわれてもらっては困る」

「わたしはもう花若(はなわか)ではない。時元という名を拝領している。おとなしくその道をあけて、わが母上に会わせてもらいたい」

「ならぬものは、ならぬ」

資職は逆上して太刀を抜いた。じりじりと橋を渡って時元に迫った。橋のたもとに立つ時元は、身じろがず、退かない。

櫓にいる家人が弓矢を構えた。弦を引き絞って、鏃(やじり)を時元に向けている。

紫珠は、馬の鞍にくくりつけた弓を取った。家人たちは、女子の紫珠をまったく警戒していなかった。空穂(うつぼ)から矢を抜きざまにつがえ、紫珠がつぎつぎに放った。

蟇目(ひきめ)矢が、ひょうと大きな音を立てて威圧する。家人は応戦するが、あわてて矢をことごとく外した。紫珠は頭を狙って神頭(じんとう)矢を放った。柔らかな矢頭がつけてあって命を奪うものではないが、家人は矢を受けて逃げまどった。

太刀を正面に構えた資職は、時元の胸さきに刃(やいば)を突きつける間あいである。

時元は、腰に毛利の太刀を帯びている。柄に手をかけて、さっとうしろにひいた。

資職が、薄い唇をゆがめて笑った。おぬしは殺生ができない童子だったな。武芸をたしなまぬものなど、武士とはいわぬ」

「どうした花若、抜いてみろ。おぬしは殺生ができない童子だったな。武芸をたしなまぬものなど、武士とはいわぬ」

そういうやいなや、時元の顔面めがけてふりおろした。時元はとっさに、その刃を体の左へかわした。資職は斬りこんだ勢いのまま、時元と体を交差させている。

馬上の紫珠は、ふたりの動きが早すぎて矢を放てない。資職の殺気を感じ、時元に向かって鋭く叫んだ。

「時元さま、お抜きください」

時元の指もとが鈍く鳴って、太刀の鯉口が切られた。刀身が三尺もある太刀を一瞬にして抜き放ち、切っさきが弧を描いて資職の左ほおを下から上へかすめた。

上段のまま体を返すと、刀の柄を手のなかでまわし、向きなおった資職の右手首を打った。資職は刀を落としたが、左手で柄をつかんで時元の腹を突こうとした。

すばやく足を引いた時元は、太刀を資職の正面にふりおろした。資職の身を斬る寸前に刃を返した。肩の骨が砕ける濁った音が聞こえ、資職は地面に額を打ちつけた。

家人はあわてふためき平伏した。もとより家人は時元を討つつもりなどない。だれかも知らぬまま、資職が太刀をふりまわすのにつられて弓矢を構えたのだった。

時元は太刀を鞘におさめた。すっと腰を落とし、資職の耳もとでいった。

「まことの武芸とは、命のやり取りではない。おまえが佐橋ノ荘から去れ」

時元はさきを急いだ。

南郭の橋を渡って主郭に入り、上屋敷へ猛然と走った。

「母上、時元にございます」と、いくら叫んでみても、母は屋敷のうちから姿を見せなかった。

時元は中庭を抜けて、奥屋敷の寝所の外へまわってみた。

そこには、鬼面や獣の面をつけて髪をざんばらに伸ばしたやからがいた。錫杖で地を打ち鳴らし、時元が近づかぬよう威嚇した。

古風な鎧の胴丸を巻き、腰刀をさして戦さ支度をした赤天狗がふたり、大薙刀をひとふりすると、刀身を斜め十字に交差させ、時元の前に立ちふさがった。

時元は不審に思い、問いただした。

「なにやつだ。わたしはここ佐橋ノ荘の地頭が嫡子、毛利太郎時元である。わが母になにか手を加えたとあらば、許さぬ」

居ならぶ異形のもののうしろから、白い水干（すいかん）を着て翁（おきな）の面（おもて）をつけた老人があらわれでた。腰にはみごとな太刀をさげている。厳粛な態度で、ほかのものどもを従えている。

翁は、天狗に命じて薙刀をおろさせた。

「これは、時元さまとは露知らず、ご無礼をいたしました。あなたさまのお戻りをずっと待ち申しておりました」

翁は腰の太刀をはずして、時元の足もとに静かに置いた。翁が低頭していった。

「わたくしどもは形（なり）は怪しくとも、あなたに敵するものではございません」

時元は翁の太刀を手に取って見た。赤漆の瀟洒なこしらえの柄頭には、揚羽蝶の紋が銀の象眼でほどこされている。

その刀を捧げ持ち、翁の手に握らせた。

「この太刀はお返しいたそう。そなたたちがこれまで、わが母の命を守ってくれたのでありましょう。母上はいまどこにいるのか、知っておられるか」

「こちらへ」といって、翁面の老人がさきに立って舞台のほうへ導いていった。

五十三

時元は、舞台の前庭に立った。

翁と異形の面の連れは、舞台の右手の太い柱の脇にうやうやしく控えている。

この舞台は、父基親が母のために建てたのであった。

正面は真南に向かいあう。三方の板戸をすべて取り払えば、八峯をつらねた八石山が、あたかも三曲の屏風となる。このときすでに、舞台の戸はあけ放たれていた。

白いひげをなでて翁が時元にいった。

「おやかたさまの死と、あなたさまの出奔を聞かされてから、奥方さまは夜ごとにここで舞うようになりました。それはもう森羅万象の法度から逃れたもののふの諸霊が憑依したかのさまなのです。修羅能といえばわれら田楽一座の得手でありますが、奥方さまにはまことの祖霊が乗り移り、この世の未練を怨むのです。かと思えばお人柄が崩れ去るかの物狂いの舞などは、われらも怖ろしゅうなる凄味なのでございます。おそらく、今宵もここで、なにかに憑かれて舞うのではないかと……」

田楽ものは、時元の母の身を守りながら、舞台に誘われて笛や鼓の器楽を奏でているのだった。その舞が放つ霊の呪縛におびえ、美しい幻覚に魅せられていた。

時元は驚かなかった。

諸霊といい、祖霊といい、おのれの心の闇のうちで対話しつづけてきた親しい影である。いまここで母に憑依する霊を通して、なにごとかの真理が明かされるに違いないと思った。

日光はその身を西の海へ沈め、月光が八石山の峯からのぼってくる。

陽と月が入れ替わる瞬間の紺青の天によって、この地が支配されている。拭き清められた舞台の床が、天を映して宇宙の底の色をのぞかせていた。

と、松ヶ枝の風が吹きわたった。

時元の母があらわれた。

上屋敷と舞台を結ぶ橋掛かりを静かにゆるりと歩んでくる。その風貌は、変わらずもの憂げに美しいままであった。

違うのは、母は、亡夫基親の長絹の直垂を身にまとっている。木蘭で染めた絹に、金襴を縫った一文字三ツ星の毛利家の紋が浮いていた。

「母上さま……」

時元が母を呼ぶが、母は眉根ひとつ動かさない。

母と子が別れて八年の歳月がたっていた。その子の呼ぶ声が聞こえないのか、母は扇を手にして、微塵も乱れずに舞台へ進むのであった。

いつの間にか田楽ものが用意したのであろう烏帽子が、舞台のまんなかに置かれた。これも、基親の形見として小太郎が持ち帰った品であった。母はこの烏帽子に恨むような一瞥をくれながら、右手からまわって正面の角柱（すみばしら）のところで足をとめた。

時元の顔は、もう母の眼下にあった。だが、母の眼中に時元はいなかった。

ぱちんと音が鳴って、扇がひらいた。

八石山にのぼった月光を受けとめ、瑠璃に銀河を流した扇面がきらめく。母は右手にかざして月を舞台へ招くかのごとく仰ぎ見た。

青白い静寂（しじま）を破って、小鼓がひとつ打たれた。死霊に鼓動を与えるように、しらべを変えてまたひとつ。龍笛に細く長い息が吹きこまれ、霊魂に脈がつながって血が流れる。

笛の音は、母の脳のひだ深くまで震わせていた。

母は小さくつぶやいた。

「世とともに、うき人よりもつれなきは、思ひに消えぬ命なりけり」

すると、翁面の老人が和して謡（うた）った。

「命には、かぎりあり……」

さっと扇を返すと、母は烏帽子のところへすり足でよった。恨みがましい目でふたたび烏帽子をとらえ、あとずさって右へ左へ迷いさすらって狂おしくまわった。

「形見こそ、今はあだなれこれなくは、忘するるときもあらましものを……」

時元は思った。母は死にきれぬ苦しみを父に訴えている。奈落の底へ落ちようとも定命(じょうみょう)は断ち切れぬ、と。

おのれとて霊性において自死せんと願ったが、肉にはこうして生き延びている。母も時元も死にきれぬという罪業(ざいごう)に、身も心も責められているのだ。

翁が、また謡った。

「あと、弔(とぶら)いてたまえ……」

母はつと走って、烏帽子を抱きよせた。

なにものかが憑こうとしている。母の手は震えて、烏帽子を取り落としてしまった。

舞台は宵の色を濃くしていた。

そこへ、招かれて昇る女がいる。

卯の花色の袿(うちき)をまとった紫珠(しず)であった。濃紺に変じた宵闇に、白い衣が灯りとなってきわ立つ。紫珠は母に代わって烏帽子をひろい、母の頭にそっとかぶらせた。

母が目頭を押さえて「その面影に立ちまさり……」とつぶやいたときには、基親の霊が母に移ってあらわれた。

低く、しだいに烈しく、太鼓が打ち鳴らされる。

憑依した母は、鏡におのが顔を見るように、紫珠の美しい姿を見つめている。

「死者は去らず……」

胸から吐くように、苦しげにいった。

「ただ、還らざるなり」

翁がひときわ大きく謡った。

「……去らず、還らず」

いま時元の眼前に、基親がいる。

父は世を去らずにとどまり、時元にまことの生死の了を解かせようとしていた。かつて祖霊が憑依してなお、時元には了せられなかった謎だ。

母は紫珠の手を引き「ともに」といった。

紫珠も瑠璃の扇をひらいた。母が右手に、紫珠が左手になって舞う。

月光をあびたふたつの扇が離れては、またまじわる。見るものを幻惑し、あまたの瑠璃の花が闇に浮かんだ。

直垂の袖が返されて、風に鳴った。

烏帽子をつけた母は、時元の前に立ち、拍子を取って床を踏みしめている。

いまや母の目は、時元の顔だけをしっかりとらえていた。

笛も鼓も静まって、沈黙のときが訪れていた。ただ、舞台を鳴らして響く拍子が、時元に目覚めを迫っていた。

「義の住まう天地はここにあり」

父の霊は、確かにそういった。

時元は、ついに悟った。いまわのきわに、父がもうひとたび時元に語り残そうとした、その言葉を……。

「死は終わりではない」

死者にあって生かされよと、父の霊が時元の心を震わせている。

見あげる空に月は消えた。もはやそこに夜もない。おのれのうちなる光に明々と照らされていた。

五十四

それから……。

時元(ときもと)の母はひと月も寝こんでいた。

熱に浮かされるような心身の乱れがつづいていた。薬師(くすし)の見立てでは、食事も満足にとらず衰弱したところに、心が虚ろになったためであろうといった。紫珠(しず)が懸命に尽くして、長い夜から目覚めるようにして母は正気に戻った。

鎌倉では、宿屋光則(やどやみつのり)と長井時秀(ときひで)のふたりが力になってくれ、時元が父の死後しばらく身を隠したのは、越後への帰路に病を得たためというしだいになった。

下知状(げじ)のとおり佐橋ノ荘は分割され、うち北半分にあたる北条(きたじょう)を嫡男の時元に相続させると、執権北條時宗（ときむね）によって正式に安堵された。

これには、叔父である毛利時親（ときちか）が「ぜひとも北条は甥に相続させたい」と進言したのが効いた。それは、のちになって長井が文を書き送って知らせてくれた。

紫珠を時宗の側室に抱えるという話も、隆弁（りゅうべん）の根まわしで立ち消えになった。

佐橋ノ荘北条の地頭となった時元は、さっそく田畑の導水路や溜め池の造成に取りかかった。新たな領主館も建てねばならないが、それは豊作のあとにした。

時元はまるで父基親（もとちか）の生まれ変わりのように、頑強な体軀と固い意志を持ち、一所懸命に大地に生きる男になっていた。

領民の信頼もやがて厚くなった。北条は耕地がかぎられているために、時元は知恵を絞った。叔父が遣わした南条（みなみじょう）の地頭代と取り決めを結び、北条の四日市や十日市で農作物を一手に商うようにして交易を盛んにした。

そののちも、叔父の時親が佐橋ノ荘へ下向する折はなく、京の六波羅探題へ赴いた。しばらくのちに、時親は拠（よりどころ）を西国へ移し安芸ノ国を本領としたのであった。

時元が佐橋ノ荘へ帰ってから、あっというまに桜の季節は二度めぐっていった。

紺碧の皐月（さつき）晴れの日に、土地の豪族である柏崎勝長（かつなが）が花見の宴をひらいた。佐橋ノ荘のほかにも、近郷の宇川（うかわ）ノ荘や比角（ひすみ）ノ荘から地頭や名主が招かれた。

時元は紫珠を連れて、勝長の屋敷へ訪ねていった。

柏崎湊は宇川が越ノ海にそそぐ河口にひらけている。湊司（みなとづかさ）の勝長は、船の出入りや川の往来を見張るのが仕事である。その川岸にそそり立つ丘の上に広大な屋敷があった。

　丘を埋め尽くすように桜が植わり、春ともなればそれはみごとな景色になった。風流を愛でる人であったから、越ノ海に島影を浮かべる佐渡ヶ島を借景にして、鄙にはめずらしい石組みの回遊庭園を築いていた。

　時元と紫珠は、満開の桜の花ごしにのぞく群青の海を飽きずに眺めていた。

「紫珠どの、鎌倉の海が懐かしくありませんか。わたくしには、あの佐渡ヶ島は大島に、眼下の湊は和賀江ノ津（わかえのつ）、西の岬は稲村ヶ崎に見えてしかたありません」

　紫珠は、晴れやかであった。由比ヶ浜でともに馬を競わせたのが、ついきのうのようである。

「さようですね。あれから時をへて、さまざまに流転いたしました。けれども、わたくしは満足でございます。互いの心の誓いが、こうしてまことになったのでございますから」

「紫珠どのなくして、生きることはかなわなかった。それに……」

　時元は、心のうちに思った。いつか迎える死すら紫珠なしにはかなわぬことを。

　そこへ、柏崎勝長が歩みよった。檜扇を片手に持ち、桜花の謡曲を口ずさんでいる。

「おや、これは仲のおよろしい。時元どの、久しぶりでござるな。すっかり立派になられて、見違えましたぞ」

　勝長の鬢（びん）は白髪に変わって、時元は歳月の移ろいを感じ取った。勝長は亡き基親を信頼していたから、時元にもなにくれと目をかけているのだった。

「これは柏崎殿、なんともみごとな花でございます。見入っておりました」

「見惚れているのは、紫珠どのでは」

愉快そうに勝長は笑って、要をはじいて扇面を広げた。そこには、金箔を散らした揚羽蝶の紋が描かれていた。

時元は、はっと気がついた。

「もしや柏崎殿は、あのとき母を守ってくださっていた翁ではありませぬか」

「さあて……」

勝長は素知らぬ顔をして、散り落ちる花びらを扇子であおいで舞わせている。

時元は重ねて尋ねた。

「あなたは平氏の一族なのですか。もしや、佐橋ノ荘にあらわれた田楽法師の一座は、京の都から越後へ落ち延びた方々では……。でも、なぜ母を守ってくれたのでしょう」

額からほおに深いしわを刻んだ勝長が、おだやかにほほ笑んでいる。

「さよう、この目の前の宇川をさかのぼった奥地には、われらの一族が静かに暮らしておるのです。八石山からいくつか峠を越した古志ノ荘の山里にも、平家の落人がおりまする。いずれも、都じこみの芸能に達者なものぞろいでしてな。それがなぜ佐橋ノ荘にと聞かれるのか」

時元はうなずいた。

「しからば申しましょう。われらがこの地にあって望むのは、争いのない静けき世にございます。支配者が権勢や欲にかられていがみあえば、泣かされるのは民なのでございます。働き手を奪われ、田畑は荒れはてて困窮するのです。争いはやがてはやり病のごとく、あちこちに伝染しましょうぞ。佐橋ノ荘においても、愚かな策謀がめぐらされているやに、風の使いが教えてくれましたのです」

勝長は衣のすそをひるがえして、花盛りの丘をゆるやかに歩み去っていった。

その翌年の春である。

佐渡ヶ島に流されていた日蓮が、北條時宗によって放免となった。佐渡の真浦から小舟に乗った日蓮は、荒波にゆられて柏崎の岬の岩礁に漂着していた。

しばらくこの地にあって三十番神を勧請し、土地の人が小さなお堂を建てた。時元が馳せ参じたときには、日蓮が驚いたであろうことは疑いない。

やがて時元は、北の山ふところにある八幡さまを改築して舞殿をしつらえた。そこから上へ向かって石を積んで階を築き、新しく上ノ宮を建てた。その石段の数は、父基親の亡くなった歳である三十七だった。

鎌倉で基親がみごとな流鏑馬の腕を見せたあの放生会を、時元はいつまでも忘れなかった。佐橋ノ荘ではこのころから、毎年葉月になれば、鶴岡八幡宮にならった放生会が持たれるようになっていた。

そのとき八幡さまの舞台では、時元の母と紫珠がえもいわれぬふたり舞を演ずるのが評判であった。母は烏帽子をつけて舞い、娘は冠に瑠璃の花をかざした。

綺麗な舞は、見るものを夢かうつつかわからぬほどの境地に誘うのであった。

完

この作品は、世阿弥改作の能『柏崎』を典拠として創作された物語である。

あとがき

十年ほど前になる。庭師が、鎌倉市の家の坪庭に紫陽花の株を植えてくれた。「この紫陽花の品種は？」と尋ねたら、「サハシノショウですよ。新潟産の……」といった。

しばらくして、鎌倉の旧跡を散策したときだった。わたしは、観光客があまり足を運ばないような、静かな谷戸の小径を歩くのが好きだ。法華堂跡の近く、江戸時代に長州藩が建立したという、大江広元と毛利季光の古風なやぐらを眺めていた。

そのかたわらに、亀趺（きふ）の台座に立つ石碑があって、細かく刻まれた文字のいくつかにふと目がとまった。「越後乃佐橋……云々」。吾妻鏡からの引用であろう、大江一門が運命の細い糸をつむぎながら、乱世を生き抜いた来歴や矜恃（きょうじ）が記されていた。

佐橋ノ荘があった新潟県柏崎市北条あたりは、わたしの母方の郷である。城山（じょうやま）と呼ばれる小高い森のふもとで、泉がこんこんと湧く旧家だった。お盆のころ、郷の鯖石（さばいし）川の流れに蛍が舞うのを見た。鯖石というまれな名称が「佐橋」に関係するとは、のちに知った。

この小説にはいくつかの伏線があって編んだ。ひとつは、毛利氏にまつわる系譜である。

毛利氏は西国で武功をあげた大名として知られる。源流は神奈川県厚木市にあって、しばらく佐橋ノ荘を拠とした。やがて惣領が傍系に継がれ西国へ移った。一族のねじれをめぐり、とりわけ嫡流の毛利時元に謎がある。それをあくまで架空の物語で埋めようと思った。

その物語を支えたのが、世阿弥の改作と伝わる能『柏崎』だった。めったにないこの演目が、新潟市のりゅーとぴあ能楽堂で上演されると聞き、遠方より馳せて見入った。

能では、訴訟のため鎌倉へのぼるのは柏崎殿で、夫を亡くした妻が善光寺へさすらう筋書きである。榎並左衛門五郎の原作が、世阿弥の手で格調高く書き改められた。

「飛花落葉の風の前には　有為の轉變を悟り　電光石火の影の裏には　生死の去來を見る」と、世の無常を謡い、シテは形見の装束を身にまとって舞う。

折しも、ドナルド・キーン氏らのご尽力で蘇った古浄瑠璃『越後國柏崎　弘知法印御傳記』と重なり、出家に血脈をからめた道ゆきに世阿弥の能とのえにしを知った。

わたしは、世阿弥の時空を超えた普遍性はそのままに、佐橋ノ荘を舞台にして毛利時元とその一族によって演じられたらどうだろうか、と想像してみた。

この小説の筆を起こして、ふたたび鎌倉の谷戸を歩いた。

北鎌倉にある東慶寺のふところ深い境内をまわって、評論家の小林秀雄氏の墓へたどり着いた。なんど足を運んでも迷ってしまうほど密やかな一角である。小さな清流があって、簡素な石橋が掛かっている。そのさきに、氏の愛蔵した鎌倉時代の五輪塔が置かれていた。

花の寺として知られるようになって、参拝者は引きも切らず訪れていた。しかし、谷戸の緑陰の墓所までたどる人はおらず、山の音の静寂に包まれた。

小林秀雄氏が書き残したいくつかの言葉が、記憶の淵から胸に浮かんだ。それは、この物語をさらに奥へ奥へといざなってくれるようだった。

「死者は、生者に烈しい悲しみを遺さなければ、この世を去る事が出來ない」(『本居宣長』一九七七年、新潮社)。石の橋掛かりの向こうは、おだやかに静まって見えた。

今年は、春さきから花木や山野草が咲きつづけている。わが家の坪庭でも、長岡市の縁ある地所から移植した著莪(しゃが)、水仙、白く可憐な雪ノ下と、例年になく花数が多く美しい。昨秋の台風シーズンにめずらしく、湘南が直撃されなかったからだろう。

ところが、サハシノショウだけは、わずかに一輪しか開かなかった。日本海側に自生し、冬は雪に埋もれて守られた品種である。雪紫陽花とも呼ぶらしい。このあたりの温暖で乾いた砂地では、やはり懐かないのであろうか……。

梅雨どきの庭にしては、なにかもの足りない気持ちでいた。そんなころ、ブックデザイナーの曽我博行さんが練りあげた本書の装丁案が、新潟日報事業社から送り届けられた。そこには、日本海の大海原を背景に、目の覚めるようなサハシノショウが咲き誇っていた。

この小説は、二〇一五年に脱稿してから私家版として印刷し、親しい人に渡してきた。新たに書籍化されるにあたって、編集のお世話になった同社出版部長の佐藤大輔さん、新潟日報社論説編集委員の高内小百合さん、素敵な装丁画を描いたイラストレーターの栗原淳子さん他のみなさまに心から感謝したい。

上梓を見守ってくれた妻に捧げようと思う。

二〇二一年　初夏

横村　出

著者紹介

横村 出（よこむら いずる）

1962年、新潟県柏崎市生まれ。柏崎高校と早大政経学部を卒業、早大大学院修了。元朝日新聞記者で海外特派員。ノンフィクション作品に『チェチェンの呪縛』(岩波書店)があり、小説では『放下』(新潟日報事業社)が第一作になる。

放下（ほうげ） 小説（しょうせつ） 佐橋（さはし）ノ荘（しょう）

2021（令和３）年９月10日　初版第１刷発行

著　　者　横村　出
発 行 者　渡辺英美子
発 行 所　新潟日報事業社
〒950-8546
新潟市中央区万代３丁目１番１号
メディアシップ14階
TEL　025-383-8020　FAX　025-383-8028
http://www.nnj-net.co.jp
印刷・製本　株式会社　小田
デ ザ イ ン　曽我博行（株式会社ワーク・ワンダース）

定価はカバーに表示してあります。
落丁・乱丁本は送料小社負担にてお取り替えいたします。
ISBN978-4-86132-779-7